ELYSE FRIEDMAN

DIE DURCH TRIEBENEN

FAMILIE IST GEFÄHRLICH

ROMAN

Aus dem Englischen
von Peter Hammans

DROEMER

Die kanadische Originalausgabe erschien 2022 unter dem Titel
»The Opportunist« bei Patrick Crean Editions,
einem Imprint von HarperCollins Publishers Ltd.

Besuchen Sie uns im Internet:
www.droemer-knaur.de

FSC
www.fsc.org
MIX
Papier | Fördert gute Waldnutzung
FSC® C014496

Deutsche Erstausgabe Oktober 2024

Redaktion: Sabine Blau
Covergestaltung: © SO YEAH DESIGN, Gabi Braun
Coverabbildung: © Lauren Rautenbach / Arcangel Images
Satz und Layout: Adobe InDesign im Verlag
Druck und Bindung: GGP Media GmbH, Pößneck
ISBN 978-3-426-28420-9

2 4 5 3 1

Für meinen Freund Gil Adamson

Und, wie immer, für Max

1

Als die Anrufe wieder anfingen, ignorierte Alana sie. Ebenso die SMS-Nachrichten und E-Mails, auch diejenigen, die mit roten Ausrufezeichen versehen waren. Sie hatte einen Teilzeitjob, der sich wie eine Vollzeitstelle anfühlte, und eine kranke Tochter, die rund um die Uhr ihre Aufmerksamkeit forderte. Sie hatte weder die Zeit, noch verspürte sie die Neigung, sich in das Familiendrama hineinziehen zu lassen. Und sie wusste bereits, warum ihre Brüder verzweifelt versuchten, sie zu erreichen. Der jüngere der beiden, Martin, hatte schon vor Monaten immer mal wieder eine SMS über die »Schlampe« abgesondert, mit der sich ihr Vater eingelassen habe – eine Krankenschwester, engagiert von Teddy, dem älteren, die sich um die Pflege des alten Mannes kümmern sollte, der zunehmend schrullig und gebrechlich wurde.

Schwester Kelly, achtundvierzig Jahre jünger als der Vater, offensichtlich eine Frau, die nur aufs Geld aus war, dazu noch gerissen, wenn man Martin Glauben schenken durfte. *Ziemlich sicher hatte sie ihn gleich beim ersten Wannenbad am Haken.* Alana amüsierte das eher, als dass es sie beunruhigte. Sie teilte ihren Brüdern mit, dass es ihr ziemlich egal sei. Sie hatte wichtigere Dinge zu tun. Irgendwann hatten sie aufgehört, sie damit zu behelligen.

Doch dann hatte sich vor ein paar Wochen ein übergroßes Kuvert in Alanas Briefkasten gefunden. Dickes cremefarbenes Papier, darauf in geschwungenen goldenen Lettern ihr

Name – eine Einladung zur Hochzeit von Edward Shropshire senior und Kelly McNutt. Ha! Wirklich clever. Sie verspürte einen Anflug von Genugtuung, auch wenn sie sich auf den Ansturm ihrer Geschwister gefasst machen musste, die angesichts des drohenden Verlusts eines Teils ihrer beträchtlichen Erbschaft außer sich sein würden. Alana hasste ihren Vater und hatte für ihre Brüder nur Verachtung übrig. Weder hatte sie ein Interesse daran, »das Vermögen der Familie zu schützen«, noch wollte sie eine »geschlossene Front« bilden, »Papas Rückhalt besitzen« oder was ihre raffgierigen Geschwister sonst noch so an Gesülze von sich gaben. Sie hatte sich ihrem Vater vor Jahrzehnten entfremdet, wollte sich an diesem Spiel nicht beteiligen.

Dass man sie zur Hochzeit eingeladen hatte, war, offen gesagt, ein Schock. Kelly McNutt musste darauf bestanden haben. Die Anrufe, SMS-Nachrichten und Mails setzten mit neuem Furor wieder ein. Als Alana zu guter Letzt zu dem Schluss kam, dass ihre Brüder sie nicht in Ruhe lassen würden, bis sie endlich reagierte, setzte sie eine simple, drei Wörter umfassende SMS-Nachricht auf. Nicht unbedingt ein in der Familie kursierendes geflügeltes Wort, sondern etwas, das sie erkennen und begreifen würden: »Jenseits unserer Kontrolle.« Sie fügte ein Emoji hinzu, ein Gesicht mit Lachen und Heulen, und schickte Teddy und Martin die Nachricht.

Danach hörte sie nichts mehr von ihnen.

Die Nacht war hart. Lilys BiPAP-Beatmungsgerät hatte zweimal Alarm geschlagen. Sie konnte ohne das Gerät atmen, aber nicht besonders gut, und Alana war darauf geeicht, selbst aus dem Tiefschlaf heraus sofort in Aktion zu treten. Beim ersten Alarm, um ein Uhr nachts, saß die Atemmaske nicht richtig. Schnell zurechtgerückt und wieder ab ins Bett.

Beim zweiten Mal, um 4:28 Uhr, war es nerviger: Das Gerät war offensichtlich undicht. Es dauerte ewig, bis das behoben war, und in der Zwischenzeit dauerte der Alarm an, egal, woran sie auch herumfummelte. Sie bekam es schließlich hin, sodass Lily weiterschlafen konnte. Nur Alana eben nicht. Sie lag wach, und die Gedanken kreisten. Um 5:40 Uhr stand sie schließlich auf, machte sich Kaffee und verschlang direkt hintereinander zwei Zimtschnecken, was sie sofort wieder bereute, auch wenn sie trotzdem noch die letzten Krümel Zuckerguss zusammensuchte und sie in den Mund bugsierte.

Es war ein Werktag. Also weckte sie Lily früh, half ihr beim Anziehen und flocht ihr die Haare zu Zöpfen. Ramona kam heute, und Lily machte sich gerne schön für ihre liebste Betreuerin. Im Unterschied zu Alana hatte es Ramona mit Mädchenkram: Frisur, Fingernägel, Mode. Sie machte bei Lily immer eine Mani- und Pediküre, und die beiden blätterten zusammen *Harper's Bazaar* und *Teen Vogue* durch und gaben ihren Senf zu den Outfits dort dazu. Ramona war zu ihnen gekommen, als Lily drei Jahre alt war, und Alana vertraute ihr voll und ganz. Sie war absolut fähig und sehr lustig. Lily war eigentlich ein ernstes Kind, aber wenn Ramona bei ihr war, gestattete sie sich, auch einmal albern und übermütig zu sein. Es war nicht ungewöhnlich, dass die beiden sich die Haare toupiert sowie Glitzer-Make-up aufgelegt hatten und außerdem noch eine Folge der Reality-Show *RuPaul's Drag Race* nach der anderen glotzten, wenn Alana nach Hause kam. Ramona war, was Lily »cool« nannte. So ziemlich das Gegenteil von Alana, die immer gestresst und erschöpft war.

»Wann kommst du wieder nach Hause?«, wollte Lily wissen.

»Wenn alles gut geht, um halb sechs.«

»Wann geht schon mal alles gut?«

Alana lachte. »Selten, ja, aber es soll schon vorgekommen

sein. Letzte Woche war ich sogar *zweimal* rechtzeitig zu Hause.«

»Stimmt.«

»Und du hast Ramona.«

»Okay. Aber versuch es, ja?«

»Ich versuche das immer, mein Schatz. Aber wenn plötzlich um halb fünf noch jemand auftaucht, kann ich unmöglich gehen. Denen muss ich helfen.«

»Ich weiß.«

Alana arbeitete Teilzeit beim Frauenhaus RedTree, das Opfern häuslicher Gewalt vorübergehend Unterkunft bot. Eigentlich war es ein ziemlich blöder Job: schlecht bezahlt, aber dafür viel Stress. Nicht unbedingt das, was sie gebrauchen konnte in den wenigen Stunden, in denen sie sich einmal nicht um Lilys Gesundheit kümmern musste. Sie hätte sich eigentlich eine Stelle suchen sollen, die seelisch nicht so belastend war, so etwas wie in einem Laden Blumenarrangements zusammenstellen – irgendeine halbwegs angenehme, geistig nicht allzu anspruchsvolle Tätigkeit, die ihr Gelegenheit zur Erholung und Regeneration gab. Sie träumte öfter davon, professionell Hunde auszuführen oder den ganzen Tag Herzformen auf Cappuccinos zu zaubern, aber letztlich blieb sie bei RedTree. Die Arbeit war wichtig und gab ihr ein besseres Gefühl in Bezug auf sich selbst. Manchmal fragte sie sich, ob das nicht letztlich ganz schön egoistisch war.

Als Ramona da war, gab Alana Lily zum Abschied einen Kuss und machte sich auf den Weg zur Arbeit. Beim dritten Versuch geruhte ihr uralter Honda Odyssey dann auch anzuspringen. Als sie rückwärts aus der Einfahrt fuhr, blockierte auf einmal ein Lexus den Weg. Sie hupte – eine höfliche Erinnerung daran, dass sie tatsächlich losfahren wollte. Nichts geschah. Der Wagen blieb stur stehen. Sie hupte erneut, diesmal lauter, und fragte sich, warum es eigentlich immer ein Lexus, ein Mercedes oder ein BMW zu sein schien, der sie behinderte, ihr die Vorfahrt nahm oder sich in ihre Einfahrt stellte, wenn sie, Teufel noch mal, gerade dringend zur Arbeit musste. Sie unterdrückte den Impuls, mit ihrem SUV einfach den schicken Sportwagen zu rammen, und ließ den Honda laufen, während sie nach vorne zu dem falsch abgestellten Fahrzeug ging, um den über Jahre aufgestauten Unmut auf Luxuskarossen abzulassen und dem selbstgerechten Arschloch hinter dem Steuer mal so richtig die Meinung zu geigen. Doch bevor sie mit der Faust gegen die getönte Scheibe hämmern konnte, fuhr diese geräuschlos herunter, und dahinter war ihr Bruder Martin zu sehen, wie er auf seinem Handy ein Telefongespräch führte. Er hielt sich das Gerät, das flach auf der Handfläche lag, vors Gesicht. »Okay«, sagte er. »Ich weiß schon. Kümmere mich darum.«

»Martin? Verdammt noch mal, ich muss zur Arbeit!« Seit Jahren hatte sie ihn nicht gesehen, aber er sah noch wie früher aus – abgesehen von einem etwas höheren Haaransatz und vielleicht ein paar Pfunden mehr. Nach allgemeinem Verständnis war er auch immer noch ansehnlich, blond, blaue Augen, das gemeißelte Kinn seines Vaters, wenn er auch mittlerweile das leicht aufgedunsene Gesicht eines Trinkers hatte, mit den dazugehörigen geplatzten kleinen Blutgefäßen an der Nase. Ein schwacher Geruch nach Kölnischwasser umgab ihn, übertönt noch von der Ledernote der Sitze des Luxusmietwagens.

Mit dem Finger bedeutete er Alana, dass er in nur einer Sekunde Zeit für sie haben würde. »Hör zu, Damian, ich muss los. Ich ruf dich in ’ner Stunde wieder an.« Martin steckte das Handy ein und lächelte seine Schwester an. »Tut mir leid!«

»Was machst du denn hier?«

»Hast du meine SMS-Nachrichten nicht gekriegt? Ich muss mit dir sprechen. Hast du 'ne Minute?«

»Im Moment nicht, nein.«

»Ich bin einmal quer durch das ganze Land zu dir geflogen, und du hast nicht mal zwei Minuten Zeit für mich?«

»Ich muss zur Arbeit, Martin. Wenn du mitfahren willst, herzlich gerne. Wenn du mich eben rausfahren lässt, kannst du in der Auffahrt parken und dir dann ein Uber zurück nehmen.«

Martin beäugte die Abgasschleuder von einem verbeulten Odyssey. »Warum fahre ich dich eigentlich nicht hin? Ich geb dir das Geld für ein Taxi zurück.«

»Nein danke.«

Er lächelte angespannt. »Na schön.«

Alana ging zu ihrem Auto und wartete dort auf ihren Bruder. Als Martin einstieg, hatte er einen kartonierten weißen Umschlag mit einem Knopf-und-Kordel-Verschluss sowie eine Tüte aus dem Geschenkshop am Flughafen bei sich.

»Hier, für … deine Tochter.«

»Sie heißt Lily.«

»Weiß ich doch. Klar. Du hast sie nach Lillian genannt.«

Eine dement aussehende Puppe mit steifen blonden Ringellocken ragte oben aus der Tüte.

»Danke«, sagte Alana. »Aus dem Alter für Puppen ist sie mittlerweile raus.«

»Oh. Wie alt ist sie jetzt?«

»Elf.«

»Wow, wie die Zeit vergeht. Aber ich dachte …«

»Was?«

»Na ja, weißt du … ich dachte eben, sie würde noch mit Puppen spielen.«

»Sie ist nicht zurückgeblieben, Martin. Ihr Gehirn funktioniert prächtig.«

»Äh, weil …?«

»Sie hat eine seltene Form von Muskeldystrophie. Selten bei Mädchen jedenfalls. Bei Jungen kommt sie häufiger vor.«

»Ach so.«

»Sie ist da drinnen. Möchtest du deine Nichte kennenlernen?«

Ihr Bruder wirkte verwirrt und peinlich betroffen, als hätte sie ihn gefragt, ob er eine Niere spenden oder ein Kätzchen stillen wollte.

»Hattest du es nicht eilig?«

»Ja, absolut. Ich veräpple dich nur ein bisschen.«

Alana fuhr mit dem Odyssey auf die Straße hinaus. Ihr war klar, dass Martin Lily nicht begegnen wollte. Und auch sie wollte nicht, dass er sie kennenlernte.

»Kannst du die Klimaanlage anmachen?« Martin fächelte sich mit dem weißen Umschlag Luft zu. »Es ist unglaublich schwül in dieser Stadt.«

»Tut mir leid, die ist kaputt.« Alana öffnete hinten eines der Fenster, um ein wenig Luft hereinzulassen, und stellte fest, dass es ihr ein diebisches Vergnügen bereitete, ihrem Bruder diese Annehmlichkeit vorzuenthalten.

»Also gut. Ich nehme zur Kenntnis, dass dich Dads Hochzeit nicht interessiert.«

»Richtig. Ich werde nicht kommen.«

»Mir persönlich ist es scheißegal, ob du kommst oder nicht, aber ich bin jetzt hergekommen, um dir mitzuteilen, dass sie dich in der Tat interessieren sollte.«

»Und weshalb?«

»Weil diese Kelly ihm völlig den Kopf verdreht.«

»Den Kopf oder seine Vermögenswerte?«

»Beides. Sie wickelt ihn um den Finger. Jetzt sind sie gerade dabei, eine wohltätige Stiftung ins Leben zu rufen.«

»Und das ist schlecht, weil …?«

»Dreimal darfst du raten, wer sie leiten wird und über dreihundert Millionen Dollar verfügen kann?«

»Kelly McNutt?«

»Genau, diese verdammte Kelly McNutt. Und das ist das Problem. Diese Frau ist gefährlich.«

Der Klang einer Harfe drang aus Martins Tasche. Er schaltete sein Handy stumm.

»Nun gut, ist aber nicht *mein* Problem. Und überhaupt, woher willst du eigentlich wissen, dass sie dieses Geld nicht klug und für einen guten Zweck verwenden wird?«

»Sehr witzig.«

»Ich meine das ernst.«

»Und ich weiß natürlich auch, dass eine achtundzwanzig Jahre alte Krankenschwester sich nicht einfach unsterblich in ihren sechsundsiebzigjährigen Patienten verliebt.«

Alana zuckte die Schultern. »Unwahrscheinlich, ja, aber man weiß nie. Vor ein paar Wochen habe ich sein Foto in *Forbes* gesehen. Sieht immer noch aus wie ein steroidgedopter Charlton Heston. Vielleicht hat sie ja auch einen Vaterkomplex.«

»Dürfte wohl eher ein Opakomplex sein. Ich bezweifle, dass ihr beim Windelwechseln einer abgeht.«

»Er trägt Windeln?«

»Ist seit Jahren inkontinent.«

»Hm.«

»Das Foto in *Forbes* muss vor seinem Schlaganfall gewesen sein.«

»Dad hatte einen Schlaganfall?«

»Ja. Habe ich dir letztes Jahr schon gesagt.«

»Wirklich?«

»Meine Güte, liest du deine Mails denn nicht?«

»Manchmal rutschen mir diese Familiengeschichten einfach durch.«

»Wie auch immer. Das und dann noch die Prostata-Operation. Ich bezweifle jedenfalls, dass er bei Fräulein McNutt noch einen hochkriegt.«

»Okay, weißt du was? Ich will darüber einfach nicht sprechen. Tut mir leid, dass Teddy und du einen ordentlichen Batzen von eurer Erbschaft abgeben müsst. Aber ich bin mir sicher, dass noch mehr als genug übrig bleiben wird.«

»In einer vollkommenen Welt wären wir sicherlich alle zufrieden mit unserem Stück vom Kuchen. Schließlich hatte er auch vorher schon Gespielinnen, für die er Geld zum Fenster hinausgeschmissen hat. Aber diesmal ist es anders. Diesmal schrillen die Alarmglocken. Sie begnügt sich nicht mit dem Haus, dem Ferrari und ...«

»Er hat ihr einen Ferrari gekauft?« Alana lachte.

»Einen 812 GTS. Du möchtest wirklich nicht wissen, was der gekostet hat.«

»Nämlich wie viel?«

»Sehr viel.«

»So was wie hundert Riesen?«

»Versuch's mal mit der vierfachen Summe.«

»Wow!«

»Genau. Man sollte meinen, sie wäre glücklich mit dem Leben, das sie jetzt hat, oder? Plus eine bestimmte, im Ehevertrag festgelegte Summe, versteht sich, mit der sie sich acht Jahre nach dem College-Abschluss behaglich zur Ruhe setzen könnte. Aber nein. Offenbar wird es keinen Ehevertrag geben, weil er ihr *vertraut.*«

»Tatsächlich? Das überrascht mich.«

»Ich weiß. Deshalb sag ich's ja. Weil sie ihn zu Turnübungen anhält und ihm Gemüse auftischt, glaubt er allen Ernstes, dass ihr seine besten Interessen am Herzen liegen. Die Frau ist durchtrieben. Ihre Mission ist es, für Entfremdung zwischen Dad und uns zu sorgen. Von Anfang an hat sie versucht, uns schlechtzumachen. Und sie macht das raffiniert, denn sie ist schlau. Eine Pflegevollmacht hat er ihr schon gegeben. Wie lange wird es noch dauern, bis sie auch für sein Vermögen verantwortlich zeichnet?«

»Geradezu faszinierend, ehrlich gesagt. Aber eben auch nicht mein Problem.«

»Doch, zumindest teilweise. Wenn man vom schlechtesten Fall ausgeht. Mal angenommen, sie laufen in den Hafen der Ehe ein, und sie überzeugt ihn anschließend davon, dass wir alle miese Säcke sind, die es nicht verdient haben. Wenn sie Alleinerbin wird, kannst du deine Erbschaft vergessen.«

»Ich erbe doch sowieso nichts.«

»Stimmt nicht, du erbst was. Wenn auch in bescheidenem Umfang. Er hat deiner Tochter treuhänderisch fünf Millionen vermacht.«

»Was? Kann nicht sein.«

»Ist aber so.«

»Er hat meine Tochter noch nie gesehen.«

Martin zuckte die Schultern. »Vielleicht hat er Schuldgefühle.« Er wedelte mit dem weißen Umschlag herum. »Ich habe eine Ausfertigung seines Letzten Willens mitgebracht. Ist natürlich nach der Heirat null und nichtig.«

»Hat er das mir vermacht oder Lily?«

»Lily. Aber bis sie volljährig wird, kannst du über das Geld verfügen. Jedenfalls solange es in irgendeiner Form für ihre Pflege ausgegeben wird … Ich meine, du könntest dein Haus veräußern und eines kaufen, das ihren Bedürfnissen besser entspricht.«

»Glaubst du etwa, mir gehört in Toronto ein Haus?« Alana amüsierte sich darüber. »Es ist gemietet, Martin.«

»Da hast du's ja! Du könntest eines kaufen. Und einen neuen SUV, den du offensichtlich dringend brauchst, gleich dazu. In dieser Karre fährst du sie herum? Wie alt ist die?«

»Von 2004.«

»Gütiger Gott. Wie alt ist dieser Donut hier?« Martin trat gegen einen nur halb aufgegessenen Schmalzring, der im Wagen auf dem Boden lag.

»Ziemlich sicher ein Modell aus diesem Jahr.« Alana bog in die schmale Straße hinter ihrer Arbeitsstelle ein und fuhr weiter bis zu ihrem Parkplatz neben dem Müllcontainer.

»Hier parkst du immer?«

»Jawohl.«

»Nun gut, du könntest deinen Job ja auch kündigen, wenn du den Eindruck hast, dass es gut wäre, mehr Zeit mit Lily zu verbringen.«

»Ich mag meinen Job«, entgegnete Alana, obwohl sie den weißen Umschlag im Blick behielt.

»Hier«, sagte Martin, holte das Testament heraus und schlug es an einer durch ein türkisfarbenes Post-it markierten Seite auf. »Ich habe die einschlägige Stelle angestrichen.«

Sie las den Absatz durch, der die Zuwendung und die dazugehörigen Bedingungen darlegte. »Und was passiert, wenn ich sein Drecksgeld nicht annehme?«

Martin lachte. »Im Ernst? Du willst da echt 'ne Greenpeace-Nummer abziehen? Du weißt ja, dass wir da in den letzten Jahren eine Menge bereinigt haben. Er hat sämtliche Papierfabriken verkauft.«

»Ach ja! Und was ist mit den Raffinerien? Und den ganzen Minen? Hat er in den letzten dreißig Jahren auch nur einen Cent Steuern gezahlt? Ich könnte mühelos noch mehr aufzählen, aber ich glaube, dir ist schon klar, dass es mir darum gar nicht geht«, hielt Alana ihm entgegen.

»Wie auch immer. Das Geld geht ja auch gar nicht an dich, sondern an Lily. Sie wird das irgendwann entscheiden müssen.«

»Ich denke mal, er weiß, dass ich es nicht nehmen würde.«

»Fräulein Reine Weste. Kannst du es dir wirklich leisten, dermaßen auf dem hohen Ross zu sitzen? Selbst in dieser Lage, mit Kind?«

Alana zuckte die Schultern.

»Immer noch Single?«

»Niemand unterstützt mich, wenn du das meinst.«

»Ist dein Ex nicht so 'ne Silicon-Valley-Type?«

Jetzt war es an Alana zu lachen. »Genau! Und ich bin mir sicher, dass es ihm gut geht. Aber ich habe seit sieben Jahren nichts mehr von ihm gehört.«

»Wow, okay. Würdest du denn Geld von Teddy und mir annehmen?«

»Wieso das? Wovon redest du?«

»Sagen wir mal: Wir haben einen Plan.«

»Einen Plan?«

»Einen Vorschlag eigentlich. Und da brauchen wir deine Hilfe.«

Glücklicherweise ging es bei RedTree an diesem Tag ruhig zu. Eine verstopfte Toilette hatte Alanas ganze Aufmerksamkeit gefordert – die Rohrleitungen in der Einrichtung waren eine Katastrophe, das ganze Gebäude zerfiel in seine Einzelteile, aber es gab keine Neuaufnahmen, was hieß, dass sie sich den ganzen Nachmittag auf die Beschaffung von Geldmitteln konzentrieren konnte. Oder eben auch nicht, so wie es aussah. Sie sollte eigentlich Spenden für die alljährliche stille Auktion des Frauenhauses eintreiben, aber im Geiste war sie die ganze Zeit bei dem Vorschlag ihres Bruders.

Ein bestechend einfacher Plan, in dem ihr eine überschaubare Rolle zukam, für die man sie materiell gut entschädigen würde, ob die ganze Sache nun aufging oder nicht. Alles, was sie von ihr verlangten, war, vor der Hochzeit bei Kelly McNutt aufzuschlagen und ihr im Gegenzug dafür, dass sie sich aus dem Staub machte, eine gewisse Summe anzubieten. Alana sollte ihr mitteilen, dass ihre Brüder, falls sie die Heirat durchzuziehen gedachte und Ed während der Dauer ihrer Ehe verstarb, eine ganze Armada der furchterregendsten Anwälte des Landes aufbieten würden, um sicherzustellen, dass sie lediglich die geringstmögliche Summe erhielt – völlig unabhängig davon, was im Testament stand.

Darüber hinaus sollte sie Kelly sagen, dass ihre Brüder den Rechtsstreit endlos in die Länge ziehen würden, sodass es, sollte ihr tatsächlich der größere Teil des väterlichen Vermögens zugesprochen werden (was angesichts des offenkundigen Altersunterschieds unwahrscheinlich war), mindestens ein Jahrzehnt dauern würde, bis sie das Erbe tatsächlich in Anspruch nehmen konnte. Sie würden das Geld mithilfe des Gerichtsprozesses so lange binden, wie es das Gesetz überhaupt nur zuließ, und Kelly in den Medien als raffgierige Prinzessin darstellen, die einen hinfälligen alten Mann ausnahm. Und sie würden natürlich auch ihre ganze Vergangenheit durchleuchten. Wollte sie diese Scherereien wirklich haben? Ob sie nicht vielleicht lieber einen netten Scheck einstreichen, in ihren Ferrari hüpfen und sich einfach davonmachen wolle, ohne jemals wieder das Bett mit dem altersschwachen Ed senior teilen zu müssen?

Martin fügte noch hinzu: »Und du kannst sie ja fragen, ob sie sich wirklich gegen eine alleinerziehende Mutter, die in einem Frauenhaus arbeitet und eine behinderte Tochter hat, in Stellung bringen möchte?«

Das ist also der Grund, warum sie mich im Boot haben wollen, dämmerte es Alana. Sieht gut aus vor Gericht. Und es hatte auch noch einen weiteren Vorteil. Falls Kelly sich bei Ed über den Versuch, sie herauszukaufen, beklagen sollte, könnten die Brüder jede Mitwisserschaft abstreiten und einfach Alana die Schuld geben. Schließlich war sie der abtrünnige Spross, der sich von der Familie losgesagt hatte. Martin und Teddy hingegen waren die pflichtbewussten Söhne und, bis Kelly aufgetaucht war, die rechtmäßigen Erben eines millionenschweren Imperiums.

Sie konnten das Risiko, das Angebot selbst zu unterbreiten, nicht eingehen, weil sie zu viel zu verlieren hatten. Sollte Alana auffliegen, ginge es schlimmstenfalls um eine widerrufene Einladung zur Hochzeit und den Verlust von Lilys finanzieller Zuwendung – und nicht einmal das war gewiss. Ed, der alte Sack, hielte es womöglich nicht für angebracht, das Ganze an seiner Enkelin auszulassen.

»Aber er würde natürlich mitkriegen, dass ihr da drinhängt«, hatte Alana betont. »Ich meine, es weiß schließlich jeder, dass ich nicht genug Geld habe, um meine Kreditkartenabrechnungen zu bezahlen, geschweige denn Kelly McNutt.«

»Wenn sie zu Ed geht, was ich wirklich bezweifle, könntest du immer noch sagen, dass du herausfinden wolltest, ob sie ihn wirklich liebt. Und dass du niemals die Absicht hattest, es in die Tat umzusetzen.«

»Aber weshalb sollte es mich kümmern? Er dürfte wissen, dass ich nicht gerade obsessiv an seinem Wohlergehen interessiert bin.«

»Dennoch ist ihm klar, dass du neugierig wärst und es dir wahrscheinlich Genugtuung verschaffen würde, wenn seine romantische Fantasie platzt. Das ist so 'n Ding, das du vielleicht machen würdest.«

»Ich bin also das gemeine Arschloch?«

»Nein, du bist die Moral in Person. Du willst die Wahrheit wissen, den Heuchlern heimleuchten, Unrecht wiedergutmachen.«

»Na klar!«

»Sieh mal, das ist doch alles rein akademisch. Die Frau

will an das Geld, da bin ich mir zu neunundneunzig Prozent sicher. Warum sollte sie sich auch nur eine Sekunde länger mit Dad abgeben, als sie muss?«

»Stimmt.«

»Wir brauchen dich nur, um dieses eine Prozent abzuklären. Und im Endeffekt würde Dad dir glauben. Teddy und mir in derselben Situation aber nicht, vergiss es.«

»Schon möglich«, sagte Alana und musste grinsen angesichts der Moral in Person.

Martin versicherte ihr, dass Teddy und er für die Reisekosten nach Alfred Island aufkommen würden und sie von ihnen außerdem noch fünfzigtausend Dollar bekäme. Ginge der Plan auf und Kelly nähme die Abfindung und verschwände, würden sie Alana mit fünfundzwanzig Millionen Dollar belohnen. Eine Million, sobald die Frau abgehauen war, und je zwölf Millionen aus ihrer jeweiligen Erbschaft, nachdem Ed gestorben war (»den Löffel abgegeben hatte«, wie Martin sich ausdrückte). Falls Kelly sie verpetzte und die Unterstützung für Lily deshalb hinfällig wäre, würden beide je zweieinhalb Millionen aufbringen, um diesen Verlust auszugleichen.

»Und das könnt ihr euch leisten?«

»Natürlich«, näselte Martin.

»Kann ich das schriftlich haben?«

»Sehe ich etwa aus wie ein Idiot?«

Wieder und wieder ließ sich Alana den Vorschlag durch den Kopf gehen, grübelte über die Stolpersteine nach. In gewisser Weise belustigte sie der Gedanke, ihn umzusetzen. Doch als ihre Schicht vorüber war, hatte sie beschlossen, dass es keinen Sinn ergab, sich da hineinziehen zu lassen. Sie traute ihren Brüdern nicht und hatte absolut nicht das Bedürfnis, ihren Vater wiederzusehen.

Um Punkt fünf verließ sie das Frauenhaus, um bei Greg's Ice Cream vorbeizufahren, dort eine Riesenportion gerösteter Marshmallows zu kaufen und immer noch überpünktlich zu Hause zu sein. Doch dann sprang der Odyssey nicht an, und sie musste neben dem stinkenden Müllcontainer mehr als eine Stunde warten, bis der Pannendienst kam, der ihr dann erklärte, dass sie ihren alten SUV hier nicht zum Laufen bekämen und er in die Werkstatt geschleppt werden müsse. Sie fragte sich, ob das wohl ein Zeichen sein könnte.

Als der Automechaniker sie am folgenden Tag auf der Arbeit anrief, um ihr mitzuteilen, dass der Wagen nicht nur einen defekten Anlasser habe, sondern darüber hinaus auch einen Riss im Motorblock sowie einen löchrigen Auspuff, wurde ihr klar, dass sie den Deal durchziehen musste. Wenn Alana diesen Job übernahm, hatte sie fünfzigtausend sicher, egal was dabei herauskam. Genug, um ein neues Auto zu kaufen – eines mit Klimaanlage und einer Rollstuhlrampe mit Fernbedienung.

Sie könnte gleich morgen in ein Autohaus gehen und einen Wagen kaufen. Bei der Vorstellung wurde ihr leicht schwummerig. Sie hatte noch nie ein nagelneues Auto gekauft. Und wenn sie ganz ehrlich war, wäre eine kleine Auszeit von ihrem Alltagstrott auch nicht so schlecht. Abgesehen von der Woche, die sie mit Lily jedes Jahr im Sommercamp der Gemeinde verbrachte, war sie mit ihrer Tochter nie länger als eine Nacht von zu Hause weg gewesen. Vielleicht wäre eine Pause ganz gut für sie beide. Allein auf dem Flug mal fünf Stunden abzuschalten kam ihr schon wie Urlaub vor. Und außerdem verschaffte ihr das die Gelegenheit, die raffinierte Kelly McNutt in Augenschein zu nehmen.

Alana sagte dem Mechaniker, dass er sich bei den Reparaturen auf den Anlasser beschränken solle, und schickte dann Ramona eine SMS: *Wie stehen die Chancen, dass du eine gan-*

ze Woche bei L bleiben könntest (Übernachtungszeit halber Stundensatz)? Wenige Minuten später kam die Antwort, mit einem Selfie von Ramona und Lily, auf dem die beiden lächelten und mit erhobenem Daumen grünes Licht gaben: *Die Chancen stehen gut.*

2

Ed Shropshire gehörten Häuser in Victoria, Vancouver, New York, Montana sowie auf den Turks- und Caicosinseln, doch er hatte sich entschlossen, in der Villa erneut zu heiraten, in der Alana jeden Sommer ihrer Kindheit verbracht hatte – ein sechshundert Quadratmeter großes herrschaftliches Gebäude auf einer Privatinsel vor der Küste von Vancouver Island. In vielerlei Hinsicht war Alfred Island ein idealer Ort gewesen, um dort die Ferien zu verbringen, besonders für ein introvertiertes Kind, das glücklich war, wenn es seine Zeit damit verbringen konnte, die schier endlosen Strandflächen und Waldgebiete des fast vier Quadratkilometer großen Anwesens zu erforschen.

Alanas Brüder fand man hingegen eher im hauseigenen Swimmingpool oder auf dem von Stanley Thompson gestalteten Golfplatz, wenn sie sich nicht gerade in den aufgelassenen Industriebauten aus der Zeit herumtrieben, als die Insel mit ihrer schweren Tonerde zu Beginn des 20. Jahrhunderts ein Zentrum der Ziegelbrennerei gewesen war. Alana wusste nicht immer genau, wohin ihre Schwester Lillian verschwunden war. Sie war ein zurückhaltendes Mädchen, vier Jahre älter als Alana, das sich immer irgendwo herumtrieb und zu lange wegblieb, was dazu führte, dass auf die Schnelle zusammengewürfelte Kommandos sie suchen und zum Essen nach Hause schleifen mussten oder eben zu den Privatstunden, die mit diesem oder jenem Lehrer anberaumt worden waren.

Alana erinnerte sich, wie Patsy, ihr Kindermädchen, sich

darüber beschwert hatte, dass sie sich ständig auf Spurensuche nach der eigenwilligen Lillian begeben musste. Sie schien große Angst davor zu haben, dass dem Mädchen etwas zustoßen könnte, während sie »Wache« hatte. Lillian war es nicht erlaubt, am Strand allein schwimmen zu gehen, aber sie fanden sie oft beim Baden im kalten Wasser der Meerenge, woraufhin Patsy jedes Mal Flüche ausstieß und ihr Vorwürfe machte.

Alana hatte nur verschwommene Erinnerungen an ihre Schwester, als würde sie etwas Vertrautes durch einen hauchzarten Vorhang hindurch sehen. Lillian war ihr immer so viel älter vorgekommen, und oft distanziert. Doch wenn sich Alana in ihrem Dunstkreis aufhielt, war Lillian immer sehr liebevoll und beschützerisch. Sie war ein athletisches Mädchen, ein Wildfang, der sich von Martin und Teddy nicht verscheißern ließ und sie zur Schnecke machte, wenn sie Alana hänselten oder drangsalierten. Zumal Alana, die immer pummelig und langsam gewesen war – die Ausnahme von der Regel in der Familie –, ein dankbares Opfer abgab. Nicht nur für Teddy und Martin, die sie herumschubsten und aufzogen (*Fellknäuel*, *Fetti*), sondern genauso für ihre properen, sportlichen Eltern, die mit ihr schimpften und sie beschämten, wenn sie zwischen den Mahlzeiten etwas zu sich nahm oder ihren Teller leer aß, ein Ding der Unmöglichkeit im Hause Shropshire. Die gertenschlanke Lillian hingegen durfte straflos den Kühlschrank plündern – für Alana fiel dabei der ein oder andere Leckerbissen ab – und sich beim Essen noch eine zweite oder sogar dritte Portion nehmen. Ihre Mutter Kat, die Alana regelmäßig daran erinnerte, dass sie »groß« und nicht »breit« werden sollte, war meistens zu betrunken, als dass es ihr hätte auffallen können. Und Ed war oft geschäftlich unterwegs.

Jetzt, als sie da auf ihrem Platz in der Economy Class saß

und vor lauter Stress Pringles-Snacks in sich hineinschlang – das nur zum Thema *Entspann dich auf dem Flug* –, verspürte Alana einen Anflug von Selbstbewusstsein. Ihren Vater hatte sie vor sechzehn Jahren, mit dreißig Pfund weniger auf den Rippen – eines der wenigen Male in ihrem Leben, als sie dünn gewesen war –, auf der Beerdigung der Mutter zum letzten Mal gesehen. Damals hatte sie eine Phase gehabt, in der sie sich selbst verabscheute, selbstzerstörerisch war und sich hauptsächlich von Bushmills, Amphetaminen, Nikotinersatzprodukten, Espresso und gelegentlich mal einem Toastbrot ernährte.

Ironischerweise hatte ihr Vater sie damals dafür gelobt, dass »du dich endlich mal zusammenreißt«. Zweifellos würde er seine Missbilligung ihrer Rundlichkeit zum Ausdruck bringen. Und genau wie damals, als sie ein Kind war, würde er alles, was sie zu sich nahm, misstrauisch beäugen und latent aggressive Bemerkungen darüber machen, wie wunderbar alle anderen aussähen oder wie viel Elan ihm seine ständigen Saftkuren verliehen hätten. Scheißegal, dachte sie, bring's einfach hinter dich. Die Zeiten, in denen sie ständig Diäten machte, waren vorbei.

Sie wischte sich ein paar Chipskrümel von der Brust, zog die Karte mit dem Air-Canada-Menü aus der Tasche am Sitz vor ihr und sah sich das Angebot an Snacks an. Dann rief sie den Flugbegleiter herbei und bestellte einen Riegel KitKat und eine Tüte Erdbeer-Twizzlers.

Sobald das Flugzeug in Victoria landete, vergewisserte sich Alana bei Ramona und Lily, dass alles in Ordnung war. Anschließend machte sie sich auf den Weg zur Gepäckausgabe, wo ein beängstigend jung aussehender Pilot – Akne, *Lost Boys*-T-Shirt – schon auf sie wartete, um sie mit ihren Koffern zu der Cessna zu bringen, mit der sie beide mal eben kurz nach Alfred Island hinüberhüpfen würden. Alana hatte erwartet, nach Saanichton kutschiert zu werden, um von dort mit einem der Boote ihres Vaters überzusetzen, doch der Pilot informierte sie, dass Martin neu geplant hatte, nachdem er von dem Paddel-Event im Cordova Channel erfahren hatte.

Als sie sich der Insel näherten, bemerkte Alana vor dem Anwesen Dutzende von Kanus und Kajaks. Sie erkannte noch von oben, dass das sogenannte Paddel-Event in Wirklichkeit die Protestveranstaltung einer Sippe der First Nations war, die Alfred Island als Teil ihres angestammten Territoriums für sich beanspruchte. Ein ähnlicher Disput mit dem Stamm der Tsawout um das benachbarte James Island (das einem amerikanischen Telekommunikationsunternehmer gehörte) hatte diese Sippe dazu animiert, ihrerseits einen Rechtsstreit gegen die kanadische Regierung anzustrengen. Im Endergebnis führte das Verfahren dazu, dass die Regierung aufgefordert wurde, der Firma ihres Vaters Alfred Island (dessen Wert auf einundsiebzig Millionen Dollar taxiert wurde) abzukaufen und den Ureinwohnern die Insel zurückzugeben, unter Verweis darauf, dass dies Bestandteil der Douglas-Verträge aus den 1850er-Jahren sei, die ihnen das Land zusprachen.

Die Anwälte wussten nur nicht, dass ihr Vater – für ihn war das eine Prinzipienfrage – niemals etwas herausrücken würde, das er als sein Eigentum betrachtete, ganz egal, welchen Betrag ihm die Regierung dafür bot. Ihr Vater wusste wiederum nicht, dass Alana, obwohl praktisch mittellos, der GoFundMe-Kampagne der Sippe mehr als einen halben Monatslohn gespendet hatte, um diese in dem Rechtsstreit zu unterstützen. Der Gedanke daran entlockte ihr ein Lächeln, als sie dem Flugzeug entstieg und dem Piloten dabei zusah, wie er ihr Gepäck aufs Rollfeld stellte.

»Darla wird sich um Sie kümmern«, sagte er und deutete auf ein Golfmobil, das sich näherte.

»Vielen Dank.«

»Keine Ursache. Angenehmen Aufenthalt!«

Er kletterte zurück ins Cockpit, schob seine Sonnenbrille hoch und fing an, etwas auf seinem Smartphone zu tippen. Das Golfmobil hielt neben ihr, und eine große Frau mit kurzen grauen Haaren sprang heraus, ging auf Alana zu und streckte ihr eine schwielige Hand entgegen.

»Willkommen!«, sagte sie. »Ich bin Darla.«

»Schön, Sie kennenzulernen. Ich bin Alana.«

»Weiß schon«, erwiderte sie und rief dem Piloten dann »Hey, Frank« zu.

Er winkte zurück, während Darla das Gepäck in dem Golfmobil verstaute. Sie war eine kräftige Person mit einem großen Kopf und einem Körperbau, der einem auf der Spitze stehenden Dreieck glich – oben sehr mächtig, nach unten hin auslaufend in schmalen Hüften und dünnen Beinen. Sie erinnerte Alana an einen Tasmanischen Teufel, hätte die entsprechende Figur aus der Trickfilmserie *Looney Tunes* denn ein Poloshirt, Khakishorts und lange weiße Baumwollstrümpfe in den Wanderschuhen getragen.

»Schön, wieder hier zu sein?«, erkundigte sich Darla, als das Golfmobil von der Rollbahn fuhr.

»Riecht immer noch so wie damals, als ich Kind war«, meinte Alana.

Darla schien zu begreifen, worauf sie anspielte, und wechselte das Thema. »Cottage 1 ist für Sie vorbereitet, aber Martin sagte mir, die anderen wären auch frei, wenn Ihnen das lieber ist.«

»Oh«, sagte Alana und lachte. »Irgendwie dachte ich, ich käme in mein altes Zimmer.«

»Na, wenn Sie das möchten, dann sprechen Sie mit Ihrem Vater oder Ihrem Bruder.«

»Nein, muss nicht sein. Ich hatte mir einfach … nicht

richtig Gedanken darüber gemacht. Ein Cottage ist mir recht. Das liegt am nächsten beim Haus, oder?«

»Genau«, erwiderte Darla. »Das beste von allen, finde ich.«

»Toll«, freute sich Alana. Cottage 1 dürfte wunderbar sein. Sie versuchte, sich die anderen drei vorzustellen, aber das gelang ihr nur bei dem Cottage, das nah am Strand lag. Die Ferienhäuser waren für sie und ihre Brüder als Kinder immer Verbotszone gewesen, und sie waren auch stets abgeschlossen, die Vorhänge zugezogen, wenn sie einmal den Versuch wagten, sie zu erkunden.

»Leben Sie hier auf der Insel?«

»Ja, in einer der Unterkünfte für das Personal. Ich bin für die Pflege der Anlage zuständig.«

»Das ist ja schön.«

»Wenn Sie etwas brauchen: Mrs. Keith ist die Haushälterin.«

»Okay, gut zu wissen.«

Alanas Puls beschleunigte sich, als das Golfmobil am Haupthaus vorbeifuhr. Die merkwürdige Aufgabe, die sie übernommen hatte, fühlte sich jetzt sehr real an. Nervöse Energie durchflutete sie.

»Jetzt sind wir gleich da«, sagte Darla, als sie auf einen Weg in bewaldetes Gelände abbogen.

Die Douglasfichten hier waren massiv und riesig, nicht so wie die Tannen, an die sie sich in Ontario gewöhnt hatte. Diese Bäume hier fühlten sich prähistorisch an, wie im Jura.

»Da, sehen Sie mal.« Alana deutete auf ein paar Rehe, die zwischen den Bäumen ästen.

»Blöde Viecher«, sagte Darla. »Und ich hab gerade kein Gewehr dabei.«

»Na klar!« Alana nahm an, dass sie einen Scherz machte.

»Das ist Damwild, die wahre Pest. Sie fressen alle einheimischen Pflanzen weg, vor allem auch die Erdbeerbäume. Ich habe Anweisung von Ihrem Vater, alle abzuschießen, die ich zu sehen kriege.«

»Oh«, sagte Alana. »Okay, aber die hier haben Sie dann vielleicht einfach nicht gesehen, oder?«

Darla warf ihr von der Seite einen amüsierten Blick zu. »Jetzt klingen Sie schon wie die Verlobte Ihres Vaters.«

Alana musste lachen. »Ich freue mich schon darauf, sie kennenzulernen. Hab von ihr noch nicht so viel mitbekommen.« Sie ließ es wie eine Frage klingen und wartete darauf, dass Darla ihr ein paar Informationen gab, doch die schluckte den Köder nicht und fuhr einfach weiter.

»So, da wären wir«, sagte Darla schließlich, als sie vor Cottage 1 anhielten, einem niedlichen Nurdachhaus, das, weiß umrandet, in einem lebhaften Türkisgrün gestrichen war.

»Ich erinnere mich«, meinte Alana. »War mal einfach nur blankes Holz.«

»Sie sind vor ein paar Jahren gestrichen worden. Damit sie nicht verrotten.«

Alana stieg aus dem Mobil und wollte nach ihrem Kleidersack greifen, doch Darlas kräftige Hand hatte ihn schon gepackt.

»Ich mach schon«, sagte sie und schnappte sich auch den Koffer, die Reisetasche und selbst Alanas Handtasche.

»Oh … danke!«

Darla hievte das Gepäck die Treppe zur Veranda hoch, schloss die Tür des Cottage auf und überreichte Alana den Schlüssel.

Alana lachte verlegen und bedankte sich noch einmal. »Ich bin es nicht gewohnt, dass jemand meine Sachen trägt.«

»Jetzt klingen Sie schon wieder wie Miss McNutt.« Darla lächelte sie an und ging zum Golfmobil zurück. »Um fünf gibt's Drinks am Pool, soll ich Ihnen von Martin sagen.«

»Oh, werden alle da sein?«

»Vermute ich mal«, entgegnete Darla. »Hab vorhin schon gesehen, wie Essen und Getränke geliefert wurden.«

Alana verspürte den Drang, sofort wieder in das Golfmobil zu steigen und zum Rollfeld zurückzufahren. Wenn das Flugzeug schon weg sein sollte, könnte sie ja immer noch den Cordova Channel durchschwimmen und zum Flughafen trampen. Stattdessen holte sie tief Luft und sah auf die Uhr. Ihr blieben nur fünfundzwanzig Minuten, um sich frisch zu machen und sich zu beruhigen.

»Ist sie das?«, hörte Alana Ed sagen, als sie über das langgestreckte, mit Steinplatten ausgelegte Pooldeck auf die Versammlung zuging. Aus ihrer Warte sah das Ganze so ähnlich aus wie eine Panoramaseite im *Architectural Digest*. Ihr Vater, im weißen Leinenanzug mit Panamahut, saß auf einem großen geschwungenen Sofa unter einer neu errichteten Pergola – neu jedenfalls für Alana, es hatte sie nicht gegeben, als sie ein Kind gewesen war. Die Sauna direkt dahinter auch nicht.

Links von ihrem Vater eine langbeinige Blondine, die mit ihrem ärmellosen schwarzen Hemdkleid, der überdimensionalen Sonnenbrille und den zu einem Knoten gebundenen Haaren wie ein italienischer Filmstar wirkte. Gegenüber von den beiden, in einem luxuriösen Sessel neben einem Pflanzkübel voller Bougainvillea, saß Martin in einem Shirt mit V-Ausschnitt und weißer legerer Hose. Ein adrett gekleideter Hausangestellter kümmerte sich um das Feuer in dem aufwendig gekachelten Pizzaofen, während ein anderer die Gläser einer behelfsmäßigen Bar polierte. Augenblicklich zweifelte Alana an dem alten Trägerkleid von Gap und den Flipflops, die sie als Garderobe gewählt hatte.

»Hey«, sagte Martin und stand auf, um sie zu begrüßen.

»Hallo«, erwiderte Alana, winkte in die Runde und hoffte, dass niemand versuchen würde, sie zu umarmen oder ihr einen Kuss zu geben.

Die Blonde erhob sich, strich ihr Kleid glatt und streckte ihr für einen schlaffen Handschlag eine Hand mit langen Fingernägeln entgegen. Aus der Nähe konnte Alana erkennen, dass ihre Lippen aufgespritzt waren.

»Das ist meine Freundin Gertrud«, stellte Martin sie vor.

»Ah, schön, Sie kennenzulernen!«

»Ganz meinerseits«, flötete Gertrud und lächelte.

»Hast du eine andere Frisur?«, meinte Ed, der sitzen geblieben war.

»Stimmt«, bestätigte Alana und fasste sich an die kurzgeschnittenen Locken. Es bestürzte sie, wie grau und hager ihr Vater geworden war. Nur noch Leinen und Knochen.

»Möchtest du einen Drink?«, erkundigte sich Martin.

Am liebsten fünf, dachte Alana mit klopfendem Herzen. »Ja, gerne. Ich nehme einen Wodka-Martini ohne Eis, aber mit Zitrone, bitte.«

»Das trinkt Kelly immer«, sagte ihr Vater mit einem künstlichen Lächeln. Die Zähne waren immer noch perfekt, aber die eine Gesichtshälfte war etwas schlaff, die Stimme leicht verwaschen.

»Gibt es etwas, das sie nicht trinkt?«, flüsterte Martin im Vorbeigehen.

»Da kommt sie ja!«, verkündete Ed.

Alana drehte sich um und sah Kelly auf die Gruppe zugehen. Sie hatte ein ziemliches Tempo drauf und sah überhaupt nicht aus wie ein raffgieriges Vorzeigeweibchen. Sie war knapp eins sechzig groß und wog vielleicht gerade mal fünfzig schweißnasse Kilo. So gut wie keine Brust und auch keine nennenswerten Hüften, krauses, zu einem Pferdeschwanz zusammengebundenes Haar und Sommersprossen, wohin man sah. Sie trug abgeschnittene Jeans, ein Top, Leinenschuhe und sah aus wie ein Kind.

»Tut mir leid«, sagte sie. »Der Partyservice hat veganen Käse geliefert, aber ich glaube, unserer ist besser.« Sie wedelte mit der Packung, die sie in der Hand hielt, in der Luft und überreichte sie dem jungen Mann am Pizzaofen, bevor sie sich zu Alana umwandte.

»Du musst Amanda sein«, sagte sie und umarmte sie kurz und heftig.

»Hm …«

»Sie heißt Alana«, bemerkte Martin und gab sich keine Mühe, seine Verachtung zu verbergen.

»O Gott, das tut mir furchtbar leid.«

»Klingt ja auch ganz ähnlich«, meinte Ed.

»In der Tat«, sprang Gertrud ihr bei und blitzte Martin an.

»Mach dir keine Gedanken«, sagte Alana. »Schön, dich kennenzulernen.«

»Ja, das ist wirklich schön, *Alana*. Entschuldigung, aber diese ganzen Hochzeitsvorbereitungen machen mich ganz wirr im Kopf.«

Ein Kellner verteilte die Drinks.

»Hey, ein Martini-Kumpel«, frotzelte sie und stieß mit den Gläsern etwas zu heftig an. Sie hatte ein schelmisches Lächeln und lachende, große blaue Augen mit einem ausgeprägten dunklen Ring um die Iris.

»Komm her«, sagte Ed und klopfte auf den Platz neben sich.

Pflichtschuldigst setzte sich Kelly neben Ed, der ihr gleich einen Arm um die magere weiße Hüfte legte.

Alana kam das ebenso besitzergreifend wie unsicher vor. Sie nahm auf einem Stuhl gegenüber Platz, nippte an ihrem Drink und fragte sich, ob ihr Gesicht wohl so heiß und rot aussah, wie es sich anfühlte.

»Wie geht's deiner Tochter?«, erkundigte sich Ed.

Alana reagierte gereizt. »Ihr geht's gut. Sie ist bei ihrer Betreuerin.« Um das Thema zu wechseln, deutete sie auf einen Berg Pizza auf dem Tisch und sagte: »Die sehen toll aus.«

»Probier mal die mit Rosmarin und Kartoffeln«, bemerkte Kelly. »Die sind alle vegan, bis auf die mit den Shrimps.«

»Dad ist jetzt Veganer«, kam der Kommentar von Martin.

»Warum sagst du das so?«, sagte Ed.

»Wie? Ich hab's ihr doch nur gesagt.«

»Probier sie doch mal. Du kriegst langsam einen Bauch, mein Lieber.« Er sagte das zu Martin, beobachtete dabei aber Alana, die sich gerade verschiedene Pizzastücke nahm.

»Ich steh nun mal auf Fleisch«, grummelte Martin.

»Wir könnten's doch mal ausprobieren«, mischte sich Gertrud ein. »Für den Planeten ist es jedenfalls besser.«

»Mach doch«, sagte Martin und leerte auf dem Weg zur Bar seinen Drink.

»Um acht gibt's Essen«, verkündete Ed und beäugte Alanas Teller.

»Ah, okay.« Ein Gefühl von Scham, das ihr bekannt vorkam, wandelte sie an. Offenbar war sie die Einzige, die etwas aß.

»Wir haben uns darauf gefreut, deine Tochter und dich auf der Hochzeit zu begrüßen«, meinte Kelly, »aber dass du uns jetzt schon mit einem Besuch beehrst, überrascht uns.«

»Na ja, ich hatte beruflich in der Gegend zu tun, und da dachte ich mir, ich schau mal rein. Es könnte nämlich sein, dass ich es zur Hochzeit nicht hinkriege.«

»O nein, das höre ich aber gar nicht gern.«

»Wieso denn nicht?«, spiegelte Ed Kellys Enttäuschung.

»Es ist … eben einfach ziemlich schwierig, mit Lily zu verreisen.«

»Nimm das Flugzeug, das dürfte am einfachsten sein.«

»Danke, aber es wäre immer noch kompliziert genug.«

»Komm, das kriegen wir schon hin«, erwiderte Ed.

Alana reagierte nicht darauf.

»Na, dann hoffe ich doch, dass du wenigstens bis Freitag bleiben kannst«, schaltete Kelly sich wieder ein. »Da proben wir nämlich auf dem Boot für die Hochzeit.«

»Oh … ja, vielleicht, aber ich bin mir nicht sicher.«

»Isst du eigentlich alles?«, wollte sie wissen, während sie mit dem bereits geleerten Glas zur Bar ging.

»Hm, ja, ich meine, ich esse nicht viel Fleisch, aber gelegentlich schon.«

»Sehr gut. Dann lass uns doch wissen, was du von dem Essen hältst.«

»Wenn ich dann noch da bin, gern.«

Martin warf Alana einen Blick zu, der zu besagen schien: *Du meinst, wenn* sie *dann noch hier ist.*

»Was meinst du eigentlich mit beruflich?«, erkundigte sich Ed.

»Ach, das war nur ein Treffen … mit einem Spender. Hey, wo ist eigentlich Teddy?«, sagte sie, um von dem Thema loszukommen.

»Der junge Herr Edward guckt Tennis«, meinte Ed.

»Ja«, kommentierte Martin. »Der ist nur aus Jux und Tollerei mal eben hingeflogen.«

»Nach Wimbledon?«, wollte Kelly wissen, die mit zwei frischen Martinis wiederkam.

»Wimbledon, aus Jux«, bestätigte Ed.

Gertrud lachte laut auf, während Martin nicht mehr als ein Lächeln zustande brachte.

»Na ja, wenn wir Glück haben, ist er zurück, bevor du wieder abreist«, sagte Kelly. »Prost!«

Alana nahm den zweiten Drink, obwohl der erste noch halb voll und sie bereits beschwipst war. In einem Punkt hatte Martin jedenfalls recht: Kelly McNutt war trinkfest. Was angesichts ihrer Körpergröße wirklich erstaunlich war.

»Wir sollten mal wieder nach Wimbledon fahren«, sagte Gertrud zu Martin. »Da habe ich die besten Erdbeeren mit Sahne meines Lebens gegessen.«

Martin amüsierte sich. »Wegen der Erdbeeren – wen kümmert schon Tennis?«

Ein verstörendes Bild von Gertrud, wie sie versuchte, sich Schlagsahne in den Mund zu stopfen, stand Alana vor Augen. Dann musste sie an ihren Bruder denken, der mit dem Flugzeug mal eben achttausend Kilometer herunterriss, um sich ein paar Tennismatches anzusehen.

Ein Kellner stellte frische Pizza auf den Tisch.

»Danke, Des«, sagte Kelly und schenkte dem Mann, der bereits wieder an seinem Platz neben dem Pizzaofen stand, ein Lächeln. »Also, Leute, die hier müsst ihr probieren. Das ist die mit dem guten veganen Käse.«

Erstaunt beobachtete Alana, wie Kelly ein Stück auf einen Teller beförderte, es in mundgerechte Häppchen schnitt und Ed die Pizza und eine Gabel reichte. Wie befohlen spießte dieser eines der Häppchen auf und bugsierte es mit einiger Mühe in Richtung Mund.

»Probier mal, Alana. Schmeckt wie richtiger Käse«, flötete Kelly.

Aus Höflichkeit nahm Alana ein Stück. »Hm, ja, gut.« War es aber nicht. Alana konnte ihren Vater, der ungelenk darauf herumkaute, nicht ansehen. Von der ganzen Szene wurde ihr übel. Sie stellte ihren Teller ab und nahm einen ordentlichen Schluck kalten Martini.

»Machst du vielleicht Yoga oder so was?«, wollte Kelly wissen.

»Na ja, ich hab's ein paar Mal versucht«, erwiderte Alana. »Ich hab's eher mit dem Schwimmen.«

»Oh, das würde ich mir auch wünschen. Besonders bei diesem fantastischen Pool.«

»Nimm Unterricht! Hab ich dir doch schon öfter gesagt«, meinte Ed mit vollem Mund, sodass ihm etwas Pizza aus dem Mund flutschte und an seinem Kinn hing.

»Ich weiß«, räumte Kelly ein. »Aber ich … also ich hab da irgendwie immer noch eine Blockade.«

»Wegen deines Bruders«, bemerkte Gertrud und verzog ihr Gesicht zu einer Art Andeutung von Mitleid.

»Ich hatte einen älteren Bruder, der ertrunken ist, als ich noch ein Baby war«, sagte Kelly zu Alana. »Meine Mutter war so traumatisiert, dass sie mich als Kind immer von Wasser fernhielt.«

»Oh, das tut mir leid.«

»Ist schon okay. Ich meine, ich habe ihn ja nicht gekannt. Es ist nur … ich weiß auch nicht. Wie auch immer, solltest du zufällig Frühaufsteherin sein, könntest du morgens mit mir zum Strand kommen und Yoga machen. Immer um sechs. Geh einfach den Weg, der an Cottage 4 vorbeiführt, hinunter.«

Martin warf Alana einen eindringlichen Blick zu.

»Klingt gut, danke.«

»Und danach machen wir dann immer einen Spaziergang«, ergänzte Ed.

»Ja, Liebling, wenn ich vom Strand zurück bin.« Sie zupfte ihm den Rest Pizza vom Kinn und tätschelte ihm den Arm.

Alana stellte ihren Drink ab und stand auf. »Also, Leute, ich hau mich vor dem Essen noch mal kurz aufs Ohr. Aber danke schon mal, war schön.«

Als sie zur Hütte zurückging, dachte sie über ihren Vater nach, der immer wie der Marlboro-Mann ausgesehen hatte (allerdings ohne Hut, Pferd und Zigarette). Als kleines Mädchen war sie bezaubert von ihm gewesen. Von seiner Größe und Stärke, seiner Zuversicht. Immer stiefelte er irgendwo herum und gab Anweisungen. Und jeder wollte seine Genehmigung.

Er schien alles zu entscheiden und alles zu kontrollieren. Von klein auf lernte sie, dass es das Allerwichtigste war, ihm zu gefallen. Darum ging es. Einzig und allein. Ihn zufriedenzustellen und seinen Gefallen zu finden. Das versuchte sie. Und wie sie das versuchte. Eine Zeit lang tat sie alles, von dem sie annahm, dass er es wollte. Jeder machte das so. Aber er war kein gütiger Gott. Er war fordernd und stets gereizt, hatte die Angewohnheit, Sachen zu Boden zu schleudern, wenn er verärgert war: Füller, Teller, Kaffeetassen, Lampen, was gerade in Reichweite war. Wie viele Male hatte sie nach einem solchen Wutausbruch Hausangestellte sich bücken sehen, um alles zusammenzufegen oder aufzusammeln!

Sie musste daran denken, wie Kelly ihm geduldig die Pizza kleingeschnitten, ihm den Essensrest vom Kinn gepflückt und seinen Arm getätschelt hatte – *Ja, Liebling, wir machen unseren Spaziergang, wenn ich zurückkomme.* Es war wirklich verblüffend. Fast undenkbar. Ein Schlaganfall und ein achtundzwanzig Jahre alter Dynamo hatten den Feuer speienden Drachen irgendwie gezähmt.

So schien es jedenfalls.

Alana wurde von Gewehrschüssen in der Ferne geweckt. Verwirrt blickte sie auf ihr Smartphone – 21:18. Sie hatte das Abendessen verschlafen. Lahmgelegt von der Pizza und dem Wodka. Sie sah eine goldige Gute-Nacht-SMS von Lily und Ramona – angesichts des Zeitunterschieds war es für eine Antwort zu spät – und zwei SMS von Martin. Die erste rief sie zum Abendessen, die zweite lud zu einem Absacker ins Spielezimmer. Der Unterton in beiden: *Beweg deinen Arsch hierher.*

Es wurde allmählich dunkel, als sie sich endlich auf den

Weg zum Haus machte. Als sie die Zufahrt zu dem Anwesen erreichte, hörte sie ein Motorengeräusch, das immer näher kam, und aus dem Schatten der Bäume heraus sah sie Darla und einen ihr unbekannten Hausangestellten in einem Golfmobil vorbeifahren. Das Fahrzeug zog einen metallenen Anhänger, in dem sich etliche Kadaver befanden. Die steifen Beine der Tiere ragten wild durcheinander über die Ränder hinaus und wurden durch die Fahrt über die Betonpiste durchgerüttelt.

Das erklärte die Schüsse.

Sie wartete, bis das Golfmobil vorbeigefahren war, bevor sie den Weg überquerte und den sanften Abhang mit sattem Rasen erklomm. Sie ging durch den Bereich, wo man draußen gesessen und gegessen hatte, ins leere Wohnzimmer und weiter in das Spielezimmer – ein großer rechteckiger Raum mit massiver Balkendecke und einem Boden aus breiten Dielen. Wenn es draußen regnete, war sie als Kind mit ihrem Fahrrad hier immer im Kreis gefahren. Und Teddy, Martin und Lillian hatten hier immer Fußball und Hockey gespielt.

Doch jetzt war der Boden kreuz und quer mit riesigen Perserteppichen ausgelegt. An einer Seite befand sich eine Reihe von Fitnessgeräten, gegenüber der Spielebereich mit Billardtisch, Kicker, Tischtennis und einem Kartentisch, der eigens für Texas-Hold'em-Poker hergerichtet war. Kelly und Gertrud spielten Poolbillard – die Halben hatten gerade keinen leichten Stand –, und Martin saß in einem ledernen Klubsessel und vertilgte Pistazien. Die leeren beigefarbenen Schalen bildeten neben ihm bereits einen kleinen Haufen.

»Na, auferstanden von den Toten?«, lautete Martins Kommentar, als Alana hereinkam.

»Tut mir leid. Ich wollte mich nur mal fünf Minuten hinlegen und bin eingeschlafen.«

»Hab ich mir schon gedacht«, meinte Martin.

»Da ist mit Sicherheit noch was übrig geblieben«, sagte Kelly, während sie ihren Queue mit Kreide einrieb. »Bedien dich einfach in der Küche, wenn du Hunger hast.«

Martin lachte. »Greif nur zu im Zuhause deiner Familie.« Ein Seitenhieb auf Kelly, die Außenstehende, die daherredete, als wäre sie die Gastgeberin.

Alana lächelte. »Ist schon okay, danke. Ich hatte ja schon reichlich Pizza.«

Mit einem lauten Klack versenkte Kelly die Kugel mit der Zahl 8 in der Tasche am Rand.

»Das war's dann«, sagte Gertrud und steckte ihren Queue in den Ständer. »Sie spielt einfach viel zu gut für mich.«

»Spielst du 'ne Partie mit mir?«, wollte Kelly mit unschuldigem Lächeln von Martin wissen.

»Schon«, erwiderte Martin. »Aber nicht heute Abend. Da überlasse ich dich gerne meiner lieben Schwester.« Er stand auf und wischte sich mit etwas zu viel Verve Pistazienkrümel von Hemd und Hose. »Du spielst doch sicher 'ne Runde, oder?« Er warf Alana einen Blick zu, der keinen Zweifel daran zuließ, dass sie mit Sicherheit spielen wollte.

»Ja, klar«, meinte sie. »Ich bin nur nicht besonders gut.«

»Egal«, sagte Kelly. »Das machen wir nur so nebenbei beim Quatschen. Ich möchte alles über das Frauenhaus wissen, in dem du arbeitest. Wie nennt sich das noch?«

»Ähm, RedTree.« Alana suchte einen Queue mit der richtigen Länge. »Ist hauptsächlich ein Frauenhaus, aber wir bieten auch Flüchtlingen Schutz … Und wir unterstützen auch einige Familien aus Syrien und Honduras.«

»Wow, schön für dich.«

»Ganz toll!«, bemerkte Gertrud.

»Lasst uns mal auf die ehrliche Arbeit anstoßen, die Alana da leistet. Wer ist dabei?«, erklärte Kelly und ging mit ihrem leeren Glas in Richtung Bar.

»Wir hauen uns dann mal hin«, verkündete Martin.

»So früh?«, wunderte sich Gertrud.

»Richtig. Los, komm in die Hufe.«

»Darf's vielleicht ein Traveller sein?«, sagte Kelly und hielt eine Flasche hoch, während Gertrud sich mit ihren Stilettos abmühte.

»Sie hatte genug«, sagte Martin.

»Ach ja?«, erwiderte Kelly. »Woher willst du das wissen? Fragen wir Alana doch vielleicht selber.«

O Mann, dachte Alana, jetzt geht's ab.

»Sie hatte genug«, wiederholte Martin unbeirrt und lächelte Kelly an. »Ich glaube, die Aperitifs, der Wein zum Essen und dann noch 'n Scotch hinterher haben gereicht für heute Abend.«

»Ich bin auch schon ganz schön beschwipst, trotzdem danke«, nuschelte Gertrud.

Martin warf Alana einen letzten bedeutungsschweren Blick zu, als er mit Gertrud auf ihren High Heels im Schlepptau den Raum verließ.

»Dein Bruder mag mich nicht besonders«, sagte Kelly und schenkte großzügig Scotch in zwei Gläser ein.

»Sieht ganz so aus.« Alana fischte Billardkugeln aus den Taschen am Pooltisch.

»Den musst du probieren, der ist unglaublich gut«, erklärte Kelly und reichte ihr ein Glas.

»Danke!«

»Aberlour A'Bunadh. Nicht unbedingt der teuerste, aber der köstlichste.«

»Hm, ja, wirklich richtig gut.«

»Nimm dir 'ne Flasche mit nach Hause«, sagte Kelly. »Ich habe gerade ein halbes Dutzend nachbestellt.« Sie stellte ihr Glas ab, holte das schwere hölzerne Dreieck unter dem Tisch hervor und sortierte die Billardkugeln hinein.

»Wann hast du eigentlich diesen Termin? Und wo? In Victoria oder in Vancouver?«

»Weder noch, ehrlich gesagt«, erklärte Alana. »Ich bin eigentlich nicht hier, um mich mit einem Förderer zu treffen, sondern in einer speziellen Mission.«

»Eine Mission?«, rätselte Kelly. »Das klingt ja interessant. Und die wäre?«

»Na ja, wie es aussieht, möchte meine Familie dir einen Vorschlag machen, und ich bin hier, um ihn zu unterbreiten.«

»Oh …« Kelly bewegte das Dreieck mit den Billardkugeln an die richtige Stelle auf dem Filz und entfernte den Holzrahmen. »Ein Vorschlag. Faszinierend. Und wie sieht der aus?«

»Es ist ein Angebot, und zwar ein Angebot über einen großen Geldbetrag, der direkt auf deinem Konto landen würde.«

»Wirklich?«, amüsierte sich Kelly.

»Genau. Du musst nur deine Sachen packen und gehen. Das ist alles.«

»Meine Sachen packen und gehen? Das wollt ihr?«

»Noch vor der Hochzeit natürlich.«

»Natürlich«, sagte Kelly und lächelte. Sie nippte an ihrem Drink, stellte ihn ab und rieb ihren Queue mit Kreide ein. »Und was hältst *du* davon?«

Alana zögerte. »Ich weiß nicht.« In diesem Moment war sie sich nicht sicher, was sie eigentlich davon hielt. »Wenn du gehst, wirst du dich nie mehr mit meinem Vater oder meinen Brüdern herumschlagen müssen.«

»Korrekt!« Kelly sah Alana direkt an und hielt, nun todernst, ihrem Blick stand. »Darf ich mich denn noch verabschieden, oder soll ich mich lieber gleich in Luft auflösen?«

»Ich denke, eine schriftliche Mitteilung wäre das Mittel der Wahl. Du weißt schon, irgendetwas über den großen Altersunterschied, dass dir erst jetzt, deine Zukunft betreffend, richtig klar geworden ist, dass es vielleicht nicht die beste Idee wäre, jemanden zu heiraten, der so alt ist. Ist aber nicht entscheidend.«

»Verstehe.« Kelly lächelte süffisant. »Nun ja, einerseits überrascht es mich, andererseits wiederum gar nicht. Und von welchem großen Betrag reden wir hier genau?«

»Zwanzig Millionen Dollar.«

»Das ist eine Stange Geld.«

»Kann man so sagen.«

»Für deine Brüder aber nicht unbedingt.«

»Sie würden dir an dem Tag, an dem du gehst, sofort eine Million überweisen, den Rest dann drei Monate später, vorausgesetzt, du hältst dich fern und hast keinen Kontakt mehr zu unserem Vater. Außerdem soll ich dir sagen, dass sie, für den Fall, dass du die Heirat durchziehst, mit Zähnen und Klauen um den Besitz hier kämpfen werden – wenn es hart auf hart kommt.«

»Das habe ich mir schon gedacht«, meinte Kelly und setzte die weiße Kugel auf den Startpunkt. »Ist eigentlich nichts Neues. Interessant finde ich aber, dass sie dich angeheuert haben, um ihr Anliegen vorzubringen.«

Alana zuckte die Schultern.

»Na schön«, sagte Kelly und beugte sich vor, um ihren Stoß auszuführen. »Jede Menge Stoff zum Nachdenken.« Sie versetzte der weißen Kugel einen kräftigen Stoß und versenkte vom Kopffeld aus erst eine orange, dann eine gelbe Kugel und anschließend alle Vollen auf dem Tisch.

Es war schon nach Mitternacht, als Alana im Nieselregen zu ihrem Cottage zurückging. Sie war erschöpft und mehr als nur etwas angetrunken. Der Weg zwischen den Bäumen hindurch war nicht beleuchtet, und in der Dunkelheit fühlte sie sich ausgeliefert. Sie fragte sich, ob es eventuell Pumas auf der Insel gab. In ihrer Kindheit hatte es keine gegeben, aber vielleicht waren inzwischen ja welche dem Rotwild gefolgt und waren von Vancouver Island herübergeschwommen. Konnten Pumas überhaupt schwimmen? Sie war zu betrunken, um weiter darüber nachzudenken, hastete zu ihrer Hütte, außer Atem die Holztreppe hinauf und spürte plötzlich ein Kribbeln im Nacken, als würde sie verfolgt. Sie machte die Tür auf, ging hinein und sah im Halbschatten ein Gesicht. Sie schrie auf.

»Pst«, flüsterte Martin. »Ich bin's.«

»Herrgott noch mal, du hast mich zu Tode erschreckt!«

»Pst! Nicht so laut.«

»Was machst du hier?«

»Wir müssen reden, und ich hatte keine Lust, stundenlang draußen im Regen zu stehen. Ich dachte, du würdest viel früher zurück sein. Warum hast du so lange gebraucht?«

»Scheiße, Mann!« Alana presste die Finger an den Hals, um ihren rasenden Puls unter Kontrolle zu bekommen.

»Die Tür war nicht abgeschlossen, also …«

»Dann mach wenigstens Licht an. Oder schick mir 'ne SMS. Du hast mir einen Mordsschrecken eingejagt.«

»Tut mir leid! Ich wollte nicht, dass mich jemand sieht. Und ich wollte auch nichts Schriftliches. Beruhige dich!«

»Ich bin ganz ruhig. Außer dass ich fast einen Herzinfarkt gekriegt hätte.«

»Also, wie ist es gelaufen?« Martin wurde ganz geschäftlich.

»Kann ich Licht anmachen? Ich zieh auch die Vorhänge zu.«

»Ich bin in zwei Sekunden wieder weg, lass es einfach.«

Alana streifte ihre Schuhe von den Füßen und ließ sich in den Rohrsessel in der Ecke fallen. Die Kissen rochen muffig, aber sie war zu müde, um sich noch anderswo hinzusetzen.

»Also?«

»Ich glaube, es lief ganz okay.«

»Was hat sie gesagt?«

»Sie meinte, sie müsse darüber nachdenken. Möchte eine Nacht darüber schlafen. Morgen früh beim Yoga will sie's mir sagen.«

»Sie war also gar nicht geschockt oder beleidigt?«

»Überhaupt nicht.«

»Siehst du, hab ich dir doch gesagt. Sie spielt mit ihm. Mit uns allen. Blöde Fotze. Daran hatte ich nie auch nur einen Zweifel. Teddy hat vielleicht gedacht, es wäre alles echt, aber ich wusste es. Ich wusste es von Anfang an.«

»Schön. Wie auch immer. Ich hab's gemacht, und jetzt muss ich in fünf Stunden zum Yoga aufstehen, um ihre Antwort zu bekommen, und deshalb ...«

»Gott, was für ein Miststück«, fluchte Martin. »Und ich bin total sauer auf Teddy. Was glaubst du wohl, warum er sich nach England verdrückt hat?«

»Um Erdbeeren mit Schlagsahne zu essen?«

»Nein! Damit er nicht hier vor Ort ist, wenn die Bombe platzt. Für den Fall, dass sie heulend zu Dad rennt.«

»Ganz schön beschissen.«

»Richtig! Elender Feigling. Kriecht Dad immer in den Arsch, hält sich selber aber den Rücken frei.«

»Junge, Junge, und ich dachte immer, ihr wärt so was wie 'ne ›Einheitsfront‹.«

»Wenn es um diese Angelegenheit geht, sind wir das auch. Aber was das Geschäftliche betrifft, wäre es ihm wohl am liebsten, wenn ich den Abgang machen würde, sodass er meinen Platz einnehmen könnte.«

»Seid ihr nicht beide Vice President?«

»Ich bin Executive VP, er Senior VP. Formal gesehen bin ich ihm übergeordnet, was ihn zu Scheiße nervt, weil ich der Jüngere bin und er schon immer Papas Goldjunge war.«

»Wie kam denn das?«

»Letztes Jahr hat er einen Deal vermasselt. Genau zu dem Zeitpunkt, als Dad den Schlaganfall hatte. Es ist kompliziert, aber im Grunde hat er gegen Dads ausdrücklichen Wunsch gehandelt und stattdessen gemacht, was er wollte. Vielleicht hat er gedacht, Dad würde sich nicht mehr erholen. Vielleicht wollte er aber auch nur seine Autorität unterstreichen. Möglicherweise hatte er auch einfach nur Befürchtungen, dass Dad genervt sein würde, wenn der Deal nicht zustande kam. Ich weiß es nicht. Ich hatte mit anderen Sachen vollauf zu tun.«

»Aber worum ging es genau?«

»Dad hatte Interesse an ein paar Hotels, aber nur zu einem bestimmten Preis. Teddy hat die Verhandlungen geführt und hat weit über Wert gekauft. Sie behaupteten, es läge noch ein anderes Angebot vor, aber das war verdammt noch mal nicht der Fall. Er hat total überzahlt.« Martin lachte, als handelte es sich um eine schöne Erinnerung. »Jedenfalls war die Entscheidung falsch, und als Dad das herausfand, war er so sauer, dass er unsere Rollen tauschte. Und seitdem kriegt sich Teddy deswegen nicht mehr ein. Sag ihm bloß nicht, dass ich dir das erzählt habe. Und vergiss nicht, falls Kelly Dad Bescheid geben sollte, dass du nur ihre Loyalität testen wolltest und keiner von uns beiden auch nur das Geringste davon wusste.«

»Ja, haben wir doch schon zehnmal durchgekaut. Und, ehrlich gesagt, glaube ich nicht, dass das ein Thema sein wird. Ich habe den Eindruck, dass sie das Angebot annehmen oder ausschlagen wird. Aber sie wird nichts sagen.«

»Werden wir ja schon bald erfahren. Ich nehme es jetzt mal als gutes Zeichen, dass sie nicht völlig überrascht und beleidigt war. Blöde Kuh.«

»Egal was«, sagte Alana und stand auf, »ich muss jetzt wirklich schlafen.«

»Okay. Schick mir keine SMS oder so. Komm einfach nach dem Yoga zu mir. Ich finde dich auf alle Fälle.«

»Gut. Aber wenn du wieder hier drinnen warten solltest, brauche ich eine Vorwarnung. Häng irgendwas an den Türgriff oder leg ein paar Kiesel auf die Treppe, damit ich nicht wieder 'nen Herzinfarkt kriege.«

»Kann ich machen, klar. Ich leg ein paar Steine auf die Stufen. Aber vielleicht muss ich das ja auch gar nicht. Drück die Daumen, dass sie das Geld nehmen und sich verziehen wird.«

3

Obwohl sie den Wecker auf ihrem iPhone leise gestellt hatte, schreckte Alana vom sanften Klang von *By the Seaside* sofort hoch, als er um halb sechs ertönte. Sie stellte ihn sofort ab und lag mit klopfendem Herzen im Bett. Der Druck hinter ihrem linken Auge fühlte sich an wie eine Faust, und ihre Nacken- und Schultermuskulatur war verspannt und schmerzte. Es dauerte volle zehn Minuten, bis sie sich aufsetzen und sich aus dem Bett herausbewegen konnte – vollkommen verkatert! Sie schlurfte in die kleine Einbauküche, nahm eine Flasche Wasser und trank einen großen Schluck. Anschließend kochte sie sich einen Kaffee und nahm eine extra starke Ibuprofen.

Es war kühl auf dem Weg zum Strand, also zog sie die Kapuze ihres Sweatshirts hoch und machte das Kordelband zu. Sie ging vorbei an den Hütten 2 und 3, die man ebenfalls in lebhaften Farben neu gestrichen hatte, blieb jedoch vor Hütte 4 stehen. Sie lag etwas weiter im Wald und war noch nicht frisch gestrichen worden, sah noch genauso aus wie damals, als sie ein Kind gewesen war, nur eben etwas abgenutzter und stärker eingebettet in die Vegetation.

Als sie da so stand und die zugezogenen Vorhänge mit ihrem vertrauten, rindenähnlichen Farbton betrachtete, zog sich in ihrem Bauch alles zusammen. Sie hatte gerade noch Zeit, sich umzudrehen, als sich auch schon ihr Mageninhalt in einem großen Strahl auf den Boden ergoss.

»O Gott …« Sie wischte sich den Mund ab und anschließend den merkwürdig klebrigen Schweißfilm von der Stirn. Sie trank einen Schluck aus ihrer Flasche Evian, ließ ihn im Mund zirkulieren, spuckte das Wasser dann aus und wiederholte den Vorgang. Mit dem restlichen Flascheninhalt versuchte sie, das Erbrochene wegzuwaschen, schob mit dem Fuß auch etwas Erde darüber, bevor sie weiterging.

Als sie sich der Lichtung näherte, die zum Ufer führte, sah sie Kelly schon in Kriegerpose am Strand, mit leuchtend orangefarbenem Haar im Licht der frühen Sonne. Fast schien es, als würde es von innen heraus erstrahlen. Sie bemerkte Alana, winkte ihr zu und rief ihr fröhlich etwas zu, offenkundig überhaupt nicht mitgenommen von den Gallonen Alkohol, die sie am Abend zuvor in sich hineingeschüttet hatte.

»Guten Morgen. Du hast es also geschafft!«

»Morgen«, meinte Alana mit deutlich weniger Elan und Lautstärke.

»Wie geht's?«

»Ging schon mal besser«, gab sie zu. »Hab gerade einen Farn vollgekotzt.«

»O nein, du Arme.«

»Schade um den Farn.«

Kelly lachte. »Tut mir leid«, sagte sie. »Ich glaube, ich habe immer ordentlich Scotch nachgeschenkt.«

»Na ja, und ich hab ihn getrunken«, bemerkte Alana. »Selbst schuld.«

Sie setzte sich auf einen Baumstamm, der an den Strand gespült worden war.

»Möchtest du es nicht mal mit Yoga versuchen? Vielleicht fühlst du dich dann besser.«

»Ich glaube, der "herabschauende Hund" würde mich jetzt umbringen. Aber mach nur weiter. Ich bleib hier sitzen und atme einfach tief durch.«

»Okay, wir sprechen nachher.«

Alana sah zu, wie Kelly sich streckte, ausholende Bewegungen machte und eine Reihe von anmutigen Verrenkungen hindurch das Gleichgewicht hielt – manche von ihnen raffiniert, andere wiederum der Schwerkraft trotzend. Ihre Bewegungen waren kontrolliert, fließend und elastisch. Schön anzusehen. Als sie ihr Programm absolviert hatte, legte Kelly die Handflächen aneinander, machte eine rituelle Verbeugung, trank einen großen Schluck aus ihrer Thermoskanne und setzte sich dann neben Alana auf den Baumstamm.

»Sehr eindrucksvoll.«

Kelly lachte. »Danke!«

Sie schwitzte noch nicht einmal, wenn ihr Gesicht auch von der Anstrengung eine dunkelrosa Färbung angenommen hatte. Sie sah aus wie der Inbegriff strotzender Gesundheit.

»Also, die Sache ist so«, erklärte sie. »Ich habe gründlich darüber nachgedacht und möchte, dass du deinen Brüdern Folgendes mitteilst.«

»Okay …«

»Sag Ihnen, dass ich ihr Angebot akzeptieren werde.«

»Wirklich?« Alana war sehr überrascht.

»Ja!« Kelly wühlte in ihrer Tasche und brachte ein zusammengefaltetes Stück Papier zum Vorschein. »Auf dieses Konto soll die Anzahlung gehen.« Sie gab Alana den Zettel. »Ich werde jetzt zum Haus zurückgehen und zusammen mit deinem Dad frühstücken. Dauert meistens ungefähr eine halbe Stunde. Dann machen wir unseren Morgenspaziergang, was immer in etwa eine Stunde in Anspruch nimmt. Anschließend ziehe ich dann Leine. Sag ihnen, dass der ganze Deal platzt, wenn die erste Million nicht auf meinem Konto ist, sobald ich von meinem Spaziergang mit Ed zurückgekommen bin. Alles klar?« Sie drückte Alanas Arm und lächelte. »Schönen Tag!«

Bevor Alana etwas sagen konnte, war Kelly schon aufgesprungen und ging den Weg zum Haus hinunter. Alana sah ihr nach und nahm dann ihr Smartphone zur Hand, um einen Blick auf ihr eigenes Konto zu werfen. $ 3047,90. Ihre Brüder hatten ihr, obwohl sie es versprochen hatten, die Fünfzigtausend noch nicht überwiesen. Warteten sie vielleicht Kellys Antwort ab?

Also gut. Sie hievte sich von dem Stamm hoch, um die Nachricht zu überbringen.

»Cappuccino, Espresso, Latte oder lieber einen Flat White?«, erkundigte sich Martin, während er an der schönsten Espressomaschine herumhantierte, die Alana je zu Gesicht bekommen hatte. Sie sah aus wie ein Cadillac aus den Fünfzigerjahren – chromblitzend, mit Flossen und elegant gestalteten Linien.

»Was, keine Cortados?«

»Sehr witzig«, entgegnete Martin.

»Ich nehm einen Latte.«

»Latte, sehr wohl.« Mit einem Lächeln auf den Lippen machte sich Martin an dem Kaffee und der Milch zu schaffen. Er hatte Alanas Mitteilung erhalten und war außergewöhnlich aufgekratzt.

»Soll ich das vielleicht für Sie übernehmen?«, sagte eine große Frau mit grauen Haaren, die wie die Queen Mary plötzlich in die Küche gesegelt kam.

»Krieg ich schon hin, ich hab's jetzt raus. Aber vielleicht möchte Alana ja jetzt frühstücken?«

»Ah, Sie sind Alana. Schön, Sie kennenzulernen«, sagte die Frau. »Ich bin Mrs. Keith, die Haushälterin Ihres Vaters.«

Klar, dachte Alana und schüttelte Mrs. Keith die lange, grobknochige Hand. Nie zuvor in ihrem Leben war sie jemand begegnet, die der Bezeichnung »ansehnliche Frau« besser entsprochen hätte. Sie hätte glatt als John Cleese in

Frauenkleidern durchgehen können, und es war völlig unmöglich, sie sich als etwas anderes als eine Haushälterin namens Mrs. Keith vorzustellen. Und sie sah nicht nur so aus, sondern roch sogar auch schwach nach Möbelpolitur. »Freue mich auch, Sie kennenzulernen!«

»Möchten Sie jetzt Ihr Frühstück einnehmen? Wir haben Haferflocken, frisches Obst, hausgemachte Muffins, Granola …«

»Bacon und Eier gibt's nicht mehr«, bemerkte Martin.

»So ist es«, erklärte Mrs. Keith, ohne die Miene zu verziehen.

»Ich glaube, ich bleibe erst mal bei Kaffee, danke. Ich habe gestern Abend wohl etwas zu viel getrunken, und mein Magen ist noch ein bisschen empfindlich.«

Mrs. Keith lächelte. »Geben Sie mir bitte Bescheid, wenn Sie etwas brauchen.«

»Danke!«

Martin drückte Alana ihren Latte in die Hand und tat sich ein wenig Zucker in seinen Cappuccino. »Komm«, sagte er, schleuderte den Löffel auf den Küchentresen und überließ es Mrs. Keith, sauber zu machen.

Sie gingen nach draußen auf die Terrasse, wo Martin seinen Stuhl ganz nah an den von Alana heranrückte, damit sie sich ungestört unterhalten konnten.

»Prost«, sagte er und hob seine Tasse. »Das war ja wohl unkompliziert.« Er nippte an seinem Kaffee und wischte sich den Schaum von der Lippe. »Aber mir war klar, dass sie anbeißen würde. Vielleicht hätten wir dich nicht einmal gebraucht.«

»Vielleicht. Aber ihr habt mich nun mal angeheuert, und deshalb fände ich es ganz nett, wenn du mir den zugesagten Betrag auf mein Konto überweisen würdest. Ich dachte, er wäre schon drauf.«

»Kein Problem, mache ich dann gleich. Lass mich nur erst die alte Schlampe abfertigen.«

Martin bearbeitete sein Smartphone, während Alana ihren Kaffee trank.

Sie war jetzt ganz ruhig, fühlte sich aber seltsam leer.

»Okay, ich muss jetzt nur schnell die Info von dir dazu finden. Bist du sicher, dass die Kontonummer, die du mir gegeben hast, korrekt ist?«

»Absolut.« Alana sah zu, wie Martin die Überweisung abschloss. »Alles klar, erledigt!« Martin atmete hörbar aus.

»Wunderbar! Danke!« Alana holte ihr Telefon hervor. »Schau nur mal kurz, ob es auch eingegangen ist.« Sie warf einen Blick auf ihren Kontostand, der nun beruhigende $ 53 047,90 betrug. Es war ungewohnt und aufregend, solch eine pralle Summe verzeichnet zu sehen. »Es ist wunderbar, die fünfzig Riesen auf dem Konto zu haben. Aber habt ihr nicht gesagt, ihr würdet mir die erste Million auch gleich zahlen, sobald sie eingewilligt hätte?«

»Ja, haben wir. Regeln wir, sobald Teddy zurück ist.« Er lächelte trocken. »Mach dir keine Sorgen, wir halten unser Wort. Tu mir in der Zwischenzeit einen Gefallen und kauf dir ein neues Auto.«

»Will ich ja. Und dann drehe ich mich mit dem Teil gleich einmal um die eigene Achse.«

»Ha! Wann fährst du nach Hause?«

»Donnerstagabend.«

»Ich bin mir sicher, dass Teddy vorher zurück sein wird.«

»Gut.«

»Tatsächlich bin ich mir sicher, dass er zurückfliegen wird, sobald er gehört hat, dass sie sich verzogen hat.« Martin schlürfte seinen Kaffee. »Wo wir gerade davon sprechen: Stell dich mal besser auf ein Nachbeben ein. Die nächsten Tage dürften hier ganz schön turbulent werden.«

»Glaubst du?«

»Dad ist deutlich besser in der Spur, seit er mit der Hormonbehandlung angefangen hat, aber das wird ihn nicht glücklich machen. Natürlich wird er sich fragen, was zum Teufel denn passiert ist, und er wird sauer sein und vielleicht auch argwöhnisch. Mach dich auf Wutanfälle gefasst.«

»Welche Hormone nimmt er denn?«

»Hauptsächlich weibliche Hormone. Gegen den Prostatakrebs. Die blockieren das Testosteron.«

»Oh, das erklärt natürlich vieles. Er kommt mir viel zugänglicher vor.«

»Ja, seitdem ist er viel besser zu haben. Mir ist allerdings aufgefallen, dass er nun Männertitten kriegt. Kein so schöner Anblick.«

Alana nippte an ihrem Latte. »Je weiblicher man wird, desto umgänglicher wird man also?«

»Okay, wenn du mir jetzt feministisch kommst …« Martin stand auf.

»Willst du jetzt im Ernst den Beweis für meine Annahme liefern?«

»Ja, Mom war doch wirklich gut zu haben, oder? Und Gleiches gilt auch für meine Freundin.«

»Gertrud macht einen netten Eindruck. Wohnt ihr zusammen?«

»Um Gottes willen, nein. Sie hat eine Eigentumswohnung in Vancouver. Sie kommt immer nur zu Besuch.«

»Was macht sie überhaupt?«

Martin lachte. »Meistens heiratet sie standesgemäß.«

»Sie arbeitet nicht?«

»Ich glaube, sie macht irgendwas mit Raumgestaltung«, meinte Martin abschätzig. »Sie glaubt wohl, dass ich Männlein Nummer drei werde, aber das wird nicht passieren.«

Alana sagte nichts.

»Na ja, jedenfalls muss ich jetzt zur Arbeit, Alana. Ich muss Geld verdienen, damit ich dir und einer anderen Frau ein paar Millionen Dollar geben kann.«

»Wow. Wenn ich recht überlege, warst doch du derjenige, der mich um Hilfe gebeten hat.«

»Und das weiß ich ja auch zu schätzen, wirklich. Ich hoffe nur, dass Dad nicht vor Wut platzt, wenn er begreift, dass der schöne Vogel ausgeflogen ist.«

»Glaubst du, dass er versuchen wird, sie zu finden?«

»Möglicherweise. Aber das halte ich für unwahrscheinlich. Er war noch nie der Typ, der angekrochen gekommen ist. Ich glaube eher, dass er stinksauer sein wird, besonders wenn sie ihm die Nachricht hinterlässt, dass sie ihr Leben nicht an einen vertrockneten alten Sack verschwenden will. Hast du ihr doch gesagt, oder?«

»Nicht unbedingt in diesem Wortlaut.«

Martin lachte und kippte den Rest Kaffee hinunter. »Jedenfalls bin ich froh, dass wir das geregelt haben. Ganz unabhängig von der ganzen Erbschaftsgeschichte würde ich auch so liebend gerne Millionen zahlen, um nie wieder dieses sommersprossige blöde Grinsen ertragen zu müssen. Ich bedauere lediglich, dass ich ihr dann nie mehr beim Poolbillard zeigen kann, wo der Hammer hängt.«

Martin setzte seine Tasse ab.

»Na schön, wir sehen uns dann um eins zum Lunch. Vom Frühstück mal abgesehen nehmen wir hier unsere Mahlzeiten gemeinsam ein, wenn wir Besuch haben, also komm nicht zu spät.«

»In Ordnung.«

»Und ab morgen gibt's auch wieder Bacon in diesem verdammten Anwesen.« Er ging und ließ Alana seine Tasse zum Wegräumen da.

Wie sich herausstellte, hatte Lily auch ohne Alana eine Menge Spaß. »Wir hatten Brownie-Müsli zum Frühstück«, erklärte sie stolz.

Alana war schwimmen gegangen und chattete nun am Pool mit ihrer Tochter. »Ich traue mich kaum zu fragen, was das wohl ist.«

»Du zerkrümelst einfach Brownies und schüttest Milch drüber.«

»Okay, aber nenn das lieber nicht Müsli. Denn Haferflocken oder so sind ja nun wirklich nicht dabei.«

Lily lachte. »Zum Essen gibt's heute übrigens Pizza. Und gestern Abend sind wir bis elf aufgeblieben.«

Alana konnte gar nicht anders, als sich darüber zu freuen, mit welcher Begeisterung ihre Tochter alle Regeln in den Wind schoss.

»Ich mach einen Salat dazu«, rief Ramona aus dem Hintergrund.

»Nee, keinen Salat«, erwiderte Lily und schwelgte in der Befreiung aus dem Korsett ihrer Ernährung.

»Unbedingt einen Salat, okay? Ich möchte, dass du gesund bleibst, mir zuliebe.«

»Jaa, viel Glück dabei«, meckerte Lily.

»Du weißt schon, was ich meine. Trinkst du auch genug Wasser? Das ist wichtig.«

»Weiß ich doch. Ja, mach ich. Ramona achtet darauf.«

»Schön. Dann frag ich dich auch nicht, ob du mich vermisst«, meinte Alana.

»Doch, ich vermiss dich«, sagte Lily.

»Ich vermiss dich auch. Sehr sogar. Fühlst du dich gut?«

»Schon.«

»Hast du heute Physiotherapie gehabt?«

»Ja.«

»Hat's wehgetan?«

»Nur bei den Übungen selbst.«

»Tut mir leid, Schatz. In ein paar Tagen bin ich wieder da, und dann essen wir eine große Schale Brownie-Müsli zusammen.«

»Prima!«

»Wirklich!«

»Hast du denn Spaß da, wo du bist?«, erkundigte sich Lily.

»Na ja … Ich bin schwimmen gegangen, und das hat schon Spaß gebracht.«

»Ich wünschte, wir hätten einen Swimmingpool.«

»Ich weiß. Geht mir auch so. Hör mal, sag Ramona, dass sie mich bitte anrufen oder mir eine SMS schicken soll, wenn sie etwas braucht. Zu jeder Tages- und Nachtzeit. Und das gilt natürlich auch für dich. Okay?«

»Okay. Hab dich lieb!«

»Und ich dich erst. Ruf dich heute Abend noch mal an.«

»Okay, tschüs!«

»Iss ein bisschen Salat.«

»Tschüs, Mama!«

»Tschüs, mein Schatz!«

Erst als sie ihr Telefon einsteckte und aufstand, um zu gehen, bemerkte sie Darla auf der anderen Seite der Hecke, gerade mal einen Meter hinter ihrer Liege. Ihre Truppe von Gärtnern arbeitete sich die Hecke entlang vorwärts und besprühte das Blattwerk mit dem Inhalt von großen Plastikflaschen.

»Oh, hallo!«

»Morgen! Tut mir leid, ich lausche nicht. Wir kommen nur gerade vorbei.«

»Kein Problem.« Alana deutete auf die Flaschen. »Das ist nicht giftig, oder?«

Wie viel Insektengift hatte sie wohl eingeatmet, während sie da lag?

»Kein bisschen. Das ist Neemöl, hergestellt aus den Samen des Neembaums. Miss McNutt wollte, dass wir auf natürliche Pestizide und Fungizide umstellen.«

Offenbar hatte Miss McNutt die Art und Weise, wie Eds Haushalt geführt wurde, gründlich geändert. Alana fragte sich, was die Angestellten wohl darüber dachten. Mrs. Keith war eine undurchdringliche Chiffre gewesen, aber vielleicht bekam sie ja aus Darla etwas heraus.

»Hat das die Arbeit schwieriger für Sie gemacht?«

»Nicht unbedingt. Es ist ein Lernprozess, aber ich mag es. Kein Vogel und keine Biene wird Schaden nehmen, und ich auch nicht.«

»Dann ist ja gut.« Alana lächelte und suchte ihre Sachen zusammen. »Bis später!«

»Schönen Tag«, sagte Darla und fuhr damit fort, die Hecke einzuspritzen.

Als Alana sich der Straße zu dem Waldpfad näherte, sah sie Ed auf sich zukommen. Er bewegte sich in ganz ordentlichem Tempo vorwärts, wenn auch, zu ihrer Überraschung, mithilfe eines Rollators.

»Hey«, rief er. »Hast du Kelly gesehen?«

»Ja, heute Morgen beim Yoga.«

»Und danach?«

»Nicht mehr.«

»Warst du am Pool?«

»Ja, aber dort ist sie nicht. Hast du mal versucht, sie anzurufen?«

»Natürlich. Aber irgendwie geht sie nicht dran.«

»Weiß auch nicht, tut mir leid.«

»Na schön«, antwortete er verärgert. »Dann bis zum Mittagessen.«

Während ihr Vater sich mit dem üblichen mürrischen Gesichtsausdruck davonmachte, fiel ihr etwas Neues an seiner

Miene auf: eine Spur von Angst. Ed wirkte leicht bestürzt, und Alana musste ihre Mimik stark kontrollieren, um zu verhindern, dass sich ein Lächeln auf ihrem Gesicht ausbreitete.

Beim Mittagessen fühlte sich Alana unbehaglich. Sie musste so tun, als wäre sie vollkommen überrascht, und ihren Vater beruhigen, während sie auf der anderen Seite ihren riesigen Hunger nach dem Schwimmen zu besänftigen hatte. Warum war sie nur immer so unersättlich, nachdem sie im Wasser gewesen war? Sie hatte doch nur in aller Ruhe im Pool ein paar Dutzend Bahnen gezogen, doch nun hatte sie das Gefühl, dass es einfach nicht genug Gazpacho, frischgebackenes Brot und Grillgemüse auf der Welt gab, um ihren Hunger zu stillen. Wahrscheinlich war es die Kombination aus dem Kater und dem Schwimmen, die sie jetzt schon die dritte Portion vertilgen ließ, während sich ihr Vater, der sein Essen kaum angerührt hatte, unaufhörlich über Kellys Abwesenheit ereiferte.

»Da komm ich einfach nicht mit«, sagte Ed, nachdem er zum x-ten Mal auf sein Telefondisplay geblickt hatte.

»Wahrscheinlich irgendein Termin, der mit der Hochzeit zu tun hat«, meinte Gertrud.

»Daraus wird doch ein Schuh«, schaltete sich Martin ein. »Vielleicht musste sie zur Anprobe oder so.«

»Ihr Kleid ist oben.«

»Na, dann ist sie vielleicht Golfspielen gegangen«, spekulierte Martin.

»Das hätte sie mir doch gesagt«, erwiderte Ed ungehalten. »Sie sagt mir immer, wo sie hingeht. Und ich kann sie telefonisch immer erreichen. Da stimmt was nicht.«

Alana warf Martin, der schnell wegsah, einen Blick zu.

»Bist du sicher, dass sie dir keine SMS oder eine Mail geschickt hat?«, sagte Martin. »Vielleicht hat sie dir ja auch einen Zettel dagelassen. Hast du schon mal in deinem Büro nachgesehen?«

»Verdammte Scheiße!«, schrie Ed und schmetterte seine Serviette in die Suppe. »Haltet ihr mich für senil? Ich hatte einen leichten Schlaganfall. Irgend so einer beschissenen Lobotomie musste ich mich jedenfalls nicht unterziehen.«

Niemand sagte etwas. Alana, die gerade ein großes Stück von dem knusprigen Baguette abgebissen hatte, hörte auf zu kauen und ließ das Brot lieber im Mund weich werden.

»Ich weiß nicht, welche Medikamente ich nehmen soll und wann. Das macht alles sie.«

»Na, das kriegen wir schon heraus, ganz bestimmt. Aber das trifft einen Punkt. Einen sehr wichtigen Punkt. Wenn ihr jetzt ... zusammen seid, solltest du dich da nicht auf sie verlassen. Wir stellen eine neue Krankenschwester für dich ein, die genau über ihre beruflichen Pflichten Bescheid weiß«, sagte Martin.

»Ich brauche keine neue Krankenschwester«, entgegnete Ed in einem monotonen, mörderischen Tonfall. Als er sich hochrappelte, sprang Gertrud auf und streckte ihm mit einer unbestimmten Bewegung die Arme entgegen. »Lass das«, fuhr er sie an, sodass sie auf ihren Stuhl zurücksank.

Schweigend sahen sie alle zu, wie er den Raum verließ.

»O Mann«, seufzte Gertrud. »Was glaubt ihr, wo sie hin ist?«

»Keine Ahnung«, sagte Martin. »Aber wenn er schon nach vier Stunden so drauf ist ...« Er warf Alana einen Blick zu.

»Hoffen wir mal, dass sie bald zurück ist«, meinte Gertrud.

Mrs. Keith kam herein und brachte den Nachtisch und Kaffee. Alana nahm gerne beides.

Martin jedoch verlangte nach einer Flasche sehr guten Champagners.

Nach dem Mittagessen begab sich Alana auf kürzestem Weg zu ihrem Cottage. Sie wollte vermeiden, Ed vor dem Abendessen noch einmal zu begegnen. Gertrud hatte sie gebeten zu bleiben – für eine Partie Tennis oder auch eine weitere Runde im Pool –, doch Alana entschuldigte sich und schob ihren Kater vor. Sie war selten einmal allein, ohne irgendwelche Pflichten, und freute sich auf ein paar Stunden nur für sich. Sie hatte sich vorgenommen, den ganzen Nachmittag mit einem Buch im Bett zu verbringen, etwas, das sie seit Lilys Geburt nicht mehr gemacht hatte. Sie zog ihre Sachen aus, hakte den BH auf und schlüpfte mit dem Roman *Americanah* unter die Bettdecke. Himmlisch.

Das wunderbare Gefühl hielt allerdings nicht lange an. Nach einer Stunde bekam sie verzweifelte SMS-Nachrichten von der Arbeit wegen eines Malheurs in der Waschküche im zweiten Stock. Offenbar hatte jemand eine vergessene Sportsocke auf den Rand des Spülbeckens gelegt. Die war dann ins Becken gefallen und hatte den Abfluss blockiert. Als die Waschmaschine das Abwasser wegpumpte, lief die verstopfte Spüle über, sodass Wasser in die Decke des Stockwerks darunter drang, die Halterung verschiedener Lampen durchnässte und einen Kurzschluss verursachte.

Außerdem war »Mr. Thompson zurück in der Stadt«, was ein verschlüsselter Ausdruck dafür war, dass im Frauenhaus wieder Ratten aufgetaucht waren (was sie auch unternahmen, Mr. Thompson und seinesgleichen fanden immer einen Weg). In der Kontaktliste der Einrichtung waren verschiedene Elektriker und Kammerjäger aufgeführt. Ob Alana vielleicht wüsste, mit wem sie gegenwärtig zusammenarbeiteten?

Sie wusste es. Nur zu gut. Also schickte sie eine SMS mit der entsprechenden Information – und konnte danach nicht mehr zurückfinden in ihren literarischen Tagtraum. Sie zog ihren BH und die Sachen wieder an und machte sich auf den

Weg zum Haus, weil es ihr unvermittelt in den Sinn gekommen war, einen Blick in ihr Mädchenzimmer von damals zu werfen.

Unterwegs machte sie, aus taktischen Gründen, ein paarmal halt, sodass sie es in den zweiten Stock des Anwesens schaffte, ohne jemandem zu begegnen. Oben links, am Ende der Treppe, befand sich das Elternschlafzimmer mit seiner Gewölbedecke, zahlreichen Oberlichtern und dem eigenen Badezimmer. Außer einem, wie es schien, sehr viel größeren Bett mit entsprechendem Kopfteil sah es noch genauso aus, wie sie es in Erinnerung hatte, jedenfalls aus ihrem Blickwinkel im Flur. Das Zimmer zu betreten wagte sie nicht. Der Teppich war auch immer noch derselbe. Nur ihre Mutter fehlte, zusammengekrümmt unter der Bettdecke, ihren Rausch ausschlafend.

Geradeaus befand sich Teddys ehemaliges Zimmer, das in ein privates Büro mit zwei großen Schreibtischen umgewandelt worden war. Rechts davon war Martins altes Zimmer, das jegliche Ähnlichkeit mit der Behausung eines Jungen eingebüßt hatte und nun mit seinen Beige- und Cremetönen wie ein x-beliebiges Gästezimmer aussah, von zwei eindrucksvollen Gemälden von Norval Morrisseau über dem Bett einmal abgesehen.

Gegenüber von Martins Zimmer war das Badezimmer, das aufwendig renoviert worden war. Der lange Waschtisch aus Holz war verschwunden. Alana hatte einmal versucht, dort einen Marienkäfer als Haustier heimisch zu machen. Sie hatte das Insekt in eine der Schubladen gelockt und war überrascht und betrübt, es dort am Morgen tot aufzufinden. Das alte Schränkchen hatte man herausgerissen und durch zwei geschwungene Standwaschbecken ersetzt, die aussahen wie Calla-Lilien aus Porzellan.

Neben dem Badezimmer, am Ende des Flurs, befand sich

Lillians Zimmer, gegenüber das von Alana. Die Tür beider Zimmer war geschlossen. Sie lauschte, ob drinnen etwas zu hören war, und machte dann ihr Zimmer zuerst auf. Der Raum hatte eine respektable Größe, war aber kleiner, als sie ihn in Erinnerung hatte, und wie Martins Bleibe in ein geschmackvolles, wenn auch nichtssagendes Gästezimmer verwandelt worden. Wie es aussah, hauste Teddy hier. Eine Jacke von Adidas hing über einem Stuhl, und verschiedene hochwertige Sportschuhe standen aufgereiht an der Wand. Ein Tennisschläger, ein Fahrradhelm und ein Buch auf dem Nachttisch (Robert Greene, *Die 48 Gesetze der Macht*) vervollständigten das Bild. Frauenkleider waren nicht zu sehen, also hielten sich Martin und Gertrud entweder in Lillians Zimmer oder in einer der Hütten auf.

Als Alana den Raum durchquerte und sich am Fenster der vertraute Blick einstellte, ergriff auf eigenartige Weise eine unsichtbare Hand ihr Herz, und ihrer Brust entrang sich ein Schluchzen. Das Aufwallen der Emotion verging ebenso schnell, wie es gekommen war, und verwirrte sie. Was war der Auslöser gewesen? War es Nostalgie, die unbewusst hervorbrach, weil sie einen Anblick genossen hatte, der seit Kindheitstagen verflogen war? In gewisser Weise sicherlich. Aber sie spürte, dass es mehr war als nur das. Einen Augenblick lang war die Zeit vor der ganzen Familientragödie wieder aufgelebt, als der Blick aus ihrem Zimmer auf die Bäume und die von ihnen beschirmten Hütten nichts weiter als eine schöne Aussicht gewesen war.

Alana trat zurück vom Fenster. In der Mitte des Zimmers stand ein besonders großes Bett. Als sie klein gewesen war, hatte sie ein normales Bett gehabt, das an der Seite gestanden hatte. Sie erinnerte sich, wie sie darin auf dem Rücken gelegen hatte und mit den Füßen die kühle Wand hinaufgewandert war, wie sie immer erst die Holzlamellen in der Schranktür gleichmäßig ausrichten musste, bevor sie einschlafen konnte, und wie sie immer Muster in der Maserung ihrer Kommode aus Kiefernholz entdeckte – einen Elch, eine Schnecke, die Spanierin mit dem Flamenco-Kopfschmuck.

Als sie schon gehen wollte, erinnerte sich Alana noch an etwas anderes aus dieser Zeit – wie sie von den Geräuschen ihrer Schwester aufwachte und dann abwartete, ob ihr Stöhnen oder die halblauten Rufe wieder versiegten. Wenn dem nicht so war, schlich sich Alana über den Flur in Lillians Zimmer, um nachzuschauen, ob alles in Ordnung war. Lillian hatte häufig Albträume und redete, genauer gesagt, schrie im Schlaf. Manchmal traf Alana ihre Schwester schweißüberströmt an, obwohl sie nach solch einem Anfall dann friedlich weiterschlief. Manchmal schlug Lillian aber auch um sich und kreischte, sodass Alana entsetzt versuchte, sie wach zu bekommen, um ihr zu zeigen, dass nichts passiert war, sondern sie nur schlecht geträumt hatte. Lillian, dem nächtlichen Schrecken des Albs noch nicht ganz entkommen, sah sie dann immer mit wilden, schreckgeweiteten Augen an und schickte sie weg. Selten einmal war Lillian wach, sammelte sich und schlug die Bettdecke zurück, damit sich Alana neben sie legen konnte. Sie liebte es, so wieder einzuschlafen, an ihre Schwester gekuschelt, von Lillians knochigen Armen gehalten, und das spitze Kinn an ihrem Kopf zu spüren.

Alana verstand damals nicht, was das alles zu bedeuten hatte. Sie war erst sechs Jahre alt. Dann sieben, dann acht, und schließlich neun.

Und dann …

Alana zog die Zimmertür hinter sich zu. Als sie in Lillians Zimmer gehen wollte, stellte sie fest, dass es abgeschlossen war. Warum auch immer. In diesem Moment hörte sie jemanden die Treppe heraufkommen. Sie schlüpfte ins Badezimmer und lehnte die Tür so weit wie möglich geräuschlos an. Mit klopfendem Herzen stand sie da. Als sie ein Klappern hörte und ihr auffiel, wie langsam alles ging, schloss sie daraus, dass es ihr Vater sein musste, der sich mit dem Rollator abmühte. Sie wartete gefühlt eine Stunde, bis er oben angekommen war und weiter in sein Zimmer und von dort aus in sein Büro ging. Es wäre ihr am liebsten gewesen, wenn er die Tür zugemacht hätte, damit sie sich verdrücken konnte, doch er tat es nicht.

Stattdessen ging er wenig später am Bad vorbei den Flur hinunter. Sie hörte, wie er Lillians Zimmer aufschloss und hineinging. Er schloss die Tür, und sie hörte, wie ein Riegel oder etwas Ähnliches vorgeschoben wurde. Er war wohl nur in sein Schlafzimmer oder Büro gegangen, um den Schlüssel zu holen. Alana wollte schon das Ohr an die Wand legen, um vielleicht etwas von dem mitzukriegen, was er dort drinnen machte, aber dann fiel ihr ein, dass es ihre einzige Chance war, unbemerkt wieder zu verschwinden. Auch hatte sie plötzlich das überwältigende Bedürfnis, ihre Tochter anzurufen und sich zu vergewissern, dass alles in Ordnung war.

Sie zog sich ihre Flipflops von den Füßen und nahm sie in die Hand. Auf Zehenspitzen schlich Alana den Flur entlang und eilte dann die Treppe hinunter. Sie nahm sich vor, irgendwann wiederzukommen und den Schlüssel zu Lillians Zimmer zu suchen.

Das Abendessen war für neunzehn Uhr anberaumt.

Um 19:26 Uhr, nach einer unerträglich langen Zeitspanne, in der die versammelte Gemeinde sich an Gläsern mit eisgekühltem Wasser festgehalten und vergebens in fast vollständigem Schweigen auf Kellys Erscheinen gewartet hatte, erklärte Ed grollend sein Einverständnis, dass der erste Gang und der Wein serviert werden könnten. Um 19:33 Uhr schob sich Martin eine Gabel voll veganem Cäsarsalat in den Mund und verschluckte sich fast daran, rang nach Luft und verstopfte sich beinahe die Luftröhre mit Salatblättern und Kichererbsen. Kurz zuvor war Kelly, begleitet von einem heiteren »Tut mir leid, dass ich zu spät komme, so ein verrückter Tag!«, auf einmal hereingeschneit, ließ die unzähligen Einkaufstüten fallen, die sie bei sich hatte, und eilte zu Martin, der kurz vor dem Ersticken war, um ihm mit einem gekonnten Griff zu helfen.

Sie stellte sich hinter Martin, umfasste mit den Armen dessen Oberbauch und zählte: »Eins, zwei, drei …«, bevor sie ruckartig die Bauchgegend komprimierte. Martin hörte nicht auf zu würgen, während Gertrud immer nur »O mein Gott, o mein Gott, o mein Gott« kreischte.

»Eins, zwei, drei!« Wieder ein kurzer, heftiger Ruck, und diesmal flog Martin ein Salatblatt aus dem Mund und landete auf dem Boden. »Na also«, sagte Kelly fröhlich und klopfte Martin, der immer noch nach Luft rang und langsam wieder zur Besinnung kam, auf den Rücken. »Sag nicht, ich hätte nie was für dich getan.« Sie nahm eine Serviette, hob damit das übergriffige Stück Salat auf und überreichte das zerknüllte Leinentuch Mrs. Keith, die hereingekommen war, weil sie den Tumult mitbekommen hatte.

»Gut gemacht«, sagte Mrs. Keith zu Kelly. Und dann zu Martin: »Kann ich Ihnen etwas bringen? Tee oder Honig vielleicht?«

»Mir geht's gut«, blaffte dieser und verließ den Raum.

Gertrud folgte ihm, und Mrs. Keith ging wieder in die Küche.

»Wo zum Teufel bist du gewesen?«, wollte Ed wissen, als sich Kelly zu ihm hinunterbeugte und ihn auf die Wange küsste.

»Es tut mir leid, du weißt, wie schusselig ich manchmal

bin. Irgendwie bin ich ohne mein Handy losgefahren und habe die Zeit ganz vergessen, bis es schon spät war. Ich hab dich vor ein paar Stunden von Holt Renfrew aus angerufen, aber du bist nicht rangegangen.« Sie nahm ihren Platz neben ihm am Tisch ein.

»Ich hab gedacht, es wäre Telefonmarketing. Du bist nach Vancouver gefahren?«

»Ja, Entschuldigung. Ich hätte es dir sagen sollen.«

»In der Tat. Wenn du die Insel verlässt, will ich es wissen.«

»Tut mir wirklich leid. Ich hätte nicht gedacht, dass ich so lange weg bin.« Sie nahm seine Hand und küsste sie mit einem übertriebenen Schmatzer.

»Na ja, ich glaube, ich kann dir nicht wirklich böse sein, wo du doch gerade meinem Sohn das Leben gerettet hast.«

Kelly lachte. »Was nicht alles in einen Tag passt.« Sie ließ seine Hand los und schenkte sich ein ordentliches Glas Wein ein.

»Ist sie nicht ein Schatz?«, sagte Ed zu Alana.

»Ja, das ist sie wohl«, erwiderte Alana und sah Kelly an, die sie mit einem höchst amüsierten Augenausdruck anlächelte.

Martin und Gertrud kehrten an den Tisch zurück. Gertrud blieb kurz bei Kelly stehen. »Danke«, sagte sie weihevoll.

»Hab nur meinen Job gemacht«, entgegnete Kelly. »Du kennst ja diesen Spruch, oder? Rette ein Menschenleben, und du bist ein Held; rette hundert Menschenleben, dann bist du Krankenschwester.«

»Klasse, stimmt absolut«, sagte Gertrud. »Gott sei Dank warst du hier.«

»Gott sei Dank hat mein Kaufrausch endlich nachgelassen.« Sie wandte sich an Ed. »Ich meine, du weißt ja, ich bin *keine* von denen, die ständig einkaufen gehen. Aber heute hatte ich irgendwie dieses völlig verrückte Bedürfnis, alles zu kaufen, was mir in die Finger fiel. Ich habe Geschenke für euch alle gekauft. Auch für dich, Alana.« Wieder lächelte sie Alana liebenswürdig an.

»Das wäre nun wirklich nicht nötig gewesen.«

»Wollte ich aber. Ich hatte so eine spendable Anwandlung.« Kelly lachte. »Dir, Gertrud, habe ich ein Armband aus Akoya-Perlen mitgebracht.«

»Danke. Das ist wirklich nett von dir.«

»Ich hoffe, du hast auch an dich selbst gedacht«, bemerkte Ed.

»Hab ich. Yogahosen.«

Er lachte. »Ist das alles?«

»Mehr brauchte ich nicht. Oh, und für *dich* habe ich einen sehr coolen rosa Kaschmirpullover gekauft.«

»Rosa?«

»Eher satt fuchsienfarben. In Kombination mit Jeans und einem weißen T-Shirt darunter wird das toll aussehen. Wirst du ihn anziehen?«

»Aber sicher«, strahlte Ed.

»Und Martin, für dich habe ich das schönste Geschenk von allen – einen Billardqueue wie für einen Profi. Einen *Predator* mit wundervollen Intarsien. Ist echt ein Kunstwerk.«

»Wow«, sagte Martin trocken.

»Da bist du natürlich im Vorteil, wenn wir mal wieder eine Partie spielen, aber das geht schon in Ordnung. Ich bin mir sicher, dass ich dich trotzdem schlagen kann.«

Martin brachte ein verkniffenes Lächeln zustande.

»Willst du dich nicht bei ihr bedanken?«, forderte Ed ihn auf. »Sie hat dir gerade das Leben gerettet.«

»Stimmt«, sagte Martin. »Ich glaube, ich stehe noch unter Schock. Weißt du was? Ich glaube das nicht nur. Es ist so.

Und mich einfach nur zu bedanken reicht gar nicht aus, wenn du mal genauer darüber nachdenkst.« Er stand auf und ging zu Kelly, legte ihr seine riesige Hand auf die schmale Schulter, nahe am Hals, als wollte er ihr die Halsschlagader zudrücken. Von oben herab lächelte er sie an. »Da muss ich mir wohl was einfallen lassen, wie ich mich wirklich erkenntlich zeigen kann.«

»Sei nicht albern«, erwiderte Kelly und lächelte ihn von unten an. Doch Alana sah etwas über ihr Gesicht huschen – wie wenn eine Wolke an einem strahlenden Tag kurz einen Schatten auf den Rasen wirft. Und auch Alana spürte, wie etwas von ihrem Solarplexus in die Arme ausstrahlte und dann den Nacken hochkroch.

Angst.

4

Als Alana nach dem Essen in ihr Cottage zurückkehrte, lagen Steine auf den Stufen, und sie war nicht im Mindesten überrascht, Martin drinnen anzutreffen, der im Dunkeln ausgestreckt auf der muffig riechenden Couch lag und aus einer mitgebrachten Flasche Bourbon trank.

»Wo warst du? Warum muss ich ständig auf dich warten?« Er setzte sich hin und stellte die Flasche auf dem Oberschenkel ab.

»Ich hab mir auf der Terrasse noch einen Nachtisch gegönnt«, erwiderte sie.

»Mit *ihr?*«

»Und Dad. Ich war wegen des Kuchens dort, nicht wegen der Gesellschaft.«

»Die hat vielleicht Nerven, dieses Biest!«

»Na ja, ich denke mal, das hätten wir einkalkulieren müssen.«

»Ich dachte, sie hätte so schnell wie möglich weggewollt von dem alten Kerl.«

»Hätte ich auch gedacht.«

»Zwanzig Mios und ein Ferrari sollten eigentlich reichen.«

»'n Fünfer und eine U-Bahn-Fahrkarte sollten es eigentlich tun.«

»Ich frage mich, ob fünfzig Millionen es wohl gebracht hätten?«, überlegte Martin versonnen und nahm noch einen Schluck aus der Flasche. »Nein. Sie will alles. Und jetzt hat sie auch noch was gegen mich in der Hand. Ausschließlich gegen mich. Da gibt's jetzt einen Trampelpfad von meinem zu ihrem Konto.«

»Nicht zu Teddys Konto?«

»Ich konnte ihn nicht rechtzeitig erreichen, um ihre kurzfristige Deadline möglich zu machen, also musste ich das ganze Geld schicken. Er überweist mir die Hälfte, wenn er wieder zurück ist. Ich habe ihm übrigens erzählt, was passiert ist. Er ist unterwegs.«

Alana seufzte. »Ich muss zugeben, dass ich mich auf diese Million gefreut habe.«

»Nun ja, du hast etwas verloren, das du niemals besessen hast. Und die fünfhundert Riesen hast du schließlich nicht die Toilette hinuntergespült.«

»Stimmt.«

»Hätte ich mir gleich denken können, als sie nicht versucht hat, zu handeln.«

»Vielleicht liebt sie ihn ja wirklich.«

Martin lachte. »Das glaubst du doch selbst nicht. Sie spielt mit uns.«

»Und gewinnt.«

»Aber nicht auf Dauer«, erklärte Martin. »Eine gewonnene Schlacht entscheidet noch nicht den Krieg, Alana.« Er trank einen weiteren Schluck Bourbon. »Morgen ist Teddy wieder da, und dann beratschlagen wir, wie wir Miss McNutt verfrühstücken.«

»Verfrühstücken?«

»Wer weiß, vielleicht findet sich ein Weg, der dir dennoch die Million beschert. Denn eines steht fest: Sie hat sich mit der falschen Familie angelegt.«

Alana schluckte schwer.

»Weißt du, was ich am liebsten machen würde? Ihr diesen Billardqueue direkt in den Arsch stecken!«, lallte Martin und nahm noch einen Schluck aus der Pulle.

»Am besten gehst du jetzt mal«, ermahnte ihn Alana.

»Ja, is' wohl besser.« Martin rappelte sich hoch und torkelte Richtung Tür. »Hey, was hat sie dir eigentlich mitgebracht? Oder sollte ich vielleicht besser sagen: Was haben Teddy und ich dir denn mitgebracht?«

»Gute Frage. Sie hat gesagt, dass sie mir was mitgebracht hat, aber dann kam nichts mehr.«

»Was? Kein scheußliches Perlenarmband?«

»Gertrud schien es zu gefallen.«

Martin lachte bitter. »Das millionenteure Armband und der Billardstock.«

»Und der rosa Pullover.«

»Sollte er den wirklich mal anziehen, muss ich mich übergeben, glaube ich«, sagte Martin trunken im Hinausgehen. »Schlaf schön!«

Alana schloss die Tür hinter ihm ab. Sie machte das Licht an und kramte ihr Telefon hervor. Vor dem Essen hatte es mehrere Male vibriert, aber sie hatte sofort gesehen, dass keine dieser Nachrichten von Lily oder Ramona stammte. Alle kamen von ihren Kolleginnen bei RedTree. Alana beschloss, dass sie mit ihren Anliegen die nächsten paar Stunden alleine klarkommen müssten, und ignorierte sie. Doch als sie die Mitteilungen nun las, stellte sie fest, dass sie gar nichts mit Installateuren, Kammerjägern oder Elektrikern zu tun hatten. Im Gegenteil, sie sprudelten vor Aufregung über die umwerfende Neuigkeit nur so über. Ein anonymer Gönner hatte online einen stolzen Betrag gespendet, der das gesamte Spendenaufkommen des Vorjahres deutlich übertraf und beinahe das halbe Jahresbudget des Frauenhauses ausmachte.

Eine Million Dollar.

Teddy hatte sich verändert. Natürlich hatte er sich verändert. Allerdings stärker als Martin, dachte Alana. Sein früher dichtes, welliges Haar, das sie immer an Softeis aus dem Automaten erinnert hatte, war beträchtlich dünner geworden und hatte seinen erdbeerblonden Schimmer verloren, war nur noch flaumiges, ausgewaschenes Beige. Die Lider hingen schwer über den wachen grünen Augen, und auf seiner Stirn fanden sich vereinzelt hellbraune Altersflecken. Körperlich war er immer noch in guter Verfassung, gut proportioniert, sodass er allgemein wohl als gut aussehend durchgehen dürfte – wenn man über den höhnischen Gesichtsausdruck, der geblieben war, hinwegsehen konnte. Für Alana hatte er schon immer wie eine hübschere, weichere Ausgabe ihres Vaters ausgesehen. Ed-Lite.

Die Geschwister hatten sich für ihr Gespräch am Strand verabredet. Teddy wurde vom Jetlag geplagt, Martin von einem gewaltigen Kater, aber sie wollten sich so rasch wie möglich über die Situation austauschen. Nach den üblichen Begrüßungsformeln und nachdem sie sich auf den neuesten Stand gebracht hatten – ein Auftakt von vielleicht sechzig Sekunden, bei dem Teddy Interesse an Alanas Tochter heuchelte, während Alana so tat, als wäre ihr der Spielstand in Wimbledon wichtig, und beide unter Zuhilfenahme einer steifen, ungeschickten Umarmung höflich geschwisterliche Zuneigung mimten –, ging es zur Sache. Teddy wies sie an, ihre Handys auszuschalten und sie ein paar Meter weit weg auf einen Felsbrocken zu legen. Er wollte kein Risiko eingehen.

»Soso, Miss McNutt hat also ihr Späßchen mit uns.«

»Ich habe mir so meine Gedanken gemacht«, verkündete Martin. »Vielleicht sollten wir sie einfach bloßstellen. Dad sagen wir, dass wir sie auf die Probe stellen wollten, und zeigen ihm dann, dass sie das Geld auf einem Offshore-Konto geparkt hat, ohne ihn darüber zu informieren.«

»Das lässt uns doch ziemlich dumm dastehen«, wandte Teddy ein.

»Aber sie wirkt dann habgierig«, entgegnete Martin.

»Nicht unbedingt. Sie könnte immer sagen, dass sie uns eine Lektion erteilen wollte. Und dann würde Dad sie auch noch bewundern, weil sie uns eins ausgewischt hat.«

Martin kaute auf einem Nagel herum. »Kann sein.«

»Egal«, meinte Alana. »Jedenfalls hat sie diese Bastion eingenommen. Zu Dad könnt ihr nicht gehen.«

»Wie meinst du das?«

»Ihr wisst ja, dass ich in einem Frauenhaus arbeite.«

»Ja.«

»Gestern ist eine anonyme Spende eingegangen. Eine Million Dollar.«

»Ja und?«, sagte Martin.

»Kommt nicht jeden Tag vor. Genauer gesagt: nie. Ich bin mir ziemlich sicher, dass sie es war. Erinnert euch: Sie hat gesagt, dass sie auch etwas für mich hätte, hat mir aber tatsächlich dann nichts gegeben.«

»Verdammt. Richtig!«

»Hm«, sinnierte Teddy. »Vielleicht doch nicht ganz so raffgierig.«

»Glaubst du? Das zeigt nur, wie berechnend sie ist. Himmel, siehst du das denn nicht?«, echauffierte sich Martin.

»Sieh mal …«, sagte Teddy. »Kann ja sein, dass du recht hast. Höchstwahrscheinlich sogar. Aber du musst verstehen, dass tatsächlich auch die Möglichkeit besteht, dass du schiefliegst. Das müssen wir einkalkulieren, bevor wir loslegen. Möglicherweise hat sie einen Samariterkomplex, und Dad liegt ihr wirklich am Herzen. Vielleicht spielt sie mit uns, weil wir uns das einfach nicht vorstellen können. Kann sein, dass sie wirklich beleidigt ist wegen unseres Angebots in Sachen schnöder Mammon.«

»Nein, sie liebt den Mammon. Je schnöder, desto besser, das sag ich euch«, spöttelte Martin.

»Mag sein. Aber vergesst nicht, dass ich sie überprüft habe, bevor wir sie angestellt haben. Das ist keine schwarze Witwe in Serie. Diese Krankenschwester stammt aus der unteren Mittelschicht in Winnipeg. Sie hat nachts in einem Steakhaus gekellnert, um sich das Geld für die Ausbildung zu verdienen. Und sie hat nie geheiratet.«

»Na ja, vielleicht hat sich vorher eben die Gelegenheit dazu nicht geboten. Ich sag ja nicht, dass es ein Muster ist. Ich sag nur, dass sie uns jetzt zum Narren hält.«

»Ich versteh dich schon. Ja, und vielleicht ist sie das durchtriebene Bond-Girl, das du vor dir siehst. Aber was, wenn es nicht so ist? Schließlich könnte sie das Geld ja auch irgendwo deponiert haben. Eine Million Dollar ist 'ne Menge für eine Proletin.«

»Nicht wenn du in ein paar Wochen einen Multimillionär heiratest und dann persönlich über eine dreihundert Millionen Dollar schwere Stiftung wachen darfst. Die eine Mio, um uns mal zu zeigen, dass wir es mit Frau Wohltäterin zu tun haben, ist da nichts. Eine wirklich clevere Investition, genauer betrachtet. Die hat sie nun im Köcher, und sie kann die Karte jederzeit ziehen. Sobald die beiden verheiratet sind, nehme ich mal an.«

»Wahrscheinlich«, meinte Teddy.

»Mit Sicherheit«, bekräftigte Martin.

»Also, was schlägst du vor?«

»Ach nee.«

»Sag das bitte nicht. Du weißt, dass ich das hasse«, protestierte Teddy.

Martin senkte die Stimme. »Sie dürfen einfach erst gar nicht heiraten.«

»Möchtest du den Betrag erhöhen?«, wollte Teddy mit einem leichten Grinsen wissen, doch Alana konnte sehen, dass er sehr wohl verstanden hatte, was Martin meinte.

Martin lachte. »Schon gut, nein danke. Halt mich nicht zum Narren.«

»Also was jetzt?«, schaltete sich Alana ein. Sie wollte ihn dazu bringen, es laut auszusprechen.

»Es ist ja nicht so, dass wir persönlich etwas unternehmen müssten. Wir kennen doch Leute, die so etwas in die Hand nehmen.«

»Schon, aber die Leute, die wir kennen, brauchen unser Geld nicht«, entgegnete Teddy. »Bei Weitem nicht.«

»Richtig. Aber wir wissen eben so manches über die Leute, die wir kennen.«

Teddy und Martin wechselten einen Blick, und Alana spürte, wie sich ihr Bauch zusammenkrampfte.

»Das wäre ganz schön bescheuert«, sagte Teddy. »In vielerlei Hinsicht.«

Düster blickten sich die Brüder an. Martin wandte als Erster den Blick ab.

»Sprecht ihr über die Leute, die immer auf die Insel gekommen sind?«, erkundigte sich Alana.

Ihre Brüder reagierten nicht.

»Ich habe mich immer gefragt, ob Ed sie zu Hause oder in den Ferien besucht hat? Ich glaube schon.«

»Das ist ja letztlich auch egal«, meinte Teddy und warf Martin einen warnenden Blick zu. »Das machen wir jedenfalls nicht.«

Martin nickte. »Okay, vergiss es! Du hast recht. Keine gute Idee.«

»So ziemlich die blödeste«, bemerkte Teddy.

»Aber wir müssen uns ja auch nicht auf andere verlassen, sondern könnten die Dinge selbst in die Hand nehmen. Also ich meine, Unfälle ereignen sich nun mal.«

»Was denn für Unfälle?«, warf Alana ein.

»Ich weiß auch nicht. Die Frau kann nicht schwimmen.

Und wir sind hier schließlich überall von Wasser umgeben. Unseren Ausflug mit der Jacht am Freitag nicht zu vergessen.«

»Bleibst du noch so lange?«, wollte Teddy von Alana wissen.

»Ich weiß nicht. Eigentlich wollte ich am Donnerstag wieder nach Hause fliegen.«

Eine Zeit lang standen die Geschwister einfach schweigend da, jeder in seine Gedanken vertieft.

»Die säuft jeden Abend wie ein Loch«, erklärte Martin. »Und bleibt immer länger auf als Dad. Wenn sie nun zufällig den Halt verliert und über die Reling kippt …«

»Und wer hilft ihr dabei, den Halt zu verlieren?«, hakte Teddy nach.

»Ist doch egal. Wir werfen eine Münze. Alana kann beim Nachschub behilflich sein, ihr immer einen neuen Drink bringen und sie an die richtige Stelle bugsieren …«

»Meinst du nicht, dass es höchst verdächtig wäre, wenn so etwas unmittelbar vor der Hochzeit passiert?«, warf Teddy ein.

»Na und? Dann lass es doch verdächtig wirken. Als Natalie Wood ertrunken ist, sah das auch äußerst verdächtig aus, zumal er doch die ganze Zeit Jill St. John bumste.«

»Ach du meine Güte«, kommentierte Alana.

»Musst du so ordinär sein?«, rüffelte ihn Teddy.

»Mir doch egal, Herr Moralwächter. Ich sag ja nur, dass es nichts heißt, wenn etwas verdächtig wirkt, solange sich keine Beweise finden. Ich könnte sie einfach hochheben wie einen Kasten Bier und über die Reling werfen. Könntest du auch. Könnte wahrscheinlich auch Alana, verflucht noch mal.«

»Und du glaubst, sie lässt sich einfach so, ohne Lärm zu machen, über Bord werfen und versinkt dann in den Fluten wie ein Amboss? Wie viele Leute, die alle ihre Hilferufe hören, haben wir denn an Bord in dieser Nacht? Der Kapitän und die Crew, das wären schon mal vierzehn, von der Hochzeitsplanerin und ihren Assistentinnen mal ganz abgesehen. Dann gibt's da noch den Ausstatter und die zehnköpfige Band …«

»Ja, genau – die Band! Wir machen das, wenn die Band so richtig voll aufdreht.«

»Beim Probediner spielt eine zehnköpfige Band?«, staunte Alana.

»Das ist kein Probediner, sondern die Nacht vor der Hochzeit. Das ist ein kompletter Probelauf, was das Essen, die Musik, die Atmosphäre und so weiter angeht, damit auch wirklich alles zu Dads Zufriedenheit verläuft. Könnte ja sein, dass er noch was ändern will.«

»Wow!«

»Gäste sind dann noch nicht dabei«, erläuterte Martin. »Und das erleichtert uns die Arbeit.«

»Das ist doch keine Arbeit!«, entrüstete sich Alana.

»Jetzt mach aber mal halblang. Vorhin hast du noch rumgejammert wegen der Million, die du nicht kriegst. Wenn du uns hilfst, wird's dir für den Rest deines Lebens prächtig gehen. Hab ich recht, Teddy? Wie wär's mit hundert Mal so viel?«

»Ich persönlich denke, wir sollten uns jetzt mal wieder einkriegen. Ich glaube, dass es verdammt riskant wäre, wenn vor der Hochzeit was passiert«, wandte Teddy ein.

Martin stöhnte auf. »Nein! Wir müssen handeln, bevor das Testament nichtig ist. Wenn ihr wollt, dass ich der Mann bin, der es macht, dann kann ich das machen. Ich muss nur die Gewissheit haben, dass wir hier alle an einem Strang ziehen.«

»Ich weiß nicht. Ich muss darüber nachdenken«, sagte Teddy. »Und ich bin jetzt zu müde dafür, ich hab auf dem Flug nicht geschlafen.«

»Schon in Ordnung«, willigte Martin ein. »Wir sprechen morgen weiter. Aber ich kann das nicht viel länger ertragen, sag ich euch.«

Teddy sah Alana mit seinem rasiermesserscharfen Blick an. »Kommst du damit klar?«

Sie kam damit überhaupt nicht klar, spürte jedoch instinktiv, dass es gefährlich wäre, dies jetzt zu sagen. »Vielleicht. Ich meine, wahrscheinlich schon. Aber was ist mit dem kleinen Rest an Ungewissheit, von dem du gesprochen hast? Was, wenn sie einfach nur eine hart arbeitende Krankenschwester ist? Und ihr … na, ihr wisst schon.«

»Genau«, pflichtete Teddy ihr bei. »Wir müssen jede Kleinigkeit sorgfältig abwägen. Ich bin jetzt aber einfach zu müde und zu hungrig, um noch an etwas anderes als an ein Bett und Essen denken zu können.«

»Also gut«, gab Martin nach. »Aber glaub mir, diese Frau will alles, was rechtmäßig Dad gehört und ebenso rechtmäßig uns zusteht.« Er sah seinen Bruder an. »Unser Leben lang haben wir für Dad gearbeitet. So ungefähr seit wir die Schule hinter uns haben.«

»Ist mir klar«, meinte Teddy.

»Und wir lassen sie jetzt einfach so hereinschweben und alles an sich reißen? Ist das fair? Nach all der Zeit und nach all der Scheiße, die wir durchgemacht haben?«

»Ich hab dich schon verstanden«, sagte Teddy.

»Wenn sie die Spenderin ist, dann ist das reiner Eigennutz, das garantiere ich dir.« Martin legte Alana eine Hand auf die Schulter. »Schau mal, ich weiß, dass wir über die Jahre so unsere Schwierigkeiten hatten, und mir ist schon klar, dass wir lange Zeit auch keine Familie waren, aber letzten Endes bist du eine von uns, Alana, ob du das nun wahrhaben willst oder nicht.«

Alana nickte.

»Und für uns alle steht eine Menge auf dem Spiel.«

»Ich weiß.«

»Aus diesem Grund wirst du natürlich kein Sterbenswort über unsere Unterredung verlieren?«, befahl Teddy eher, als dass er fragte.

»Selbstverständlich.«

»Sie ist gut.« Martin lächelte seine Schwester an. »Sie hilft uns, und wir helfen ihr. Und ihrer Tochter.«

»Okay«, fasste Teddy zusammen. »Jede Menge zum Nachdenken. Ich schlage vor, wir schlafen alle mal drüber und treffen uns morgen um drei wieder hier, mit klarem Kopf und vollem Bauch.«

»Wo wir gerade davon sprechen: Es muss jetzt so auf eins zugehen«, bemerkte Alana. »Wir sollten so langsam mal zum Mittagessen gehen.«

»Wunderbar«, spöttelte Martin. »Ich kann einfach nicht glauben, dass euch diese Niedertracht nicht in die Augen springt.«

Mir schon, dachte Alana und folgte ihren Brüdern über den Strand, um ihr Telefon wieder an sich zu nehmen. Auch ich kenne Niedertracht.

Eine von Alanas frühesten Erinnerungen war sinnlicher Natur. Süße Kuchen, rubinroter Fruchtsirup, ein weißer Marmortisch mit einer dreistöckigen Etagere voll herrlichem Konfekt. Mit ihrer Mutter und Lillian befand sie sich in einem Café in Paris. Ihre Mutter trank Café crème und nicht Wein. Ab und zu ließ sie ihre Töchter nippen. Köstlich, wie warme Kaffeeküsse. Es sollte ein Tag für die Mädels sein, nur Kat, Lillian und Alana. Ein strahlender Tag im September.

Nach dem Café gingen sie shoppen entlang der Avenue Montaigne und landeten schließlich in einer Boutique für Kinder, wo die Kleidungsstücke wie Kunstwerke auf weißen

Sockeln aus Holz präsentiert wurden. Man konnte auf mit Samt bespannten Sofas Platz nehmen, und der Raum war mit edlen Teppichen ausgelegt.

Alana saß still dabei, während ihre Mutter und eine schicke Verkäuferin mit rotem Lippenstift Lillian überredeten, eine Garnitur nach der anderen anzuprobieren. Sie wollte das nicht – Lillian interessierte sich nicht die Bohne für Klamotten –, aber ihre Mutter wollte ihr unbedingt eine neue Garderobe für die Schule zusammenstellen (in nicht einmal sechs Wochen kam Lillian in die sechste Klasse). Die edlen Stücke standen ihrer Schwester hervorragend, und Alana wünschte, um sie würde man auch einen solchen Wirbel machen und sie ausstaffieren wie eine Puppe.

Besonders ein Kleidungsstück hatte es Alana angetan: ein weißer Kaschmirmantel mit einem üppigen Kragen aus Fuchsfell und Ärmelaufschlägen im zartesten Ballettschuhrosa – so weich und verschwenderisch wie ein Windbeutel. Der Mantel muss aberwitzig teuer gewesen sein, denn als ihre Mutter diskret das Preisschild umdrehte, um nachzusehen, was das gute Stück kostete, zuckte sie förmlich zusammen, was sonst nie vorkam. (Kat zog es vor, die Tatsache zu verschweigen, dass sie aus Verhältnissen stammte, wo man durchaus einen Gedanken an den Preis verschwendete.) In dem Mantel sah Lillian allerdings so hinreißend aus, dass Kat dieses Stück und noch ein Dutzend andere von der Verkäuferin zur Kasse bringen ließ. Als sie am Tresen darauf warteten, dass man die Sachen einpackte, sah ihre Mutter an ihr herab, als sähe sie Alana zum ersten Mal, seit sie das Geschäft betreten hatten.

Sie lächelte und sagte: »Du bist ja die ganze Zeit so still gewesen.« Alana zuckte die Schultern. »Haben Sie vielleicht einen von diesen Mänteln in ihrer Größe?«, erkundigte sich ihre Mutter bei der Verkäuferin, die den Kaschmirmantel gerade in Seidenpapier einwickelte. Aber natürlich hätten sie einen solchen. Überglücklich verließ Alana das Geschäft. (Irgendwo gab es noch ein Foto der beiden Schwestern, als sie zurück im Hotel waren und dort ihre zueinander passenden Mäntel vorführten – Alana strahlend vor Freude und Stolz, Lillian hingegen angespannt und mürrisch.)

Anschließend gingen sie noch in ein weiteres Café, wo Kat einen Pastis nach dem anderen hinunterschüttete.

»Erzählt das bloß nicht eurem Vater«, sagte sie, zwinkerte und bestellte gleich den nächsten. Sie drückte den Mädchen eine Speisekarte in die Hand und ermunterte sie, zu bestellen, worauf sie Lust hätten. Als Alana ihre Wahl getroffen hatte, zuckte sie nicht einmal mit der Wimper, nahm auch nicht näher in Augenschein, was Alana auf dem Teller hatte, und tadelte sie auch nicht, weil sie zu viel aß.

Alana hatte diesen Tag immer als einen der sonnigsten in ihrer ganzen Kindheit in Erinnerung behalten. Aber ab einem bestimmten Punkt dämmerte es ihr, dass sie an diesem Tag in Wirklichkeit eine ebenso zugkräftige wie gefährliche Lektion gelernt hatte: Schweigen ergibt eine Belohnung!

Wenn Alana über ihre Brüder nachdachte, sah sie zwei privilegierte, kriecherische Männer vor sich, die für Geld fast alles tun würden. Wobei *fast* eigentlich eine Beschönigung war. Sie wusste, dass sie Schleimer waren, die ihre Freiheit und Integrität – ihre Seele – aufgegeben hatten, um sich ihrem Vater und dessen Vermögen zu unterwerfen. Aber sie hätte nie gedacht, dass sie dafür womöglich auch töten würden.

Bis jetzt.

Beim Mittagessen beobachtete sie ihre Brüder, wie sie aßen, tranken und sich benahmen, als hätten sie nicht gerade eben noch den Mord an einer Frau erörtert, mit der sie sich nun vermeintlich liebenswürdig unterhielten.

Sie musste etwas sagen. Sie musste Kelly alleine abpassen und sie warnen. Aber wann und wie sollte sie das bewerkstelligen, ohne ihre Brüder auf ihren Verrat aufmerksam zu machen?

Nach dem Mittagessen gingen die Männer nach oben – Teddy, um sich hinzulegen und seinen Jetlag wegzuschlafen, Martin und Ed, um ihren Geschäften nachzugehen –, während Gertrud und Kelly eine Partie Tennis spielen wollten.

Alana rief kurz bei Ramona und Lily durch und machte sich dann auf den Weg zum Tennisplatz, vorgeblich, um den beiden Frauen zuzusehen. In Wirklichkeit hatte sie, an der Seitenlinie sitzend, kein Auge für das Geschehen auf dem Platz, ging in Gedanken alles noch einmal durch und wartete darauf, dass die beiden ihr Match beendeten, sodass sie vielleicht mit Kelly unter vier Augen sprechen konnte.

»Willst du auch mal?«, rief Gertrud ihr nach etwa zwanzig Minuten zu.

»Danke nein! Ich habe nicht mehr gespielt, seit ich ein Kind war«, sagte Alana. »Und außerdem …« Sie hob ihren Fuß mit den Flipflops.

»Ja, das würde wohl nicht funktionieren«, meinte Gertrud. Und dann zu Kelly: »Wollen wir den Satz noch zu Ende spielen?«

»Klar. Gib's mir nur«, lachte Kelly.

»Mach dir keine Gedanken«, erklärte Gertrud. »Ich hab schon als Kind regelmäßig Tennisstunden bekommen, hab sogar mal mit zwanzig und ein paar Zerquetschten ein Challenger-Turnier gewonnen.«

»Wow!«

»Außerdem bin ich ja mindestens einen Kopf größer als du und hab längere Arme.«

»Ist schon in Ordnung, ich mach nur Witze. Es macht Spaß, mit jemandem zu spielen, der so gut ist.«

»Ich bin eigentlich ziemlich überrascht, wie gut du mithältst. Du machst das richtig gut, besonders für jemanden, der nie Unterricht gehabt hat«, sagte Gertrud und ließ den Ball aufprallen, um sich auf den Aufschlag zu konzentrieren.

Alana sah zu, wie Gertrud mit spielerischer Stärke und Eleganz die nächsten zwei Spiele gewann. Es war schön, sie einmal in Tennisschuhen zu sehen, in denen sie sich bewegte, wie es ihr bestimmt war, statt auf Stöckelschuhen einem selbst auferlegten Humpeln zu frönen. Gertrud tat ihr leid, weil sie es für nötig gehalten hatte, mithilfe von chirurgischen Eingriffen ihr Aussehen zu verändern – die aufgeplusterten Lippen, die riesigen Brüste und wer weiß, was sonst noch –, um sich für Männer wie Martin attraktiver zu machen. Zugleich allerdings, dachte Alana bei sich, hatte sie sich für Männer, die nicht wie Martin waren, in eine Witzfigur verwandelt. Ein schmutziges Spiel, das Gertrud nicht gewinnen konnte.

Als das Match vorbei war, klatschten sich beide über das Netz hinweg mit einem High Five ab.

»Alle Achtung!«, sagte Kelly. »Hat Spaß gemacht.«

»Machen wir mal wieder«, versicherte ihr Gertrud.

Als sie zur Bank kamen, um ihre Sachen einzupacken, schlug Alana vor, am Pool noch einen Drink zu nehmen.

»Da sag ich nicht Nein«, meinte Kelly lächelnd.

»Ich geh nur schnell unter die Dusche und komm dann gleich wieder«, erklärte Gertrud.

»Perfekt!«

Doch genau in diesem Moment fuhr Ed in seinem Golfmobil vor und winkte seine Braut herbei. Nach ein paar geflüsterten Worten – *Du siehst sie ja dann beim Abendessen,* hörte Alana ihren Vater raunen – stieg Kelly zu ihm in den Wagen, winkte, rief Alana und Gertrud noch »Bis später!« zu und rauschte ab.

»Möchtest du immer noch einen Drink?«, wollte Gertrud wissen.

Bestimmt nicht, dachte Alana, lächelte und sagte: »Aber natürlich.«

Der Abend war ein Reinfall. Weder vor noch nach dem Essen ergab sich eine Gelegenheit, Kelly einmal beiseitezunehmen, sodass Alana die ganze Zeit gehemmt und angespannt war – als würden ihre Brüder sie ständig beobachten, was sie sich vielleicht aber auch einbildete. Nach dem Dessert löste sich der Kreis schnell auf. Ed griff sich Kelly und wollte mit ihr eine Serie auf Netflix weitergucken, die sie geradezu obsessiv verfolgten. Teddy, noch immer vom Jetlag geplagt, wollte ins Bett, während Martin und Gertrud sich für eine Partie Tischtennis ins Spielezimmer verzogen.

Alana blieb daher nur Plan B. Sie beschloss, sich den Wecker zu stellen und morgens dann gleich zum Yoga an den Strand zu gehen. Deshalb zog sie sich in ihre Hütte zurück, nahm eine heiße Dusche und ging früh zu Bett. Erneut hatte sie Schwierigkeiten, in den Schlaf zu finden, zu viele verschiedene Szenarien, was alles passieren könnte, gingen ihr im Kopf herum. Dennoch gelang es ihr schließlich, nach Mitternacht in einen unruhigen Schlaf zu gleiten.

Ein verstörender Traum ließ sie hochschrecken, noch bevor der Wecker ertönte. Sie konnte sich ausrechnen, dass an Schlaf nicht mehr zu denken war, also zog sie ihren Trainingsanzug an und machte sich Kaffee. Sie trank zwei Tassen, surfte dabei im Internet und beantwortete Mails. In aller Frühe verließ sie ihr Cottage in der Hoffnung, dass Kelly vielleicht schon vor sechs Uhr, ihrer üblichen Zeit, auftauchen würde. Je früher sie am Strand war und dann auch wieder zurück, desto besser, dachte sich Alana. Oder sollte sie vielleicht lieber am Strand bleiben und Yoga machen, damit es nicht auffiel, wenn jemand sie sah? Ja, das würde sie tun, auch wenn sie nicht die leiseste Ahnung von Yoga hatte und ihr die Verrenkungen auf die Nerven gingen.

Also machte sich Alana kurz vor Sonnenaufgang entschlossen in Richtung Strand auf und ging in Gedanken noch einmal durch, was sie sagen wollte. Doch als sie sich der Lichtung näherte, sah sie etwas, das sie erstarren ließ.

Teddy saß dort im Sand, das Gesicht abgewandt, an den Stamm eines gefällten Baums gelehnt. Zuerst schien es, als würde er dort einfach nur sitzen und auf das Wasser hinausblicken. Doch dann legte er, von einem Stöhnen begleitet, den Kopf nach hinten. Als er aufstand, um sich die Hose hochzuziehen, war nicht nur sein nackter Hintern zu sehen, sondern auch Kelly, die verdeckt vor ihm gekniet hatte. Sie stand ebenfalls auf, wischte sich mit dem Handrücken den Mund ab und lächelte ihn an.

Dann küssten sie sich.

5

Hinter sich hörte Alana jemanden *Was zum Teufel!* flüstern. Sie drehte sich um und sah Martin, der an ihr vorbei den Strand anstarrte.

Teddy löste sich von Kelly, hob seine Jacke auf und zog sie an.

Alana bedeutete Martin mit einer Handbewegung, ihr schnell den Weg hinunter in Richtung Cottage zu folgen. Er legte einen Sprint hin, überholte sie und drehte sich immer wieder um, trieb sie an, damit Teddy sie nicht sehen würde. Aber Alana war nicht für Geschwindigkeit gemacht, sondern für Gemächlichkeit. Sie zuckelte eher dahin, solange sie konnte, und ging dann mit schnellen Schritten weiter, um wieder zu Atem zu kommen, trabte dann wieder ein Stückchen. Immer wieder sah sie sich um, ob Teddy ihnen vielleicht folgte. Aber sie konnte ihn nicht entdecken, sodass sie ziemlich sicher war, dass sie es unentdeckt zurück in die Hütte geschafft hatten.

»Was zum Teufel!«, fluchte Martin erneut. »Wie verfickt ist das denn?« Er ging im Wohnzimmer auf und ab. »Das ist verrückt. Was geht da ab?«

Alana ließ sich keuchend auf das Sofa fallen und wischte sich den Schweiß von der Stirn.

»Und Moment mal, hast du das denn gewusst?«, löcherte Martin sie.

»Nein! Natürlich nicht, um Himmels willen.«

»Was hast du da draußen überhaupt gemacht?«

»Ich bin früh wach geworden und dachte mir, ich probier's mal mit Yoga. Ständig diese Mahlzeiten. Seit ich hergekommen bin, hab ich ja praktisch nur herumgesessen und gegessen.«

Martin sah ihr prüfend ins Gesicht, unschlüssig, ob er ihr glauben sollte oder nicht.

»Und was hast *du* dort gemacht?«, wollte Alana wissen und verschränkte die Arme vor der Brust.

»Nun ja, um ehrlich zu sein, ich bin dir gefolgt«, erwiderte Martin. »Ich hatte das Gefühl, dass du nicht hundertprozentig hinter unserem Plan stehst. Und da wollte ich einfach sichergehen, dass du nichts sagen und es vermasseln würdest.«

»Na großartig«, blaffte Alana. »Danke, dass du mir vertraut hast. Weißt du, selbst wenn ich bei eurem Plan nicht mitmachen wollte, würde ich trotzdem nicht zum Strand laufen und alles ausplappern.«

Er starrte sie lange an.

Ungerührt hielt sie seinem Blick stand. »Wann habe ich jemals jemanden verraten, Martin?«

Er dachte nach, atmete nach einer Weile tief aus und sank auf einen Stuhl. »Ich kann es einfach nicht glauben. Wie kann ich jetzt noch auf irgendwas vertrauen?« Er erhob sich und ging wieder auf und ab. »Glaubst du, die Sache ist noch frisch, oder ...?

Alana zuckte die Schultern. »Keine Ahnung. Ich bin ja praktisch gerade erst hier angekommen. Dir ist bisher nichts aufgefallen?«

»Nicht wirklich.« Martin kaute an seinem Daumennagel herum. »Er konnte sich allerdings nie zu einer klaren Meinung über ihre Motive aufraffen. Ich meine, du hast ja gehört, wie er gesagt hat, dass immer ein Restzweifel bleibt, oder?«

»Ja.«

»Na ja, jetzt wissen wir, warum er vor der Hochzeit nichts unternehmen wollte. Er *will,* dass sie heiraten.«

»Scheint so.«

»Was heißt das dann aber?« Der Daumennagel blutete jetzt, und Martin lutschte das Blut weg.

»Ohne jetzt groß nachzudenken, bedeutet das, dass sie erst seit Kurzem was miteinander haben und sie es auf Dauer verheimlichen werden, bis Dad gestorben ist, verstehst du. Sie werden dann eine angemessene Zeit verstreichen lassen, bevor sie sich dann ganz offen *ineinander verlieben.* Teddy wird dann der neue Herr auf dem Hof sein. Oder aber sie sind schon länger zusammen und planen vielleicht etwas, das Dad eine gewisse Zeit nach der Hochzeit zustoßen könnte …«

»Das wär's noch«, meinte Martin.

»Oder … sie hatten schon eine Liaison, bevor sie Dad überhaupt kennengelernt hat. Und deshalb hat Teddy sie angestellt. Vielleicht hat er sich aus diesem Grund mit ihr verabredet. Möglicherweise hat er nach einer Krankenschwester gesucht, die Dad verführen sollte, sodass Teddy und sie dann eines Tages das Vermögen und das Geschäft erben würden. *Du* wärst dann raus aus dem Spiel, Teddy könnte das Geschäft ohne dich führen. Vielleicht hat er sich zurückgesetzt gefühlt.«

»Schöner Mist!«

»Wäre aber möglich.«

»Würde er mir das wirklich antun?«

»Ich weiß es nicht. Möglicherweise. Hat er dir schon das Geld für ihren kleinen Scherz mit der Million überwiesen?«

»Noch nicht, aber wird er wohl müssen, der Scheißkerl.«

Alana stand auf und ging zur Küchenzeile. »Möchtest du einen Kaffee?«

»Nee, danke!«

Sie machte sich einen und setzte sich wieder aufs Sofa.

»Er hat gesagt, er hätte sie auf Herz und Nieren überprüft.

Glaubst du irgendwas von dem Quatsch von wegen ganz allein durch die Ausbildung geboxt? Vielleicht ist sie ja nicht mal Krankenschwester?«

»Wahrscheinlich ist sie examinierte Krankenschwester«, entgegnete Alana. »So blöd ist Teddy nun auch wieder nicht.«

»Mit den Medikamenten und all dem Zeug scheint sie sich schon auszukennen. Ich könnte einen Privatdetektiv auf sie ansetzen, um rauszukriegen, ob sie Dreck am Stecken hat. Hätte ich gleich machen sollen. Weiß auch nicht, warum ich ihm getraut habe.«

»Vielleicht weil er dein Bruder ist? Ist ja auch möglich, dass er sie regulär angestellt hat und die beiden erst später etwas miteinander angefangen haben.«

»Stimmt.«

»Das ist das wahrscheinlichere Szenario.«

»Nehme ich auch an.«

»Ich würde mir jedenfalls gut überlegen, jemanden darauf anzusetzen«, bemerkte Alana.

»Warum?«

»Je nachdem, wie sich die Dinge entwickeln, möchtest du vielleicht nicht, dass jemand weiß, was du weißt.«

»Da hast du recht«, pflichtete Martin ihr bei. »Ich muss darüber nachdenken.«

»Genau, und zwar sehr gründlich.«

»Das könnte es uns aber auch leichter machen. Statt den Plan weiterzuverfolgen, über den wir schon gesprochen haben, bekämen wir vielleicht eine Lösung hin, wenn wir Dad Beweise vorlegen.«

»Die würde ich dann aber selber beschaffen. Wenn Dad sieht, dass du einfach jemanden anheuerst, reagiert er darauf möglicherweise äußerst unwirsch.«

»Richtig! Hätte ich die beiden heute Morgen bloß fotografiert.«

»Ich hab auch nicht daran gedacht«, sagte Alana.

»Ich hatte nicht genug Zeit. Als er sich die Jacke anzog, dachte ich, er würde zurückgehen.«

»Soll ich es morgen früh noch mal versuchen? Ich könnte zum Yoga gehen und früh dort sein.«

»Genau! Das wäre gut.«

»Gertrud könnte sich wundern, warum du immer so früh auf bist.«

»Das merkt sie gar nicht«, erklärte Martin. »Bis mindestens halb zehn schläft sie wie eine Tote.«

In diesem Moment hörten sie draußen jemanden eine Melodie pfeifen.

»Ist er das?«, flüsterte Alana.

Martin ging zum vorderen Fenster und linste durch die Vorhänge. »Er ist allein. Ich nehme mal an, sie ist noch am Strand.«

»Na ja, sie macht ja auch wirklich Yoga. Habe ich selber gesehen.«

»Ich weiß. Gertrud ist auch ein paarmal da gewesen. Wenn du möchtest, dann geh doch jetzt hin.«

Alana überlegte einen Augenblick. »Nö, mir ist jetzt nicht mehr danach.«

Martin lächelte. »Das ist das einzig Gute an dieser erschreckenden Geschichte. Jetzt, wo ich weiß, dass sie nicht die heilige Unschuld ist, brauche ich mir keinen Kopf mehr zu machen, dass du ihr unser Angebot unterbreitet hast.«

»Musstest du sowieso nicht.«

»Jetzt mal ehrlich, Alana, und ich verspreche dir auch, dass ich nicht sauer sein werde, nicht zuletzt weil Teddy ja immer betont hat, sie wäre reinen Herzens wie Florence Nightingale. Als du heute Morgen zum Strand gegangen bist – wolltest du sie da warnen?«

»Herrgott noch mal, Martin! Ich hab dir doch schon gesagt, dass ich dort Yoga machen wollte. Wie oft soll ich das denn noch sagen?«

»Schon gut. Tut mir leid«, seufzte Martin. »Und genauso leid tut es mir, dass wir in all den Jahren so wenig Kontakt hatten. Ich bedauere vieles. Du weißt ja …«

»Ja, ich auch!«

»Himmel, es kommt mir so vor, als hätte ich gerade einen Bruder verloren. Aber dafür habe ich jetzt eine Schwester, denke ich mal.«

Alana lächelte, doch es war nicht zu übersehen, dass Martin mit diesem Handel nicht ganz glücklich war.

»Jetzt hör mir mal zu«, erläuterte Martin. »Wenn wir Teddy später treffen, sagen wir ihm, dass er recht hat, dass wir also bis nach der Hochzeit damit warten sollten, uns Kelly vorzunehmen. Dann müssten sie nämlich auf … ungewöhnliches Verhalten unsererseits nicht gefasst sein.«

»Ich könnte doch sagen, wir sollten besser warten, und dann würdest du zuerst widersprechen und dann nach und nach zu demselben Schluss kommen. Ich sage schlicht, dass wir auf Nummer sicher gehen sollten und dass die Mehrheit entscheidet. Teddy und ich gegen dich.«

»Gute Idee. Ich war einfach übereifrig, das ist doch wirklich glaubwürdig. Und wir knobeln eben erst aus, was wir unternehmen, nachdem wir genug Zeit zum Überlegen gehabt haben.«

»In Ordnung.«

»Schön, dann mach ich mich mal auf den Weg.« Martin guckte erneut durch die Vorhänge nach draußen. »Wenn du morgen Fotos machen willst, dann pass gut auf, dass sie dich nicht sehen. Das könnte dich sonst in Schwierigkeiten bringen.«

»Ich pass schon auf«, versicherte ihm Alana.

Nachdem Martin gegangen war, musste Alana an Teddy

denken – was für eine Schlange er doch war und wie sehr er sie anwiderte. Welche Melodie hatte er da gepfiffen, als er an der Hütte vorbeigegangen war? Der Fetzen war ihr bekannt vorgekommen, aber trotzdem wollte ihr der Song nicht einfallen. Im Geiste setzte sie die Töne zusammen, bis schließlich der Groschen fiel: *Under My Thumb* von den Stones.

6

Der Abend, an dem Teddy Kelly McNutt das erste Mal gesehen hatte, war ebenso gewöhnlich wie ungewöhnlich gewesen. Wie immer an einem Freitag hatte er abends sein Büro in der Hauptniederlassung der Firma in Vancouver verlassen und war auf ein paar Cocktails und Austern in die Lobby Lounge im Fairport Pacific Rim gegangen. Für gewöhnlich nahm er seinen Stammplatz an der einen Seite der Bar ein, der von den Barkeepern, die für seine hohen Rechnungen und großzügigen Trinkgelder dankbar waren, eigens für ihn freigehalten wurde, und hielt Hof mit dem ein oder anderen Geschäftspartner und verschiedenen jungen Damen, die ihn umschwirrten. Er war dafür bekannt, gerne einen Drink oder einen Snack auszugeben, und seine Zeche an einem solchen Abend betrug eigentlich immer mehr als tausend Dollar.

An den allermeisten Freitagen würde er sich auf die ein oder andere heiße Schnitte auf High Heels einschießen und sie ungefähr um zehn Uhr in seine Suite mit Blick auf den Hafen abschleppen. Sie würden Sex haben, und wenn er der Meinung war, dass er sie am Morgen noch einmal gebrauchen wollte, würde er sie bei sich auch übernachten lassen. Spätestens um neun Uhr morgens würde er gehen und sie wissen lassen, sie möge sich doch noch ein Frühstück bestellen. (*Ja, den Bademantel könne sie mitnehmen.*) Er achtete darauf, niemals eine Frau ein zweites Mal zu sich mitzunehmen, auch wenn unzählige es versuchten. Er hatte kein Interesse daran, sich in irgendeiner Form zu binden, besonders nicht bei dem Typ Frau, der sich aufdonnerte, um dann in der Lobby Lounge einen reichen Kerl aufzureißen.

An diesem Abend stand Teddy jedoch nicht der Sinn nach Geselligkeit, und er war auch nicht geil oder hungrig, bestellte nicht zwei Dutzend Austern und ein eisgekühltes Glas Bernard Defaix Chablis. Auch stand er nicht deshalb mit dem Rücken zur Bar, um zu signalisieren, dass er angesprochen werden wollte und Gesellschaft suchte. Vielmehr saß er an diesem Abend auf seinem Barhocker und wandte, über einen doppelten Whiskey gebeugt, den anderen Gästen absichtlich den Rücken zu. Er legte sein Jackett über den Hocker neben sich und bestellte ein Bier, das er vor diesem Hocker auf den Tresen stellte, damit auch ja niemand auf die Idee kam, dort Platz zu nehmen. Er betrank sich immer mehr. Wanzte sich jemand ran, um Hallo zu sagen oder seine Aufmerksamkeit zu erringen, verscheuchte er die Leute oder ignorierte sie sogar vollständig. Ungefähr alle zehn Minuten passierte das. Nervig.

»Noch einen?«, fragte der Barkeeper, als Teddy seinen dritten Doppelten hinuntergekippt hatte.

»Noch einen«, bestätigte Teddy und schob das leere Glas von sich. Er warf einen Blick auf sein Smartphone, das in der Jackentasche immer mal wieder vibriert hatte. Neue SMS-Nachrichten von Martin. Vordergründig verständnisvoll, versprach sein Bruder ihm Unterstützung. Als hätte er keinen Ständer gekriegt, als Ed sich wegen der Hotels in Singapur gar nicht wieder einkriegte. Als hätte er ihrem Vater nicht den Floh ins Ohr gesetzt, als Executive Vice President die Geschäfte zu übernehmen. Waren sie nicht beide für alles Geschäftliche zuständig, wenn Dad lahmgelegt war? Und wer hatte denn wohl den Großteil der Arbeit erledigt?

Wenn Martin seinen Beitrag geleistet hätte, statt sich zu

verdrücken und hinter Gertrud herzuscharwenzeln, hätte Teddy nicht alle wichtigen Entscheidungen selbst treffen müssen. Zum Teufel mit dem heuchlerischen Mitgefühl seines Bruders. Und genauso zum Teufel mit seinem Vater. Seit er achtzehn geworden war, hatte er sich für seinen Vater den Arsch aufgerissen. Die Pöbeleien ertragen. Den Kotau gemacht. Und niemals etwas vermasselt.

Bis jetzt. Ein großer Geschäftsabschluss, und ja, er hatte ein wenig überzahlt. Na und? Schließlich konnten sie das verkraften. Sie würden es wieder reinholen. Ein kleiner Schnitzer, und schon servierte man ihn ab? Und nun war der kleine Bruder, der vielleicht ein Drittel von dem leistete, was er alles so machte, formal sein Vorgesetzter? Großartig. Besonders jetzt, wo Ed mit den Folgen eines Schlaganfalls zu kämpfen hatte und sein Prostatakrebs sich verschlimmerte. Er stirbt und belässt Martin in dieser Position? Was für eine Demütigung!

Während Teddy über diese schreiende Ungerechtigkeit nachgrübelte, stellte sich ein kraushaariger Eindringling neben ihn an die Bar und versuchte, den Barkeeper auf sich aufmerksam zu machen. Sie war sehr klein, trug einen zu großen Fischerpullover und eine olivgrüne Cargohose. Über die Schulter geschlungen eine riesige Büchertasche aus Leinen, im Arm zahllose Broschüren, Dokumente und Mappen. Sie passte überhaupt nicht in diese Hotelbar, als wäre sie neu auf der Highschool und bei einer Klassenarbeit aus Versehen im falschen Raum gelandet.

Die Frau versuchte vergebens, die Aufmerksamkeit eines Barkeepers zu erringen. Teddy hörte sie seufzen und ein paarmal ein ungeduldiges »Entschuldigung!« hervorstoßen, während die Crew hinter dem Tresen weiterhin ungerührt andere Gäste bediente. Schließlich kam ein Barkeeper vorbei, um sich nach Teddys Wünschen zu erkundigen. Er bestellte noch einen doppelten Whiskey und lenkte dann die Aufmerksamkeit des jungen Mannes auf die Nervensäge neben sich.

»Ja?«

»Ein Pint Guinness, bitte?«

»Darf ich bitte Ihren Ausweis sehen?«

Die Frau lachte. »Ich bin achtundzwanzig.«

»So sehen Sie aber nicht aus, tut mir leid. Sie müssen mir bitte Ihren Ausweis zeigen.«

»Ja, gleich.« Sie knallte die Ladung Papiere auf den marmornen Tresen und durchwühlte ihre riesige Büchertasche. Weil sie ihre Brieftasche nicht finden konnte, fischte sie einzelne Gegenstände heraus und legte sie auf den Tresen. Bücher, Schminke, Pfefferminzdrops, ihr Telefon, einen langen Seidenschal, Papiertaschentücher, Lippenbalsam, ein Schlüsselband mit dem Schriftzug GlaxoSmithKline und unzähligen Schlüsseln, ein Notizbuch, ein halb gegessenes Sandwich, eingewickelt in Frischhaltefolie – Teddy musste an die Szene aus *Mary Poppins* denken, in der das Kindermädchen bestimmte Dinge, einschließlich einer über einen Meter großen Topfpflanze, aus ihrer Reisetasche zaubert.

»Ich komm noch mal wieder«, meinte der entnervte Barkeeper und kümmerte sich erst einmal um Teddys Bestellung.

Als er mit Teddys Whiskey zurückkam, sagte die Frau: »Ich muss die Brieftasche in meinem Gepäck gelassen haben, aber ich hab Bargeld, und ich besuche die Konferenz der Nurses and Midwives' Association. Ich bin examinierte Krankenschwester und kein Teenager.«

»Verstehe, aber ich kann Sie nicht bedienen, bevor ich Ihren Ausweis gesehen habe.«

»Hier ist mein Konferenzausweis mit meinem Namen drauf, sehen Sie?« Sie hielt ihr Namensschild hoch. »Haben

Sie je was von achtzehn Jahre alten Krankenschwestern gehört?«

»Es tut mir wirklich leid«, beteuerte der Barkeeper. »Können Sie nicht einfach kurz aufs Zimmer gehen und Ihren Ausweis holen?«

»Nein, kann ich nicht. Die Konferenz findet zwar hier statt, aber ich wohne nicht hier. Bis zu meinem Hotel ist es eine halbe Stunde zu Fuß.«

»Es tut mir außerordentlich leid, Miss«, wiederholte der Barkeeper und entfernte sich.

»Verdammte Scheiße«, brummelte die Frau.

Teddy sah sie verstohlen an und bemerkte, dass sie weiße, zweckmäßige Sneakers trug, ganz wie eine Krankenschwester. Und während er sie dabei beobachtete, wie sie alles zurück in das schwarze Loch schaufelte, das ihre Büchertasche war, bemerkte er noch etwas anderes: einen makellosen rosa Nippel, der sich durch die lockeren Maschen ihres elfenbeinfarbenen Strickpullis gebohrt hatte. Sexuell war sie überhaupt nicht sein Typ; er bevorzugte billig wirkende blonde Schlampen mit Arschgeweih, großen Titten und künstlicher Bräune. Aber irgendetwas an diesem entblößten Nippel erregte ihn. Das und dann noch die Tatsache, dass sie sich nicht für ihn interessierte. Und als sie dann noch, ohne groß zu fackeln, das Bier packte, das er als Platzhalter auf den Tresen gestellt hatte, und ein Drittel davon in sich hineinschüttete, war alles geritzt. Er würde sie mit in seine Suite nehmen und versuchen, sich den Frust aus dem Leib zu bumsen.

»Stella«, sagte sie, rümpfte die Nase, stellte das Glas zurück auf den Bartresen und rülpste in die Hand.

»Ich kann über den Zimmerservice so viel Guinness bestellen, wie Sie wollen.«

Sie sah ihn von oben bis unten an, ließ den Maßanzug auf

sich wirken, die schwere Armbanduhr, die auf Hochglanz polierten Schuhe.

»Und ich schwöre, dass ich weder ein Vergewaltiger noch ein Axtmörder bin.« Er deutete auf die Barkeeper. »Die können für mich bürgen, ich bin hier Stammgast.«

Sie antwortete nicht, sondern streckte lediglich den Arm aus und kniff ihn ein paarmal in den Bizeps.

»Wofür war das jetzt gut?«, wollte er wissen.

»Wollte dir nur mal auf den Zahn fühlen.«

Teddy lächelte. »Und zu welchem Schluss bist du gekommen?«

»Dass oben ein Guinness mit meinem Namen drauf wartet.«

Teddy war sturzbesoffen, als sie die Suite erreichten. Er zog sich die Schuhe aus und fläzte sich aufs Sofa. Kelly ließ ihre Tasche und die Papiere zu Boden fallen und spazierte mit großen Augen durch die luxuriösen Räume.

»Völlig abgefahren«, staunte sie. »Die Bäder sind ja der Wahnsinn. Und dazu noch diese Aussicht.«

»Ja, die ist gut«, grunzte Teddy.

»Da denke ich natürlich gleich an Champagner statt Bier«, scherzte Kelly.

»An jedem anderen Tag würde ich ja mitmachen«, grummelte Teddy. »Aber heute nicht mehr.«

»Und weshalb?«

»Weil mein unsäglicher Chef mich heute degradiert hat.«

»O verdammt, das tut mir leid.« Sie öffnete die Minibar, nahm zwei kleine Flaschen Grey Goose heraus und warf eine von ihnen Teddy zu. »Vielleicht solltest du ihnen einfach sagen, dass sie dich mal können.«

Teddy lachte. »Schön wär's.« Er machte die Flasche auf und trank.

»Lass mich raten: Du hast eine Familie zu ernähren.«

»Falsch. Ich bin völlig ungebunden.«

»Hypothek? Erdrückende Schulden?«

»Auch nicht.«

»Wieso dann?«

Teddy zögerte. Normalerweise behielt er Persönliches für sich, aber weil er komplett einen in der Krone hatte und seine Gesellschaft von außerhalb und aus einem ganz anderen Bereich kam, gab er seine Zurückhaltung auf. »Weil mein Boss zufällig auch mein Vater ist.«

»Ach du Schande! Und der hat dich degradiert? Das ist ja, psychologisch betrachtet, total beschissen.«

»Dafür hat er meinen kleinen, grenzwertig inkompetenten Bruder befördert, sodass der jetzt mein Vorgesetzter ist.« Teddy trank die Flasche aus und schleuderte sie in den Raum.

»Soll ich dir sagen, was wir meiner Meinung nach jetzt tun sollten?«

»Nein. Was denn?«, wollte Teddy wissen.

»Ein Bad nehmen.«

»Wie bitte?«

»Die Badewanne da drin ist eindeutig für zwei gemacht.«

Teddy seufzte. »Ehrlich, ich glaube, ich bin zu kaputt, um Sex zu haben.«

»Wer hat denn was von Sex gesagt? Lass uns einfach in die Badewanne gehen. Ich kann dir die Füße massieren.«

Teddy lachte. »Du bist mir vielleicht ein seltsamer Vogel.«

Sie lächelte und ging ins Bad. Wenig später hörte er Wasser in die Wanne laufen. Ein eigentümlich beruhigendes Geräusch. Wann hatte jemand zum letzten Mal ein Bad für ihn eingelassen? Patsy musste das gewesen sein, das Kindermädchen.

Kelly kam aus dem Bad und bediente sich erneut an der

Minibar. Diesmal nahm sie jedoch Gläser, tat Eiswürfel aus der Schale im Gefrierfach hinein und mixte richtige Drinks. »Na los«, sagte sie und führte ihn ins Schlafzimmer.

Er sah zu, wie sie sich auszog und die Drinks ins Bad trug.

Ihr Körper überraschte ihn. Sie sah so jung aus, winzig und bleich. Er entledigte sich seiner Kleidung und legte sie aufs Bett.

»Na, dann komm«, forderte sie ihn auf und dimmte das Licht im Bad. »Ich schütte uns ein bisschen von diesem Duschbad mit Zitronengras ins Wasser.«

Mit einem tiefen Seufzer ließ sich Teddy in die Wanne voller warmem, wohlriechendem Wasser sinken.

Kelly drückte ihm seinen Drink in die Hand, stieg in die Wanne und stellte das Wasser ab. Der Wasserhahn war klugerweise in der Mitte der Wanne angebracht, sodass jeder es sich an einem Ende der Wanne bequem machen konnte.

»Mmh«, sagte er, als er einen Schluck von dem eiskalten Wodka nahm.

Sie nahm seinen rechten Fuß in die Hände und massierte ihn, presste beide Daumen fest in das Fußgewölbe.

»Oh, das tut gut«, sagte Teddy und atmete zum ersten Mal seit zwei Wochen unbeschwert tief ein. »Was für eine gute Idee.«

»Von denen hab ich eine ganze Menge«, grinste Kelly.

Sie hatte ein hübsches Gesicht. Wie eine Elfe mit großen blauen Feenaugen. Doch ihre Brust war so flach, dass es schon fast präpubertär wirkte. Das gefiel ihm nicht. Und er verstand auch nicht, wie das jemand gefallen konnte. »Bist du wirklich achtundzwanzig?«

»Ja, Tatsache!«

»Woher kommst du?«

»Aus Brandon, Manitoba.«

»Das ist in der Nähe von Winnipeg, oder?«

»Nicht allzu weit weg.«

Er schwindelte, hatte vorher noch nie etwas von Brandon gehört, was ihn mit Erleichterung erfüllte. Ein Niemand aus Nirgendwo.

»Also«, sagte sie mit einem verschmitzten Lächeln, nahm seinen linken Fuß und drückte fest an genau der richtigen Stelle, »was machen wir jetzt mit deinem Vater?«

7

Wieder wachte Alana früh auf und machte sich auf den Weg zum Strand. Ihre Aufgabe war es, Kelly und ihren Bruder in flagranti zu erwischen, aber Teddy tauchte nicht auf, weshalb sie Yoga über sich ergehen lassen musste (was für sie vierzig Minuten mühseliges, angestrengtes Strecken bedeutete). Anschließend ging sie mit Kelly zurück zum Haus, wo Mrs.Keith ihnen Kaffee machte. Kelly nahm ihren Kaffee und den für Ed mit nach oben. Alana genoss ihren Cappuccino und einen Bananenmuffin auf der Terrasse. Die Sonne kämpfte sich allmählich durch den Dunst, und es wäre sicher ein sehr schöner Moment gewesen, wenn er nicht ab und an durch Schüsse unterbrochen worden wäre, die sie an die bedauernswerten Rehe denken ließen.

Alanas Flug nach Hause war für diesen Abend vorgesehen, und auch wenn sie es kaum abwarten konnte, Lily in die Arme zu schließen – sie fehlte ihr so sehr, dass dieses Gefühl einem körperlichen Schmerz gleichkam (Stiche irgendwo zwischen Bauch und Herz) –, hatte sie dennoch ein ungutes Gefühl, nun abzureisen. Es war, als zerrten tausend unsichtbare Haken sachte an ihr, um ihr zu bedeuten, dass sie bleiben solle. Intuitiv wusste sie, dass sich auf der Party etwas Schlimmes ereignen würde und dass sie gebraucht wurde, um es zu verhindern oder zumindest abzumildern.

Sie sah auf die Uhr und schob dann ihren Stuhl über die Natursteinplatten zum Rand der Terrasse, sodass sie sehen konnte, wann Kelly und ihr Vater zu ihrem Morgenspaziergang aufbrachen. Sie wollte noch einmal versuchen, in Lillians Zimmer zu gelangen, bevor sie zum Flughafen fuhr.

Seit sie festgestellt hatte, dass die Tür verschlossen war, war ihr das nicht mehr aus dem Kopf gegangen. Warum war es das einzige Zimmer im ganzen Haus, das zugeschlossen war? Sein Büro und das Schlafzimmer ließ Ed sperrangelweit offen. Was in Lillians Zimmer musste geschützt oder verborgen werden? Und was genau hatte er gestern da drin gemacht, das es erfordert hätte, die Tür von innen zu verriegeln? Sie war entschlossen, es herauszufinden. Und weil Teddy dort oben in ihrem alten Zimmer schlief, war ihr klar, dass sie noch vorsichtiger sein musste. Wie praktisch, dass es gleich neben dem Schlafzimmer von Ed und Kelly lag. Kaum verwunderlich, dass Teddy sich keine der Hütten ausgesucht hatte. Sie fragte sich, wie viele heimliche Treffen spätabends oder frühmorgens, während Ed schlief, die beiden riskiert hatten.

Kurz nach acht sah sie Kelly und Ed den Weg zur Hauptstraße hinuntergehen, ihr Dad nach vorne über den Rollator gebeugt in dem neuen rosafarbenen Pullover, Kelly mit breitkrempigem Hut im gelben Sommerkleid. Alana brachte ihre Tasse in die Küche, wo Mrs. Keith in etwas, das wie ein gewerbliches Standrührgerät aussah, Teig zubereitete.

»Danke, meine Liebe, stellen Sie sie einfach irgendwo ab.«

»Sie backen Brot?«, wollte Alana wissen und stellte ihre Tasse in die Spüle aus weißer Emaille.

»Baguette fürs Mittagessen.«

»Mmh, lecker. Bis nachher!« Gut, dachte Alana, dann wird sie ja in der Küche noch eine Weile zu tun haben.

Rasch durchquerte sie das Esszimmer und flitzte die Treppe in den zweiten Stock hoch. Die Tür zum Schlafzimmer ihres Vaters war zu, aber nicht verschlossen. Sie schlüpfte hinein und schloss leise die Tür hinter sich. Wo würde ihr Vater wohl den Schlüssel aufbewahren? Eilig durchstöberte sie die Schubladen und prüfte dabei sorgfältig die zusammengerollten Socken – bei ihr zu Hause war der Schlüssel zu ihrem Schließfach in einem Paar Wollsocken versteckt. Fehlanzeige! Sie tastete bei allen Schubladen die Unterseite ab, wo in Filmen und Fernsehsendungen (aber offenkundig nicht im wirklichen Leben) stets die Schlüssel mit Klebeband festgemacht waren. Die Nachttische waren voll belegt mit Arzneifläschchen, Sticks zur Reinigung der Zahnzwischenräume, Lesebrillen, ausgedrückten Schmerzgel-Tuben und einer rostigen Dose mit Feuchtigkeitscreme. Bäh!

In dem begehbaren Kleiderschrank durchsuchte sie alle Jackentaschen, schüttelte jeden Schuh und begutachtete den Inhalt einer schweren hölzernen Schmuckschatulle, die mehr als ein Dutzend achtlos hineingestopfte Herrenuhren enthielt, die alle nach Kölnisch Wasser rochen. Und das allein schon in seinem Sommerhaus, überlegte Alana. Wie viele Patek Philippes und 18-Karat-Gelbgold-Armbanduhren von Rolex hatte er dann erst in seinem Domizil in Victoria? Grotesk. Wenn sie eine dieser Uhren verkaufte, konnte sie wahrscheinlich bequem ein Jahr davon leben.

Einer spontanen Regung folgend, fasste sie in das Durcheinander, zog eine goldene Montblanc-Uhr mit einer Schlange heraus, die sich um das Ziffernblatt wand, und schob sie in ihre Jackentasche. Sie schloss die Schatulle und ging ins Büro. Wenn sie den Schlüssel dort nicht finden konnte, würde sie sich das Schlafzimmer noch einmal vornehmen und auch das angrenzende Bad durchsuchen.

Sie fing bei den zwei imposanten Schreibtischen aus Eichenholz an, die, voneinander abgewandt, an entgegengesetzten Enden des Raumes standen, und durchforstete systematisch jede Schublade. Sie stieß auf ein paar alte Schlüssel, die aber viel zu klein für das Schloss von Lillians Schlafzimmertür waren. Auch die Aktenschränke sah sie durch, so gründlich es eben ging in der Schnelligkeit, mit der sie vorgehen musste. Sie schlug die Teppichenden zurück, nahm Bilder von der Wand und besah sich deren Rückseite, schob einen Stuhl zur Tür hinüber und kletterte darauf, um nachzusehen, ob er den Schlüssel auf den Türrahmen gelegt hatte. Nichts. (Es war allerdings bemerkenswert sauber, dachte Alana, kein Staub, also Hut ab vor Mrs. Keith und ihrer Reinemachtruppe.)

Sie hatte den Stuhl gerade wieder an seinen Platz gestellt, als sie Teddy aus ihrem alten Zimmer kommen und ins Bad gehen hörte. Alana huschte hinter die Bürotür, die sie halb offen gelassen hatte, und verhielt sich mucksmäuschenstill. Sie bekam mit, dass ihr Bruder absurd lange pinkeln musste. Als sie dachte, es müsse jetzt doch mal gut sein, ging es noch immer munter weiter. Dann hörte es auf. Und ging wieder weiter. Während Alana dastand und wartete, erregte ein von dem durchsichtigen Vorhang halb verhüllter Gegenstand auf dem Fensterbrett ihre Aufmerksamkeit.

Es war eine alte Matrjoschka-Schachtelpuppe, an der sie als Kind viel Freude gehabt hatte. Insgesamt waren es zwölf ineinanderpassende Puppen, alle, selbst die kleinste, nur wenige Millimeter große, detailreich bemalt. Unvermittelt musste Alana an eine Ostereiersuche denken, da war sie vielleicht acht Jahre alt gewesen. Die Märzferien verbrachte die Familie immer irgendwo in warmen Gefilden, doch zu Ostern weilte man auf Alfred Island. Am Ostersonntag versteckte ihr Vater immer eine genau abgezählte Anzahl von Zuckereiern überall im Haus, von denen dann sie und ihre Geschwister so viele wie möglich finden mussten. (Typisch, dass ihr Vater immer alles in einen Wettstreit verwandeln musste, dachte sie.) Wer die meisten Eier gefunden hatte, bekam dann den Hauptpreis: einen eigens angefertigten, beinahe meterhohen Osterhasen aus Schokolade.

Meistens gewannen Teddy oder Martin, und sie war dann immer enttäuscht, wie lange der Sieger brauchte, um den Hasen aufzuessen. Sie hatte nicht ein einziges Mal gewonnen, wohl aber Lillian. Aber auch nur einmal. Sie vermachte den Hasen dann Alana, die ihn zur Bestürzung ihrer Eltern in Rekordzeit vertilgte. In diesem speziellen Jahr hatte ihr Vater genau einhundertfünfzig Eier versteckt, die nicht einfach nur hinter dem Sofakissen steckten oder auf dem Bücherregal lagen. Nein, diese Eier waren in Fläschchen mit Vitaminpillen verborgen, in Handschuhfinger befördert oder in den Eierkarton ganz hinten im Kühlschrank gestopft worden.

Teddy und Martin lagen mit je vierzig Eiern vorne. Sie konnte sich nicht erinnern, wie viele Lillian und sie gefunden hatten, nur daran, dass insgesamt einhundertneunundvierzig Eier zusammenkamen. Keines der Kinder hatte das letzte Ei gefunden. Martin und Teddy – jeder wollte den Hauptpreis bekommen, um damit anzugeben, nicht so sehr wegen der Schokolade – suchten am längsten, hatten aber keinen Erfolg. Und ihr Vater weigerte sich, ihnen den Fundort zu verraten. Weil es keinen klaren Sieger gab, weigerte er sich aus Prinzip außerdem, einem seiner Kinder den Hasen zu überreichen. Stattdessen gab er ihn einem seiner Angestellten. (Teddy, stinksauer, brüstete sich damit, er habe den Hasen mit Rotz und Spucke eingerieben, bevor der Mann ihn nach Hause mitnahm, woraufhin Alana in Tränen ausbrach und Lillian ihn verpetzte. Natürlich stritt er alles ab.) Mehr als vier Monate später stieß Alana zufällig auf das noch fehlende Ei, das tief in der Matrjoschka-Puppe verborgen war. Unter der goldfarbenen Hülle war die Schokolade aufgrund der langen Zeit weißlich verfärbt, aber sie aß sie trotzdem und verriet es niemandem.

Alana hörte die Toilettenspülung und dann das Wasser laufen. Kurz darauf verließ Teddy das Bad und donnerte die

Treppe herunter. Sie wartete ein paar Sekunden und ging dann zum Fenster, trug die Schachtelpuppe ins Bad und schloss die Tür ab. Sie holte die erste Puppe heraus, anschließend die zweite, die dritte, vierte, fünfte, sechste, was alles Zeit fraß (aber selbst unter diesen nervenaufreibenden Umständen durchaus auch Spaß machte). Schließlich langte sie bei der neunten Puppe an, die zu ihrer Genugtuung nicht die zehnte, elfte und zwölfte Puppe enthielt, sondern einen silbernen Schlüssel.

Sie musste sich beeilen. Alana schätzte, dass ihr noch etwa eine Viertelstunde blieb, bis Kelly und ihr Vater von ihrem Spaziergang zurückkamen. In dieser Zeit musste sie die Matrjoschka-Puppe wieder zusammensetzen, ins Büro zurückstellen und sich schnell verdrücken. Sie hatte die einzelnen Puppen in die Wanne gelegt und den Duschvorhang zugezogen, um sie zu verbergen, falls jemand in der Zwischenzeit das Bad benutzen sollte. Mit zitternden Händen steckte sie den Schlüssel ins Schloss. Er passte und ließ sich unschwer drehen. Sie schob die Tür auf, schlüpfte hinein, schloss die Tür schnell wieder hinter sich – und fand sich in völliger Dunkelheit wieder. Sie tastete nach dem Lichtschalter, betätigte ihn und konnte nur einen schnellen Blick auf das Zimmer werfen, bevor sich ihre Augen mit Tränen füllten.

Bis auf zwei unübersehbare Ausnahmen – einen großen schwarzen Safe in der Mitte des Raumes und das anscheinend mit schwarzen Müllbeuteln abgedeckte Fenster – sah es noch genauso aus wie vor fast dreißig Jahren, als Lillian zuletzt hier geschlafen hatte. Alles war gut erhalten und auf unheimliche Weise intakt, bis hin zu den fusseligen Haargummis für den Pferdeschwanz, die über den Nachttisch verstreut waren. Es versetzte Alana einen Stich, als sie bemerkte, dass in einem der Gummis noch immer ein Stück Haar ihrer Schwester festhing, das sich dort verfangen hatte.

Alana erinnerte sich an vieles aus diesem Zimmer: an das aufwendig gestaltete Kopfende des Bettes aus Eisen, das dann weiß gestrichen worden war; die babyblau-hellgrüne Tagesdecke mit dem Blattmuster; die gerahmten Poster von Sportgrößen wie Steffi Graf, Silken Laumann oder Mary Lou Retton; die Lampe mit dem sich aufbäumenden Pferd am Sockel (und der winzigen Schadstelle am Schwanz). Viele andere, ihr bekannte Dinge hatte sie jedoch vergessen: die antike Schmuckschatulle, auf der oben eine silberne Putte thronte, die auf einem Schwan ritt; die Sammlung von Figuren aus der Zeichentrickserie *Mein kleines Pony,* die auf einem eigens angestrahlten gläsernen Bord ausgestellt war; den riesigen ausgestopften Koala, der auf einem weißen Korbstuhl in der Ecke saß und Lillians Ukulele in den Pfoten hielt.

Diese Überbleibsel aus der Kindheit ihrer Schwester zu sehen zerriss Alana fast das Herz. Und dann war da noch das gerahmte Foto von Kat, als sie mit Lillian schwanger war. (Als Kind, wenn sie dieses Foto betrachtete, hatte Alana sich immer gewundert, wie frisch und unbeschwert ihre Mutter aussah. Ihr war nicht klar gewesen, dass es damit zu tun hatte, dass sie Ed damals noch nicht gekannt hatte.)

Und, oh, alle Kleider von Lillian, sorgfältig zusammengelegt in den Schubladen der Kommode, waren sogar auch noch da: die unvorstellbar engen Jeans und ihre Shorts; die pastellfarbenen Babydoll-Schlafanzüge; das ausgeblichene Sweatshirt mit dem Logo der Vancouver Canucks, in dem Lillian (sehr zum Verdruss ihrer Mutter) praktisch gewohnt hatte; die Baumwollunterwäsche in kleinen Größen und die Söckchen, gemustert mit kleinen Herzen, Pünktchen, Teddybären und Sternen.

Es war einfach alles zu viel für Alana, und sie hatte auch keine Zeit, es zu verarbeiten.

Sie richtete ihre Aufmerksamkeit auf den schwarzen, rechteckigen Safe, der so unpassend mitten im Zimmer abgestellt war und sie an den Obelisken in *2001: Odyssee im Weltraum* erinnerte. Warum zum Teufel stand der hier? Welchen Schatz enthielt er möglicherweise, wenn ihr Vater schon Uhren im Wert von schätzungsweise einer Million Dollar in einer unverschlossenen Schatulle am anderen Ende des Flurs herumliegen ließ?

Es wurde höchste Zeit, dass sie sich aus dem Staub machte. Aber bevor sie abhaute, musste Alana auf dem digitalen Tastenfeld des Safes noch eine Kombination ausprobieren. In einem eigenartigen Anflug von Gewissheit tippte sie Lillians Geburtsdatum ein: 01/06/1979. Nichts. Verdammt. Sie hätte gewettet, dass es funktionieren würde. Also gab sie Lillians Sterbedatum ein: 13/01/1992. Auch nicht. Sie würde noch einmal herkommen müssen. Alana ging zur Tür, öffnete sie einen Spaltbreit und lauschte. Sie wollte gerade gehen, als sie hörte, wie jemand die Treppe heraufkam, Teddy wahrscheinlich.

Wer auch immer es war, ging ins Bad und schloss die Tür. Alana wich ins Zimmer zurück, ein intensiver Angstschub packte sie. Was, wenn ihr Bruder an diesem Morgen noch eine Dusche nehmen wollte? Sie stellte sich vor, wie er den Wasserhahn aufdrehte und die Matrjoschka-Puppen völlig durchnässte, bevor er in die Wanne stieg und sie entdeckte. Sie presste das Ohr gegen die Wand, hörte aber nichts, was hoffentlich hieß, dass er auf der Toilette war.

Während sie wartete, dachte sie über mögliche Kombinationen bei dem digitalen Zahlenschloss nach. Vielleicht verwendete ihr Vater sein eigenes Geburtsdatum. Oder das von Kelly. Natürlich konnte es mit einem Geburtsdatum auch gar nichts zu tun haben. Wenn er schlau war, handelte es sich um eine völlig willkürliche Zahlenkombination. Sie beschloss, es mit dem Geburtsdatum ihres Vaters zu versuchen. Wann hatte er noch mal Geburtstag? Am 13. April. Aber welchen Jahres? Sie musste nachrechnen: 1943. Sie wollte schon 13/04/1943 eingeben, als ihr einfiel, dass es ja auch Monat/Tag/Jahr sein könnte. Oder sogar Jahr/Monat/Tag. Wenn es bei seinem Safe auch so war wie bei ihnen im Frauenhaus, dann hatte sie nur drei Versuche, bis das Schloss zur Sicherheit eine Stunde blockiert sein würde.

Alana hörte, wie die Toilettenspülung betätigt wurde und dann Wasser ins Waschbecken lief. Sie horchte an der Tür, als der Betreffende aus dem Badezimmer kam und dann mit schweren Schritten den Flur entlang und die Treppe hinunterging. Es war höchste Zeit, dass sie die Puppe wieder zusammensetzte und sich verdrückte, doch vorher wollte Alana schnell noch eine weitere Zahlenkombination ausprobieren. Sie holte tief Luft und gab erneut Lillians Geburtsdatum ein, diesmal aber in einer anderen Reihenfolge: 06/01/1979.

Mit einem leichten Zischen sprang der Safe auf.

8

Kateryna »Kat« Kowaltschuk war nur allzu bereit, Frau Ed Shropshire zu werden. Sie war erst vierundzwanzig Jahre alt, aber abgekämpft. Sehr abgekämpft. Bereits ein Kind, und ein weiteres unterwegs. Zwei Jobs. Und keinerlei Hilfe, von niemandem, nirgendwo. Ihre Mutter Lilja war vor vier Jahren an Bauchspeicheldrüsenkrebs gestorben – gerade einmal sechs, dennoch unendlich lange Monate nach der Diagnose. Auf dem Sterbebett hatte Lilja den Wunsch geäußert, Kat möge ihr Studium der Ernährungswissenschaften an der University of Alberta aufgeben und nach Calgary zurückkehren, um dort das Kind zu bekommen, das ihr Professor für Angewandte Sauereien ihr angedreht hatte.

»Vergiss die Uni«, sagte Lilja. »Komm nach Hause. Ist ja nicht unbedingt so, als würdest du Geld verlieren.« Kat hatte ein Sportstipendium für Volleyball bekommen. »Das Baby war kein Unfall«, fuhr Lilja fort, »sondern eine Fügung des Schicksals. Dein Vater wird dich brauchen.«

Der herannahende Tod schien Lilja nicht sonderlich zu bekümmern, doch sie machte sich große Sorgen, ob ihr Mann zurechtkommen würde, wenn sie nicht mehr da war. Wer würde sich um ihn kümmern? Wer würde kochen, sauber machen, einkaufen und all das erledigen, was gemacht werden musste? Der Mann konnte ja nicht einmal Wasser kochen, geschweige denn sich eine Mahlzeit ausdenken und sie zubereiten. Und die Waschmaschine und den Wäschetrockner hatte er auch noch nie angefasst. Sie befürchtete, dass er nicht mehr weiterwissen würde. Sich verlassen fühlte, hilflos wäre. Außerdem trank er zu viel. Was würde passieren, wenn er dann mit gebrochenem Herzen allein wäre, wenn Lilja nicht mehr da wäre, um den Wodka mit Wasser zu verdünnen und dafür zu sorgen, dass er etwas im Magen hatte, damit der Alkohol verträglicher war.

»Du bist die Letzte aus unserer Familie«, sagte Lilja zu Kat. »Wenn du das Kind nicht bekommst, ist es vorbei mit unserer Familie.«

»Ich könnte die Uni zu Ende machen und dann Kinder haben«, erwiderte Kat.

»Vielleicht«, hielt ihre Mutter dem entgegen. »Vielleicht aber auch nicht. Was, wenn etwas schiefgeht? Wenn es sich anders entwickelt? Es könnte unsere letzte Chance sein.«

Liljas Schwester, Kats Tante, hatte sich sehnlichst Kinder gewünscht. Aber eine Kombination aus Endometriose und Myomen der Gebärmutter hatte diesen Traum zunichtegemacht. Als ihr Mann begriff, dass sie keine Kinder haben konnte, verließ er sie, woraufhin sie nach Chicago zog, um noch einmal von vorne anzufangen. Auch Liljas Bruder hatte keine Kinder. Er war »überzeugter Junggeselle«, der sich nicht auf Ehe und Familie festlegen wollte.

Also nahm Kat, verwirrt, traurig und durchaus belastet vom genetischen Erbe ihrer Familie, das Geld, das der Professor ihr für die Abtreibung gegeben hatte, und kaufte sich eine Zugfahrkarte zurück nach Calgary, wo sie wieder bei ihrer Familie einzog, um sich auf die Geburt ihres Kindes und den Tod ihrer Mutter vorzubereiten.

Drei Monate später starb Lilja.

Sechs Wochen nach der Beerdigung drückte ihr Vater ihr einen Scheck über dreitausendachthundert Dollar in die Hand und forderte sie auf, sich bitte eine andere Bleibe zu suchen.

Er hatte eine Affäre mit einer Barkeeperin aus seiner Lieblingskneipe angefangen, und sie würde nun zusammen mit ihrem halbwüchsigen Sohn und zwei Schäferhundwelpen bei ihm einziehen.

So viel zu hilflos und verlassen.

In einem Punkt lag Kats Mutter jedoch richtig. Ihre Schwangerschaft war kein Unfall gewesen. Kat hatte später über den Flurfunk erfahren, dass ihr Prof wegen eines schlüpfrigen Tricks berüchtigt war: Zwar betonte er stets, immer ein Kondom zu benutzen, doch bevor es mal wieder richtig zur Sache ging mit einer seiner Studentinnen, die er zuvor so betrunken gemacht hatte, dass sie es garantiert nicht bemerkte (was bei Kat nicht so schwierig war, denn sie nahm gerne einen Drink), streifte er es ab. Natürlich nahmen die meisten dieser jungen Frauen die Pille. Kat nicht. Sie hatte sie zwar eine Zeit lang genommen, dann allerdings abgesetzt, nachdem sie fünf Pfund zugenommen hatte.

Für Kat war das Schlimmste an der Schwangerschaft, nichts trinken zu dürfen. Schlimmer noch, als sich sechs Wochen vor der Geburt eine neue Wohnung und einen Job suchen zu müssen. Niemand wollte eine Schwangere einstellen, und niemand wollte an eine arbeitslose, alleinerziehende Mutter vermieten. Sie hatte Glück, schließlich doch noch eine Wohnung zu finden: im Keller bei einer alten Dame, die mit drei Yorkshireterriern in dem Haus lebte und meinte, dass es ihr nicht um das Geld gehe, sondern darum, jemand »Netten« unten wohnen zu haben. Jemanden, mit dem sie täglich ein Schwätzchen halten konnte, befürchtete Kat (und damit lag sie nicht falsch). Aber sie hatte keine Wahl und zog in das möblierte Apartment im Keller ein.

In einer kalten Nacht kurz darauf platzte bei Kat die Fruchtblase. Sie nahm ein Taxi zum Krankenhaus, es herrschte Nieselregen und Nebel, nasser Schnee fiel von den

Zweigen der Bäume auf die Straße. Der Fahrer dachte, sie würde weinen, weil sie Wehen hatte, nicht weil sie sich in ihrem ganzen Leben noch nie so allein gefühlt hatte.

Siebzehn Stunden später hielt sie ihre Tochter in den Armen. Sie nannte sie Lillian, nach ihrer Mutter. Kat brachte sie in ihr Zuhause, das sich eher wie ein Erdloch statt wie eine Wohnung anfühlte, und verbrachte die nächsten Monate in einem verschwommenen, halluzinatorischen Zustand. Das Baby schlief nicht gut, es schrie und schrie. Und aus unerklärlichen Gründen wollte es nur aus der linken Brust trinken. Was bedeutete, dass Kat unentwegt Milch aus der rechten Brust, die schmerzhaft anschwoll, abpumpen musste. Je größer Lillian wurde, desto mehr ähnelte sie dem Professor für Angewandte Sauereien. Dieselben haselnussbraunen Augen blickten Kat an. Auf den Tag genau drei Monate nach Lillians Geburt stillte Kat ab und fing wieder an zu trinken.

Als das Geld ihres Vaters zur Neige ging, bot Kat Nachmittagsbetreuung für die Kinder von berufstätigen Eltern an, die ihre Kinder auf die Grundschule gegenüber von ihrer Wohnung schickten. Außerdem abends Babysitten (die Eltern vertrauten ihr mittlerweile in Sachen Beaufsichtigung ihrer Sprösslinge) sowie diverse Erledigungen für ihre betagte Vermieterin. So überstand sie die ersten beiden Lebensjahre ihrer Tochter.

Dann kam Niko – einer der Väter, der seinen Sohn wochentags immer um halb sechs abholte. Im Unterschied zu anderen Vätern, die ihren Nachwuchs so schnell wie möglich nach Hause beförderten, hielt sich Niko jedes Mal länger bei ihr auf und flirtete ganz unverhohlen mit Kat. Warum auch nicht? Sie war eine attraktive Frau, die stets die Aufmerksamkeit der Männer auf sich gezogen hatte. Überdies hatte sie dafür gesorgt, dass ihr Körper bereits wenige Monate nach Lillians Geburt erneut seine frühere schlanke, muskulöse Gestalt angenommen hatte. Dank eines strikten Trainingsplans mit sechshundert Sit-ups pro Tag war auch ihr Bauch wieder straff geworden. Sie konnte nicht behaupten, dass sie überrascht gewesen wäre, als Niko eines Abends mit einer Flasche Wein vor der Tür stand.

Bald schon war Niko regelmäßig zu Gast bei ihr (und hatte gelernt, jedes Mal zwei Flaschen mitzubringen). Seine Frau dachte, er wäre noch auf der Arbeit oder im Sportstudio. Manchmal, wenn er demonstrativ nach dem häuslichen Abendessen noch eine Runde Joggen ging, machte er bei ihr Station, um Kat zwischen Tür und Angel schnell zu begrapschen.

Er presste dann immer ihre Hand bei sich in den Schritt und sagte: »Sieh mal, was du hier mit mir machst.«

Meistens waren seine Besuche allerdings handfesterer Art, und Kat spürte, dass sich zwischen ihnen eine Verbindung entwickelte.

Niko war eher süß als gut aussehend im eigentlichen Sinne. Dunkles, lockiges Haar, lange Wimpern. Für ihren Geschmack war er etwas zu stark behaart, und in seinen mittleren Jahren würde er sicherlich ordentlich zulegen, aber fürs Bett taugte er ihr, und er war lustig und zärtlich. Thom, sein Sohn, war immer lieb zu Lillian, sodass Kat allmählich anfing, sich eine Familie zu viert vorzustellen. Das ging auch Niko so. Er redete viel darüber, dass er seine Frau verlassen wolle, die ihn nach eigener Aussage mit ihrer Eifersucht und Launenhaftigkeit in den Wahnsinn trieb.

»Die ganze Zeit will sie etwas über dich wissen«, sagte Niko. »Sie ist krankhaft eifersüchtig.«

Aus gutem Grund, dachte Kat, ließ ihn aber gewähren. Sie hatte Nikos Frau hin und wieder gesehen, wenn sie statt Niko ihren Sohn Thom abholte. Bei diesen Begegnungen war eine gewisse Anspannung zwischen ihnen mit Händen zu greifen, eine Art verschärfte Wahrnehmung, wenn Nikos Frau sie von oben bis unten taxierte, obwohl sie dabei stets höflich und freundlich blieb. Labil kam sie ihr überhaupt nicht vor. Aber Niko behauptete steif und fest, sie sei eine paranoide Hyäne und widerliche Klette.

»Auch das mag ich an dir«, sagte er zu Kat. »Du bist nicht hilfsbedürftig wie sie.«

Dieses gezielte Lob funktionierte eine Zeit lang, und Kat hielt sich zugute, keine Ansprüche an Niko zu stellen, aber als ihre Affäre annähernd ein Jahr dauerte, fiel es ihr immer schwerer, ihre Gefühle zu unterdrücken. Sie war es leid, bei Bedarf das Zubehör im Souterrain zu sein, und drängte ihn, seine Frau zu verlassen.

»Sonst sag ich's ihr«, verkündete sie jedes Mal, wenn er zu ihr kam. Als sie schließlich damit drohte, die Beziehung zu beenden, verfiel er auf ein neues Mantra: »Dieses Wochenende sag ich's ihr.«

Montags hatte er dann immer eine Entschuldigung parat. Seine Frau habe gerade ihren Job verloren. Es habe sich einfach keine Gelegenheit dazu ergeben. Thom mache in der Schule gerade eine schwierige Phase durch, deshalb könne er es ihr nicht sagen. »Das nervt, ich weiß«, sagte er dann immer. »Danke, dass du so viel Geduld mit mir hast.«

Sie hatte aber keine Geduld mehr. Sie hatte es satt. Als er an ihrem Geburtstag nicht vorbeikam, weil er bei seinen Schwiegereltern zum Essen eingeladen sei, wurde ihr klar, dass sie die Initiative ergreifen musste.

In dieser Nacht trank Kat reichlich Wodka und verwendete das Geschenk, das Niko ihr am Vortag verstohlen zugeschoben hatte, als er Thom abholen kam – eine goldene Brosche in Form einer Katze mit smaragdenen Augen –, dazu, sämtliche Kondome in ihrer Nachttischschublade zu durchlöchern.

Kat war bereits in der siebzehnten Woche schwanger, als sie es Niko sagte. Sie erwartete nicht, dass er augenblicklich Feuer und Flamme wäre, und sie glaubte auch nicht, dass sie sich jetzt sofort eine gemeinsame Wohnung suchen würden, aber sie hätte auch nicht gedacht, dass er sich die Haare raufen, durch die ganze Wohnung tigern und »Nein, nein, nein« schreien würde.

Dieser ersten Aufwallung folgte ein veritabler Wutanfall. Wie könne sie ihm das antun? Wüsste sie denn nicht, dass er bereits eine Familie zu ernähren habe? Warum sie es ihm denn nicht früher gesagt habe, dann hätte man doch problemlos noch etwas unternehmen können?

Er verlangte von ihr, sofort eine Abtreibung vornehmen zu lassen. Sie entgegnete, dass er sofort aus ihrer Wohnung verschwinden solle.

Am nächsten Abend kehrte er reumütig und auf Schmusekurs zurück und sagte, er wolle mit ihr zusammen sein, doch er glaube eben nicht, dass sie ihr gemeinsames Leben mit einem schreienden Kleinkind beginnen sollten. Und er schwor ihr, dass er seine Frau verlassen werde, sobald sie ihrer Schwangerschaft ein Ende gesetzt habe.

»Bei Gott, ich schwöre es«, beteuerte er. »Und eines Tages werden wir dann auch eine Familie gründen, Kitty-Kat, das verspreche ich.« Er küsste sie und versuchte, sie zum Lachen zu bringen, indem er ihren Hals liebkoste und dabei die Miau-Miau-Melodie summte, die bisher immer funktioniert hatte.

Sie stieß ihn weg. »Und was ist, wenn ich die Schwangerschaft gar nicht abbrechen will?«

»Also … ich weiß nicht, Kat. Dann müsste ich dir jeden Monat Geld geben. Aber du und ich, weißt du … das hätte sich dann wohl erledigt.«

»Erledigt?«, sagte sie tonlos.

»Du weißt, was ich meine. Und nur dass du Bescheid weißt, nach geltendem Familienrecht würde sich das Geld auf nicht mehr als zehn Prozent meines Jahreseinkommens belaufen. Davon könntest du nicht leben.«

»Aha, da hast du dich schon schlaugemacht.«

»Komm, Kat, was hast du erwartet?« Niko rieb sich den Nacken. »Ich frag das nicht gerne, aber … bist du hundertprozentig sicher, dass es von mir ist?«

Sie atmete heftig durch die Nase aus. »Ich bin hundertprozentig sicher, dass es *von mir* ist.«

Niko seufzte und sah auf die Uhr. »Ich muss los. Und ich hoffe, dass du dich für den richtigen Weg entscheidest, Kat.«

Letztlich entschied sie sich dafür, dass der beste Weg darin bestand, zwanzig Prozent seines Jahreseinkommens gegen ihr Schweigen einzutauschen. Sie würde seiner Frau nichts sagen und das Kind auch nicht in Calgary aufziehen.

Kat zog nach Banff. Sie konnte noch gut tarnen, dass sie schwanger war, und fand schnell Arbeit: einen Teilzeitjob im Banff Springs Hotel und außerdem regelmäßig eine Schicht als Kellnerin in Melissa's Restaurant. Als es ein paar Wochen später nicht mehr zu übersehen war, hielt sich die Begeisterung ihrer Arbeitgeber in Grenzen, aber sie sicherte zu, bis zum Geburtstermin zu arbeiten, wie sie es auch schon bei Lillian gemacht hatte.

Kaum mehr als einen Monat nach ihrem Umzug nach Banff lernte Kat auf der Piste des Lake Louise Ski Resort ihren zukünftigen Ehemann kennen. Kat brachte Lillian bei, wie man Ski fährt, und die Leute staunten, wie geschickt sich das kleine Mädchen dabei anstellte.

»Das wird mal eine Olympionikin«, meinte ein attraktiver Mann, der seinen beiden Jungs auf demselben Hügel Unterricht gab. »Wie alt ist sie denn?«

»Drei«, sagte Kat. »Na ja, beinahe vier.«

»Wow! Und wie lange fährt sie schon?«

»Ist heute das erste Mal.«

»Gibt's ja nicht«, wunderte sich der Mann.

»Doch«, erwiderte Kat und lächelte stolz.

»Sie müssen es als Lehrerin aber wirklich draufhaben.«

»Nö«, lachte Kat. »Sie ist ein Naturtalent.«

»Allerdings.« Der Mann beobachtete, wie die Kleine geschmeidig neben ihrer Mutter anhielt. »Wie heißt du denn, meine Liebe?«

»Lillian«, sagte sie.

»Du bist aber wirklich eine gute Skifahrerin, Lillian.« Der Mann lächelte ihr von oben zu.

»Was sagt man da?«, mahnte Kat.

»Danke«, sagte Lillian und wischte sich mit ihrem klatschnassen Fäustling die Nase ab.

»Teddy, Martin, kommt mal her«, rief der Mann. »Die Kleine zeigt euch jetzt mal, wie's geht.«

Die Jungen, die sich gegenseitig mit Schnee bewarfen, stapften zu ihrem Vater hinüber und sahen Lillian argwöhnisch an.

»Hi«, sagte Kat. »Das ist Lillian. Die lernt es auch gerade.« Ihr fiel auf, dass der Vater und die Söhne schicke, hochwertige Skianzüge trugen.

»Die Jungs haben zwar Unterricht gehabt, trauen sich aber über den Idiotenhügel nicht hinaus«, meinte der Mann.

»Sie sind eben noch sehr jung«, bemerkte Kat, der es so vorkam, als wären die beiden höchstens ein oder zwei Jahre älter als Lillian. Es waren hübsche Jungen, besonders der ältere, der mit seinen roten Wangen und den erdbeerblonden Locken wie ein Engel aussah.

»Was rätst du ihnen?«, wollte der Mann von Lillian wissen.

»Keine Angst haben, dass ihr hinfallt«, sagte Lillian.

Der Mann lachte. Er hatte die großen weißen Zähne eines Filmstars. »Ein ausgezeichneter Tipp.«

»Können wir gehen?«, drängelte der Ältere.

»Jetzt sei mal nicht so unhöflich«, rüffelte ihn sein Vater.

»Schon okay«, sagte Kat. »Wir sollten uns auch mal auf den Weg machen.«

»War jedenfalls schön, euch kennenzulernen, Lillian und …?«

»Kat.«

»Edward Shropshire«, sagte der Mann, als ob ihr das etwas sagen würde. Vielleicht war er Schauspieler. Attraktiv genug dafür war er zweifellos. Er streckte ihr die Hand entgegen.

»Nett, Sie kennenzulernen«, entgegnete Kat und schüttelte dem Mann die behandschuhte Hand.

»Nichts für ungut«, sagte er und betrachtete Kats Bauch, die im sechsten Monat schwanger war. »Sollte unter diesen Umständen nicht besser Ihr Ehemann der Kleinen das Skifahren beibringen?«

»Welcher Ehemann?«, erwiderte Kat mit einem ironischen Lächeln.

»Ah, verstehe.«

»Tja.«

»Wenn das so ist, möchte ich Lillian und Sie gerne zum gemeinsamen Abendessen mit mir und den Jungs einladen.«

»Das wäre schön, aber wir müssen den Bus zurück nach Banff kriegen. Und der letzte geht um halb sechs.«

»Wohnen Sie im Banff Springs Hotel? Ich kann Sie mitnehmen, und wir könnten dann im Hotel essen.«

Kat arbeitete in diesem Hotel am Empfang des Wellnessbereichs, und die Vorstellung, von diesem attraktiven Mann dort zum Essen ausgeführt zu werden, amüsierte sie. »Wir wohnen im Ort.«

»Dann ist ja alles klar. Und wir können noch 'ne Runde Ski laufen.«

Im Skilift drückte der Mann sein Bein fest gegen Kats Seite. Sie wusste nicht so recht, ob es aus Versehen geschah, ob er sich nichts dabei dachte oder ob es etwas übergriffig war. Er sah sehr gut aus, hatte ein kantiges Kinn, war schlank und hochgewachsen. Und er roch gut. Sein Kölnischwasser duftete nach Zedernholz und vertrug sich gut mit der kalten, klaren Luft.

Die Kinder waren in ihr eigenes Gespräch vertieft, was ihr Gelegenheit gab, ihm mit leiser Stimme eine Frage zu stellen: »Vielleicht täusche ich mich ja auch, aber versuchen Sie gerade tatsächlich, eine schwangere Frau anzubaggern?«

Er lächelte sie an. »Wäre das ein Problem?«

»Nein. Eher … eine Überraschung.«

»Wir reden vom Skifahren und vom Abendessen danach.«

»Ich weiß schon. Entschuldigung.« Sie lief rot an und drehte sich weg, kam sich töricht vor. Abgestraft.

Doch dann beugte er sich zu ihr herunter und flüsterte, sein Atem warm an ihrem Ohr: »Und vielleicht auch vom Nachtisch.«

Sie spürte Begierde in sich aufsteigen. Gefolgt von einem Gefühl der Erleichterung. Vielleicht war sie doch nicht anmaßend gewesen, und er versuchte, mit ihr anzubandeln. Vielleicht war er auch einfach so ein Spinner, der auf schwangere Frauen stand. Sie wollte schon einen Witz darüber reißen, doch in diesem kurzen Moment hatte sich der Mann schon den Kindern zugewandt.

Das Abendessen war grandios. Kat hatte das Gefühl, in eine andere Wirklichkeit geraten zu sein, in der es keinen Stress gab, nur Vergnügen. Alle behandelten Ed Shropshire äußerst zuvorkommend, und sie erfuhr auch schnell den Grund. Er war eine große Nummer, überall auf der Welt gehörten ihm Unternehmen: Spirituosenfabriken, eine Reederei, Ölraffinerien, Zellstoffmühlen, Papiermühlen, eine Kette von Luxushotels in Europa und Asien.

Sie nahmen ihre Mahlzeit in einem privaten Speisezimmer mit überwältigender Aussicht auf die Berge ein. Als Kat sich nicht entscheiden konnte, was sie bestellen sollte, sich insgeheim abmühte mit dieser unverhofften Gelegenheit, ein opulentes Mahl aufgetischt zu bekommen, übernahm Ed die Initiative und bestellte einfach für sie alle: so gut wie jede Vorspeise auf der Karte, damit Kat eine große Auswahl hatte. Er unterhielt sich angeregt mit den Kindern, hatte viel Geduld mit seinen Söhnen und war reizend zu Lillian. Außerdem behandelte er Kat, als wäre sie seine Lebensgefährtin und nicht irgendein Häschen, das er beim Skifahren aufgelesen hatte, nicht wie jemand, mit der er sich lieber nicht sehen lassen sollte und die ihm peinlich war. Zum ersten Mal in ihrem Leben konnte sie sich vorstellen, was es hieß, jemandes Gattin zu sein. Und das gefiel ihr.

Nach dem Essen erschien eine Kinderfrau, die mit in den Skiurlaub gefahren war, und holte die Jungs ab. Für sie und Eds Söhne war eigens eine gesonderte Suite gebucht worden.

»Lillian kann gerne mitgehen, wenn Sie mir noch etwas Gesellschaft leisten möchten«, erklärte Ed.

»Wenn es Ihnen nichts ausmacht?«, sagte Kat zu der Kinderfrau.

»Überhaupt nicht. Ich werde den Kindern ein paar Geschichten vorlesen, und vielleicht sehen wir uns anschließend noch einen Film an.« Die Frau war ungefähr Anfang fünfzig und schien gut gelaunt und vertrauenswürdig zu sein.

»Möchtest du mit den Jungs mitgehen und einen Film gucken?«

»Okay«, willigte Lillian ein.

Ed und Kat wechselten an einen eigenen Tisch in der Lounge und unterhielten sich dort stundenlang. Sie erzählte ihm, warum sie ihr Studium abgebrochen hatte, von Niko und ihren zwei Jobs. Weil sie beide vor nicht allzu langer Zeit einen Verlust zu beklagen hatten – Kat ihre Mutter und Ed seine Frau, die wenige Stunden nach Martins Geburt an einer Präeklampsie verstorben war –, kamen sie sich näher.

»O mein Gott, wie tragisch«, sagte Kat. »Ich mag mir gar nicht vorstellen, wie schrecklich das für dich gewesen sein muss.«

»Für Teddy war es noch furchtbarer«, erklärte er. »Eine ganze Weile jedenfalls. Zum Glück war er ja noch sehr klein, als es passiert ist.«

»Das ist ein Segen. Kinder können so einiges verkraften.«

»Hast du Probleme gehabt in der Schwangerschaft?«

»Nein, bisher nicht. Morgens war mir nicht einmal übel. Ich war nur manchmal müde.«

»Na, das ist ja auch kein Wunder. Zwei Jobs, und dann auch noch die Kleine. Wie weit bist du denn?«

»Im sechsten Monat.«

»Und weißt du schon, was es wird?«

»Wieder ein Mädchen.«

»Das ist ja nett«, sagte Ed.

»Ehrlich gesagt hatte ich gehofft, dass es diesmal ein Junge wird.« Kat flüsterte, als könne das Baby es hören und sich verletzt fühlen. »Aber ist okay.«

»Vielleicht dann später.« Ed lächelte mitfühlend.

Kat wurde ganz still und betrachtete die Kerze auf dem Tisch, verfolgte das Flackern der bernsteinfarbenen Flamme. Draußen trieben dicke Schneeflocken träge am Fenster vorbei und wirbelten wie trunkene Insekten um die Lampen auf dem Hotelgelände. Kat wollte nicht, dass der Abend zu Ende ging, aber sie war hundemüde und musste noch Lillian einsammeln, bevor sie sich ein Taxi zu ihrer Wohnung nehmen konnte.

Als Ed vorschlug, ihr und Lillian ein Zimmer zu buchen, nahm sie das Angebot dankbar an. Sie fühlte sich so wohlig warm, zufrieden und schläfrig, dass sie den Gedanken nicht ertragen konnte, nun hinaus in die kalte Nacht zu müssen.

In der Suite der Kinderfrau fanden sie die Jungen, auch wenn es Mitternacht war, noch wach vor, doch Lillian war eingeschlafen und hatte sich, am Daumen nuckelnd, zusammengerollt.

»Sollen wir sie wecken? Oder soll ich sie lieber tragen?«, erkundigte sich Ed.

»Das wäre ganz wunderbar, danke! Könnte nämlich schwierig werden, sie wach zu kriegen.« In Wirklichkeit hätte Kat Lillian leicht selber tragen können, aber sie wollte, dass Ed mitkam.

Um zum Zimmer zu kommen, mussten sie ein Labyrinth von Gängen passieren. Kat ging als Erste hinein und schlug die Bettdecke zurück, sodass Ed das schlafende Kind auf das Laken legen konnte.

»Danke!«, sagte Kat. »Danke für alles – das Essen, das Zimmer … Ich werde ja ganz schön verwöhnt.«

»War mir ein Vergnügen. Das war der entspannteste Abend seit langer Zeit.«

»Für mich auch.«

»Na ja, also … dann lass ich dich jetzt mal schlafen.« Er ging zur Tür.

Kat begleitete ihn. »Seid ihr morgen wieder auf der Piste?«

»Nein, ich muss arbeiten. Wir fahren früh los.«

»Ah so.«

Einen kurzen Moment sagte er nichts, lächelte dann, bat

sie, das Frühstück einfach aufs Zimmer kommen zu lassen, und verabschiedete sich.

Ernüchterung ergriff von ihr Besitz. Den ganzen Tag über war Kat auf Wolke sieben gewesen, doch nun lastete unvermittelt ein bleiernes Gefühl auf ihrer Brust. Gerade war der perfekte Mann aus ihrem Leben verschwunden. Sie hatte gespürt, dass er einen Augenblick lang versucht gewesen war, sie zu küssen, und sich dann dagegen entschieden hatte, was natürlich nur allzu verständlich war. Von einer Freundin hatte er nichts gesagt, aber es wäre ja äußerst unwahrscheinlich, wenn er keine hätte. Oder auch mehr als nur eine. Außerdem war sie schwanger. Und hatte schon ein Kind.

Wäre sie ihm doch bloß begegnet, als sie noch kein Kind gehabt hatte. Dann würden sie nun Sex haben, davon war sie überzeugt. Himmel, wie gerne würde sie jetzt einen Drink nehmen. Sie hatte zugesehen, wie Ed sich die Drinks gönnte, während sie Kännchen um Kännchen schauderhaften Kamillentee in sich hineinschütten musste. Sie überlegte, ob sie sich ein Glas Wein aufs Zimmer bestellen sollte, war jedoch so erschöpft, dass sie beschloss, lieber einfach ins Bett zu gehen. Doch sie hatte Schwierigkeiten, in den Schlaf zu finden. Kat verspürte eine seltsame Unruhe, als wäre die Ordnung der Dinge aus dem Takt geraten und das Schicksal aus dem Gleis gesprungen. Als hätte das Universum das Gleichgewicht verloren.

Schließlich sank sie dennoch in einen tiefen Schlaf. Als Kat am Morgen erwachte, war ihr ein Moment schläfriger Zufriedenheit vergönnt, bis sich das bleierne Gefühl in der Brust wieder bemerkbar machte. Sie konnte es an diesem Tag und auch am folgenden nicht abschütteln. Erst als sie ihre Schicht im Wellnessbereich antrat und ihr ein Kollege eine FedEx-Sendung überreichte, das von der Elpida Canada

Corp. in Vancouver stammte, ließ die Anspannung allmählich nach.

In der übergroßen Versandtasche steckte eine Mitteilung von Ed:

Ist zwar das reinste Klischee, aber ich kann einfach nicht aufhören, an dich zu denken. Ich würde dich und deine Tochter gerne an Ostern zu uns in unser Sommerhaus auf Alfred Island einladen. Tickets anbei. Für alles Weitere ruf bitte meine Sekretärin an. Ed

PS: Scheint wirklich so, als versuchte ich gerade, eine Schwangere anzugraben.

PPS: Hab keine Angst, lass dich einfach fallen.

Augenblicklich verschwand das mulmige Gefühl. Alles war wieder gut. Auf Kurs und voller Überschwang. Die Welt erfüllt von Licht und Glück.

Kat und Lillian fuhren auf die Insel, und als das Osterwochenende vorüber war, zogen sie in sein Haus in Oak Bay am südlichen Ende von Vancouver Island ein. In ihre Wohnung in Banff kehrten sie nicht ein einziges Mal mehr zurück. (Leb wohl, schimmeliges Bad; leb wohl, abblätternde Farbe; leb wohl, verrotteter Teppich, der immer nach Pilzsuppe roch.)

Die Trauung fand im Rahmen einer privaten Zeremonie statt, an der nur die Kinder, der Pfarrer und Eds Vater teilnahmen. Ed wollte unbedingt noch vor der Geburt von Kats zweitem Kind heiraten. »Dann fühlt es sich eher so an, als wäre es mein Kind«, erklärte er.

In den Wochen nach der Hochzeit genoss Kat die Ruhe und den Luxus. Es war großartig, so lange zu schlafen, wie es ihr beliebte, schon einmal Sachen für das Baby einzukaufen, zur Maniküre zu gehen und im Rahmen einer Aromatherapie Massagen zu bekommen, während Ed oder die Kinderfrau sich um Lillian kümmerten und die Haushälterin um alles andere.

Die Zeit bis zur Geburt konnte ihr gar nicht schnell genug gehen. Sie wollte ihren Körper zurück, damit sie das Optimum aus ihrem neuen Lebensstil herausholen konnte. Sie würde in schicken Geschäften einkaufen gehen, sich neu einkleiden, sie würde reisen, Tennis spielen, die herrlichen Tropfen aus Eds Weinkeller probieren und ihn im Bett um den Verstand bringen.

Sie stellte sich darauf ein, ein traumhaftes Leben mit ihrem Traummann zu beginnen. Ed war so liebevoll, um ihr Wohlergehen besorgt, und fieberte der Geburt ihres Kindes entgegen. *Ihres* Kindes. Sie würden sie Alana nennen, nach Eds verstorbener Mutter, und es würde alles ganz hervorragend werden, wenn sie erst einmal auf der Welt war.

Kat glaubte fest daran, dass es in ihrem Leben von nun an stetig bergauf gehen würde. Als bei ihr volle acht Tage vor dem errechneten und herbeigesehnten Termin die Wehen einsetzten – und ihr Mann sie ins Krankenhaus begleitete, um bei der Geburt an ihrer Seite zu sein –, fühlte sie sich bestätigt.

Aber die Dinge nahmen nicht ganz den erwarteten Verlauf. Auch wenn das Baby vorzeitig auf die Welt kam, war es groß. Sehr groß. Knapp zehn Pfund. Und es schien entschlossen, dort zu bleiben, wo es sich befand. Nachdem Kat zehneinhalb Stunden Wehen gehabt hatte, empfahl der Entbindungsarzt einen Kaiserschnitt. Doch Kat weigerte sich. Sie wollte keine solche Narbe haben, und auch nicht den schlaffen Bauch, den sie bei anderen Frauen im Fitnessstudio oder am Strand gesehen hatte – jene unvermeidliche Fettlippe, die sich über den Bikinisaum wölbte. Das würde sie ihrem frisch angetrauten Ehemann nicht zumuten, nein danke.

Sie bekam eine Epiduralanästhesie und kämpfte weitere zwei Stunden mit den Wehen. Es gab eine große Aufregung, als sich das Köpfchen des Kindes schließlich zeigte, und große Sorge, als es sich wieder in Kats Körper zurückzog wie eine Schildkröte, die sich in ihrem Panzer verkriecht. Der Geburtshelfer schloss daraus, dass sich die Schulter des Babys an Kats Beckenknochen verhakt hatte, was, abzulesen an den Reaktionen des Ärzteteams, äußerst problematisch war.

Eine weitere Hebamme wurde herbeigerufen. Während die beiden Krankenschwestern, die von Anfang an dabei waren, Kats Beine in Richtung Brust schoben, stellte sich die neue Schwester – ein stämmiges kleines Ding mit runder Brille – auf einen Stuhl und drückte wiederholt direkt über dem Schambein auf den Bauch, um das Baby loszubekommen.

Vergeblich.

Daraufhin teilte der Arzt Kat und Ed mit, dass er nun einen Dammschnitt vornehmen müsse, um das Kind in eine Position zu manövrieren, die eine Geburt möglich machte. In Tränen aufgelöst, flehte Kat den Arzt an, es nicht zu tun, sie wolle dann doch lieber einen Kaiserschnitt, aber dafür war es mittlerweile zu spät.

»Es tut mir leid«, erklärte der Arzt. »Wir müssen handeln.«

»Ist das denn wirklich nötig?«, schaltete Ed sich ein.

»Wenn Ihnen die Gesundheit Ihrer Tochter am Herzen liegt.«

»Nun gut«, gab Ed nach, doch der Arzt hatte längst zu schneiden begonnen.

Und obwohl sie nichts spürte außer undeutlichen Bewegungen und Druck unterhalb ihres Brustkorbs, weinte Kat, als man ihr das zehn Pfund schwere Baby aus dem Leib zog. Trotz des chirurgischen Eingriffs erlitt Kat im Dammbereich einen Riss dritten Grades von der Scheide bis zum Schließmuskel.

Das hätten wir, dachte Kat, als sie Alanas ersten Schrei hörte.

»Na, die hat ja einen ordentlichen Pelz«, sagte die rundliche Hebamme und lachte. Kopf und Oberkörper des Kindes waren von Büscheln dichten schwarzen Haars bedeckt.

»Kein Grund zur Sorge«, sagte eine andere Schwester und klemmte die Nabelschnur ab. »Das ist bloß Babyflaum.«

Sie wollte Ed die chirurgische Schere reichen, doch der verschränkte die Arme vor der Brust. »In ein paar Wochen ist der Flaum weg.«

Ihre Kollegin machte das Kind sauber, wog und wickelte es. Ein paar Augenblicke legte man Kat ihre Tochter auf die Brust, bevor sie in den OP musste, damit ihr übel zugerichteter Damm genäht werden konnte.

Der Arzt, verblüfft über die Anwesenheit eines Milliardärs in seinem Kreißsaal, beugte sich zu Ed hinüber und sagte: »Seien Sie unbesorgt. Für Dad mach ich extra noch einen Stich.«

Kat bekam das mit, als man ihr Bett aus dem Raum schob, registrierte es damals aber nicht so richtig.

Eine der Hebammen wollte ihm Alana in die Arme legen, doch Ed fühlte sich so abgestoßen von dem riesigen Baby, dass er zurückschreckte und flüchtete.

Ed konnte sich nie an das kleine Mädchen gewöhnen. Da half es auch nicht, dass Alana in den ersten drei Monaten wie ein dicker alter Mann aussah. Rücken und Schultern waren außerordentlich stark behaart, und außerdem litt sie schwer an Babyakne. Kat hatte nach der Geburt so starke Schmerzen, dass sie sich weigerte, das Kind zu stillen.

»Ich muss meine Wunde mit Eis kühlen und Sitzbäder

nehmen, da habe ich schon kaum noch Zeit, selbst etwas zu mir zu nehmen, geschweige denn dem Baby die Brust zu geben.«

Milch abzupumpen war eine Qual für sie, und die Medikamente, die Kat brauchte, waren so viel stärker als die handelsüblichen, dass sie schon deswegen nicht stillen durfte. Die Kinderfrau, die sich zuvor noch nie um einen Säugling kümmern musste, übernahm die Ernährung der Kleinen. Jedes Mal, wenn Alana schrie, auch wenn sie nur schrie (oft), weil sie getragen werden oder auf sich aufmerksam machen wollte (ebenso oft), verabreichte ihr die Kinderfrau ein Fläschchen. Ein Schnuller nützte meist nichts, aber ein Fläschchen machte sie eigentlich immer zufrieden.

»Sie sieht aus wie der fette Elvis«, sagte Ed immer.

Kat protestierte dann, musste aber dennoch heftig lachen.

Der Kinderarzt, der die nach drei Monaten vorgeschriebene Untersuchung vornahm, war entsetzt, wie überfüttert Alana war. Anscheinend achtete niemand darauf. Von Schuldgefühlen geplagt und verärgert darüber, dass der Arzt ihr Vorwürfe gemacht hatte, feuerte Kat die Kinderfrau aus purem Groll. Ersetzt wurde sie durch Patsy, eine Frau, die selbst fünf eigene Kinder großgezogen hatte. Patsy wusste, was zu tun war.

Was Ed anging, so hatte er kein Interesse an Alana und empfand keine Zuneigung zu der Kleinen. Sie war ausgesprochen hässlich – und er wollte einfach nicht, dass die Leute sie für seinen Sprössling hielten –, und außerdem war sie der Grund für den Niedergang seiner neuen Frau.

Kat erwies sich so langsam als Wrack: vollgestopft mit Tabletten, versoffen und bettlägerig. Sie fühlte sich gestraft, als hätte sich ein Fluch auf sie gelegt, weil sie es gewagt hatte, sich ein schönes Leben zu erträumen. Selbst ein halbes Jahr nach der Geburt konnte sie immer noch nicht ohne Schwierigkeiten auf einem Stuhl sitzen, geschweige denn das unternehmen, was sie zu diesem Zeitpunkt eigentlich vorgehabt hatte. Jedes Mal, wenn sie niesen oder husten musste, verlor sie Urin, und manchmal, wenn sie Blähungen hatte (die sie nicht mehr verlässlich kontrollieren konnte), entwich auch Stuhl. Eine einzige Demütigung. Deprimierend.

Sex zu haben war völlig unmöglich. Der Schmerz war unerträglich. Sie versuchte, Ed auf andere Weise sexuell zu befriedigen, aber er wies ihre Avancen in dieser Richtung zurück, und sie merkte, dass sie ihn abstieß. Er hasste es, dass sie sich nicht normal bewegen konnte, dass sie dazu neigte zu trinken und sich auf Schmerzmittel verließ. Er verachtete ihre Schwäche. Eine Enttäuschung, die ein enttäuschendes Kind hervorgebracht hatte.

Kat war für ihren Mann eine einzige Pleite.

Sie suchte ihren Hausarzt deswegen mindestens dreimal auf und klagte über ihre Beschwerden. Er sagte ihr, sie solle Übungen zur Stärkung des Beckenbodens machen und darauf vertrauen, dass es mit der Zeit schon besser werde. Erst nachdem sie darauf bestanden hatte, zu einer Frauenärztin überwiesen zu werden, einer Gynäkologin am Victoria General Hospital, erfuhr sie, dass sie einen Blasenvorfall hatte und dass bei dem »zusätzlichen Stich«, »extra für Dad«, den der Entbindungsarzt Ed augenzwinkernd versprochen hatte, als sie aus dem Kreißsaal gefahren wurde, ihre Scheide schwer in Mitleidenschaft gezogen worden war. Das müsse operativ behoben werden.

Zwei Korrekturoperationen folgte ein monatelanger Heilungsprozess und eine ebenso lange Physiotherapie. Als sich Kat wieder halbwegs wie ein Mensch fühlte, hatten Ed und sie sich stark entfremdet. Dennoch war er nicht dazu bereit, sie loszulassen. Er gab ihr den dringenden Rat, den Schein zu wahren und die Vorteile einer Ehe mit ihm zu genießen.

Sollte sie versuchen, sich scheiden zu lassen, bekräftigte er, werde er ihr die Kinder wegnehmen und alles in seiner Macht Stehende tun, um ihr das Leben zur Hölle zu machen.

Kat glaubte ihm.

Also richtete sie sich widerwillig in einem luxuriösen Dasein ein, mit einem Cocktail in der einen und einem starken Opioid und einer unlimitierten Kreditkarte in der anderen Hand. Sie bereiste die Welt. Und kaufte sich, was sie wollte.

Sie brauchte nur zwanzig Jahre, bis sie sich schließlich zu Tode gesoffen hatte.

9

Der Safe in Lillians Zimmer enthielt nur drei Dinge: Kopfhörer mit sorgfältig um sie herumgewickeltem Kabel, einen MacBook-Pro-Laptop und ein kleines, in Leder gebundenes Notizbuch. Alana schlug es auf und blätterte darin. Die ersten drei Seiten waren, alles in Großbuchstaben, in der verkrampften Handschrift ihres Vaters mit E-Mail-Adressen vollgeschrieben. Die restlichen Seiten waren leer. Sie holte ihr Handy hervor, fotografierte die Seiten mit den Mailadressen und legte das Notizbuch wieder in den Safe zurück. Noch länger zu bleiben war riskant, aber Alana wollte einfach wissen, was Ed verbarg. Sie zog den Laptop heraus und schaltete ihn ein. Der Bildschirm leuchtete auf, und es erschien die Aufforderung: *Geben Sie die ID oder ein Passwort ein.*

Verdammt. Sie versuchte es mit Lillians Geburtstag, doch das funktionierte nicht, und sie hatte keine Zeit, es einfach auf gut Glück zu versuchen, weshalb sie den Laptop wieder zuklappte und auch ihn zurücklegte. Unverzüglich schlüpfte sie aus dem Zimmer und schloss die Tür hinter sich ab. Schnell steckte sie die Matrjoschka-Puppen zusammen, nicht ohne den Schlüssel zuvor wieder in die neunte Puppe zu tun, und stellte sie zurück auf das Fensterbrett in Eds Büro.

Ohne jemandem zu begegnen, verließ sie das Haus. Als sie sich ihrem Cottage näherte, vernahm sie ein merkwürdiges, unangenehmes Geräusch – als würde jemand ein Kazoo malträtieren –, das aus dem Wald hinter ihrer Hütte kam.

Als sie ein Stück hineingegangen war, nahm sie aus dem Augenwinkel zwischen den Bäumen eine Bewegung wahr. Ein Rehkitz, das verzweifelt blökte, stand in einiger Entfernung neben einer wesentlich größeren Ricke, die am Boden auf der Seite lag. Etwa dreißig Meter dahinter sah sie Martin, das Gewehr in der Hand, auf die Tiere zugehen. Als er näher kam, sprang das Kitz davon und lief im Zickzack in Richtung Strand. Martin hob die Waffe und zielte auf die fliehende Kreatur.

»Nein!«, schrie Alana.

Martin lachte und senkte die Waffe. »Es ist gefährlich, hier einfach so rumzulaufen, weißt du.«

»Nur wenn irgendwelche Idioten auf die Hütten schießen!«

»Tatsächlich? Du beleidigst einen Mann, der ein Gewehr hat? Na ja, so gefährlich ist es nun auch wieder nicht. Ich bin ein ziemlich guter Schütze.«

»O mein Gott!«, rief Alana, als sie das niedergestreckte Muttertier erreichte. Es war in den Kopf getroffen worden, die traurigen braunen Augen standen halb offen.

»Siehst du?«, meinte Martin.

»Und das machst du einfach nur so zum Vergnügen? Ist das nicht Darlas Job?«

»Nein, das tue ich nicht *zum Vergnügen*«, machte er sie nach und senkte dann die Stimme. »Ich erkunde hier das Gelände. Könnte ja sein, fiel mir so ein, dass eine verirrte Kugel eines Morgens ihren Weg zu einer Yoga-Enthusiastin findet.«

»Das meinst du jetzt nicht ernst?«

Martin zuckte mit den Schultern. »Ich würde es vorziehen, alles auf dem Boot zu regeln. Aber das könnte natürlich schwierig für mich werden, wenn ich so an Teddys … Verbindung denke.«

»Du meinst, Dad würde dir verzeihen, wenn du seine Verlobte erschießt?«

»Mir verzeihen? Nein! Nicht sofort jedenfalls. Er würde mir ja noch nicht einmal verzeihen, wenn ich ihr nur ins Müsli spucken würde. Darla andererseits … Darla hat kein Motiv. Es würde Ermittlungen geben, und sie würde gefeuert, aber ins Gefängnis käme sie wegen eines Jagdunfalls nicht. Man würde es für einen unglücklichen Zufall halten.«

»Bist du verrückt? Das kannst du nicht machen, Martin!«

»Wenn du genauer darüber nachdenkst, ist der Plan gar nicht so schlecht. Darla schickt ihre Leute abends auf die Pirsch. Und sie ist morgens schon früh draußen unterwegs. Sobald ich sie irgendwo in der näheren Umgebung sehe, erledige ich es und verzieh mich dann wieder ins Bett. Wir sind in Cottage Nummer drei. Um diese Zeit wird mich niemand sehen. Und Gertrud ist mein Alibi, wir wachen zusammen auf. Wenn man dann später Kelly findet, wird man annehmen, dass Darla sie aus Versehen erwischt hat.«

»Sie jagt aber nicht dort in der Nähe. Ich habe die Schüsse gehört. Sie kommen von tiefer aus dem Wald.«

»Mag schon sein, aber welche andere Erklärung gäbe es denn? Ich hätte zwar ein Motiv, lag aber mit meiner Freundin im Bett. Und außerdem ist Darla eine miserable Schützin. Ihre Beute sieht aus wie Schweizer Käse. Es ist völlig plausibel, dass sie genauso oft trifft, wie sie danebenschießt.«

»Na gut, aber selbst wenn sie dafür nicht in den Knast wandert, wird sie sich für den Rest ihres Lebens wie ein Killer vorkommen. Mal ganz abgesehen davon, dass Dad sie mit einer Zivilrechtsklage fertigmachen wird. Und das ist dir egal?«

»Ich hab ja nicht gesagt, dass ich diese Idee heiß und innig liebe.«

»Gut. Denn so wird es nicht kommen. Ich lasse nicht zu, dass du einer Unschuldigen so etwas antust.«

»Ach wirklich? Wolltest du nicht heute Abend den Flieger zurück nehmen?«

Alana hielt Martins kaltschnäuzigem Blick stand. »Nein, ich habe es mir anders überlegt. Ich werde zur Party bleiben.«

»Na schön«, sagte Martin. »Ich kann deine Hilfe gut gebrauchen. Und, hey, wenn wir Plan A umsetzen, braucht's schließlich keinen Plan B.« Martin schulterte das Gewehr. »Wir sehen uns zum Mittagessen. Über alles Weitere sprechen wir später noch.«

»Gut.« Alana folgte ihm mit ihren Blicken. Sie würde jetzt ihren Flug umbuchen und Ramona inständig bitten müssen, sich noch ein paar Tage länger um Lily zu kümmern. Sie sehnte sich nach ihrer Tochter, war aber auch entschlossen, ihren Bruder, der viel gefährlicher und unberechenbarer war, als sie je gedacht hätte, im Zaum zu halten.

Na schön, dachte sich Alana, zwei Tage mehr. Vielleicht verschaffte ihr das Gelegenheit, sich den Computer im Safe ihres Vaters noch einmal vorzunehmen. Sie holte ihr Smartphone hervor und ging die Liste mit den E-Mail-Adressen durch, die sie abfotografiert hatte. Nicht eine einzige enthielt einen Vor- oder Nachnamen. Und sie liefen alle über einen E-Mail-Server, von dem sie noch nie etwas gehört hatte: jazzyjazz300@posta.ro; darkeyedjunco@posta.ro; callmemister@posta.ro; yammycat15@posta.ro … Was hatte man von über vierzig E-Mails ohne einen einzigen echten Namen? Sie spielte mit dem Gedanken, eine Mail an eine der Adressen zu senden. Doch dann schüttelte sie den Kopf und hatte eine viel bessere Idee.

Alana steckte ihr Telefon ein und heftete ihren Blick auf das traurige Auge des erlegten Rehs. In der Ferne konnte sie die verzweifelten Rufe des verwaisten Kitzes hören.

10

Ein Schiff wie die *Andiamo* hatte Alana noch nie betreten, obwohl sie schon auf vielen Jachten gewesen war. Weil das Anwesen der Shropshires in Oak Bay direkt am Wasser lag und die Familie jeden Sommer auf Alfred Island verbracht hatte, war sie als Kind viel mit dem Boot gefahren. Von den Familienurlauben in Belize, auf den Turks- und Caicosinseln, in Italien, Frankreich, Monaco und Kroatien ganz zu schweigen. Auf allen möglichen Schiffen – Schnellbooten, Katamaranen, Segelbooten – war sie schon gewesen. Auch auf allerlei schicken Jachten mit Plüschmöbeln, auf Hochglanz poliertem Holz, schimmernden Decks und luxuriösen Annehmlichkeiten. Aber auf keinem wie diesem.

Nichts, was auch nur entfernt der *Andiamo* mit ihren mehreren Ebenen geglichen hätte: mindestens hundertzwanzig Meter lang, vier Decks (einschließlich eines kreisrunden gläsernen Aufzugs, mit dem man die einzelnen Decks erreichen konnte, wenn auf den Treppen zu viel Betrieb herrschte), Beach Club mit Zehn-Meter-Swimmingpool, verschiedene Wannen mit heißem Wasser, Fitnessstudio, Friseursalon, Whirlpool, Vorführraum, zehn Gästesuiten und Unterkünfte für die große Crew. Einen Hubschrauberlandeplatz gab es und eine Schnellbootgarage, einen Chauffeur für die Limousine (um Gäste zur Jacht zu bringen und auch wieder zurück), vier Jetskis und eine unübersehbare Anzahl von aufblasbaren Utensilien.

Das Schiff war so groß, dass es in Alfred Island nicht einmal anlegen konnte. Ed beklagte sich über den Islands Trust, die für Naturschutz zuständige Körperschaft, die ihm nicht gestattete, auf seinem eigenen Gelände einen Anleger zu errichten, der groß genug für sein Spielzeug war. Um an Bord zu gelangen, mussten Alana und ihre Familie von dem Chauffeur zu der Stelle gefahren werden, wo die *Andiamo* vor Anker lag. Bereits von Weitem sah das Schiff imposant aus, doch je näher man kam, desto offensichtlicher wurden die wahren Dimensionen der Jacht. Die Limousine schlüpfte in die Drive-in-Garage im Bug des Schiffes wie ein Schwertfisch in den Schlund eines Wals. Ein mühseliges Umsteigen von einem Boot ins andere gab es nicht. Sie stiegen einfach aus dem Wagen und betraten die *Andiamo,* wo sie lächelnd von der Crew begrüßt wurden, allesamt gut in Form, attraktiv, in weißer Uniform, die sie dann zu den Kabinen geleitete.

Alle packten dort erst einmal ihr Gepäck aus und machten sich frisch – außer Alana, die ihre Tasche einfach einem Bediensteten in die Hand drückte und sich zunächst einmal auf dem Schiff umsah. Alles in Augenschein zu nehmen beanspruchte eine ganze Weile.

Die *Andiamo* war atemberaubend, ja geradezu obszön.

Zu Alanas Erstaunen war die Jacht schon jetzt mit Zehntausenden frischen Blumen geschmückt, damit Kelly und ihr Vater sich ein Bild machen konnten, wie alles in ein paar Wochen, an ihrem eigentlichen Hochzeitstag, aussehen würde. Wo sie auch hinging, konnte Alana erlesene Arrangements von cremefarbenen Pfingstrosen, prächtigen weißen Rosen und einer geheimnisvollen Blume bewundern, die wie eine märchenhafte Kreuzung von beiden wirkte. Überdies gab es auch elfenbeinfarbene Orchideen mit hellrosa Kelchen und wahre Kaskaden weißer Glyzinien. Nie zuvor hatte sie eine solch verschwenderische Blumendekoration gesehen. Die Luft war erfüllt von ihrem süßen Duft. Alana war gleichermaßen beeindruckt wie entsetzt. Jede einzelne Blüte musste für die Hochzeit neu beschafft werden. Was für eine schockierende Verschwendung von Geld und Energie.

Alana kam es vor, als gehörte die *Andiamo* einem Schurken in einem James-Bond-Film und nicht ihrem Vater (oder jemand anderes Vater). Die Superjacht faszinierte sie, stieß sie aber auch ab. Als sie über die Schiffsdecks schlenderte und Fotos machte, konnte sie nicht anders, als beeindruckt zu sein von dem klugen Raumkonzept und der Qualität der Ausführung. Die Möbel hatten geschwungene Formen, waren ultramodern und aus gediegenstem Material hergestellt. Der Flow war exzellent. Wer auch immer für das Design verantwortlich war, wusste, was er tat. Alles war äußerst gepflegt, ja geradezu makellos. Alana bemerkte, dass einige aus der Crew ihr diskret folgten, Fingerabdrücke wegwischten, Flusen von den Sofakissen entfernten, auf den Boden gefallene Blütenblätter auflasen, um dann wieder mit der Umgebung zu verschmelzen. Sie hätte sie am liebsten beiseitegenommen und ihnen erklärt, dass sie nicht ein so gnadenloses Arschloch war wie ihr Vater und ihre Brüder, dass sie ein fünfzehn Jahre altes Auto fuhr und sich ihren Lebensunterhalt verdienen musste, aber das wäre unergiebig und peinlich für die Beteiligten gewesen.

Obwohl Alana angewidert von der Vorstellung war, dass dieses schwimmende Luxushotel eigentlich nur den Bedürfnissen eines einzelnen Mannes zu Diensten war, stellte sie fest, dass sie andererseits davon träumte, Lily an Bord zu holen, damit ihre Tochter diese Fülle einmal erlebte. Wie großartig wäre es, den ganzen Winter durch die Karibik zu schippern? Lily schwamm für ihr Leben gern, weil sie sich so am freiesten in ihrem Körper fühlte. Sie könnten schwimmen, in der Sonne braten, sich von Hafen zu Hafen treiben lassen, in die Weite des Ozeans und des Himmels blicken. Lily war noch kaum herumgekommen. Alana konnte sich Reisen nicht leisten, das war das eine, aber wegen Lilys Gesundheit war sie auch nervös, sodass es sie nicht in die Ferne zog. In der Regel verbrachten sie im Sommer eine Woche in einem Resort nördlich von Toronto, und alle paar Jahre ging es über Weihnachten oder in den Märzferien eine Woche nach Florida. Das war schön und brachte auch Spaß, aber es war einfach nicht genug.

Alana wollte mehr davon für Lily. Sie wusste, dass, sollte denn in der Lebensspanne ihrer Tochter kein Wundermittel entdeckt werden, Lily schon glücklich sein konnte, wenn sie überhaupt dreißig Jahre alt wurde. Alana war entschlossen, solange das noch möglich war, mit ihr herumzufahren und ihr die Welt zu zeigen. Seit einiger Zeit war Lily ganz versessen darauf, nach Griechenland zu fahren, wahrscheinlich weil ein Gentest bei 23andMe ergeben hatte, dass ihr Erbgut zu vierundzwanzig Prozent griechisch war. Deshalb wollte Alana unbedingt mit ihr dorthin. Und auch sonst überallhin, wohin Lily wollte. Für ihre Tochter würde sie alles tun, das war ihr klar. Sobald es möglich war, würde sie mit ihr nach Griechenland reisen. Doch im Augenblick konnte Alana nicht mehr tun, als über die Decks der *Andiamo* zu spazieren und Lily Fotos aufs Handy zu schicken, die prompt mit *Wow*-Emojis und Ausrufezeichen reagierte.

Das Schiff hatte mittlerweile die Gewässer vor Alfred Island verlassen und durch die Sansum Narrows Kurs auf die Burgoyne Bay am Fuße des Mount Maxwell genommen. Diese Stelle vor Salt Spring Island hatte die Hochzeitsplanerin für würdig genug befunden, um dort vor Anker zu gehen und die Hochzeitszeremonie stattfinden zu lassen. Ed und Kelly würden heute Abend alles in Augenschein nehmen und die Frau anschließend wissen lassen, ob sie das auch so sahen.

Alana hielt es für einen reizenden Ort und bewunderte ihn vom Beach Club am Bug des Schiffes aus. Sie lag gerade flach auf dem Boden und versuchte, ein Foto des Swimmingpools im Vordergrund mit einer Ansicht der Küste und des Berges im Hintergrund hinzukriegen, als sie hörte, wie Teddy nach ihr rief. Sie blickte hoch und sah auf dem Deck über sich, nach vorne über die Reling gebeugt, ihre beiden Brüder stehen, die sich über sie amüsierten und ihr zuwinkten, sie solle doch zu ihnen hochkommen. Als sie oben ankam, bedeutete ihr Teddy, sie möge bitte ihr Handy ausschalten und es, gut fünf Meter entfernt, auf ein Sofakissen legen. Alana hatte den Eindruck, dass er viel vorsichtiger war als Martin.

»Was ist los, Jungs?«

»Nichts«, meinte Teddy. »Ich möchte nur sicherstellen, dass wir heute Abend alle auf derselben Wellenlänge unterwegs sind.«

»Ich sowieso«, sagte Martin. »Und Alana auch, da bin ich mir sicher.«

»Ich dachte, wir hätten uns darauf geeinigt, bis nach der Hochzeit zu warten«, bemerkte Alana.

»Ist ja auch so. Ich möchte nur wirklich auf Nummer sicher gehen«, erklärte Teddy. »Viel zu viele Augen auf diesem Schiff. Ich möchte nicht, dass einer von uns ein Risiko eingeht und die Chancen, die sich für uns noch ergeben werden, zunichtemacht. Im Augenblick ist Dad total auf Kelly und die Hochzeit fixiert. In ein paar Wochen sind sie dann endgültig in den Hafen der Ehe eingelaufen, und Dad wird sich wieder in seine Geschäfte vergraben. Sie wird dann öfter alleine sein, was es uns leichter macht.«

»Soll mir recht sein«, sagte Martin. »Ich bin ganz entspannt und möchte den Abend genießen.«

»Ich auch«, stimmte Alana ihm zu. »Was für ein Boot!«

»Schiff!«, rief Teddy. »In der Tat!« Er tätschelte besitzergreifend die Reling.

»Um wie viel Uhr sollen wir denn eigentlich erscheinen?«, wollte Alana wissen.

»Cocktails im Beach Club gibt's um sechs«, sagte Teddy und sah auf die Uhr. »Ich muss los, ich hab noch eine Maniküre.«

»Ich hätte mal 'ne Pediküre buchen sollen«, meinte Martin, während er seine aus den Sandalen hervorlugenden Zehen inspizierte.

Alana sah das Givenchy-Logo auf seinen schwarzen Neopren-Latschen prangen und hatte den Eindruck, dass Martins Zehennägel jedenfalls gepflegter aussahen als ihre.

»Wer rastet, der rostet«, kicherte Teddy. »Wir sehen uns!«

»Genau, man riecht sich«, frotzelte Martin.

»Wie alt seid ihr? Fünf oder so?«, wunderte sich Alana.

Martin lachte. Er wartete, bis Teddy die Treppe hinuntergegangen war, und machte dann eine Bemerkung, wie angenehm niedrig die Geländer doch seien.

»Ist mir auch schon aufgefallen«, erwiderte Alana. »Durchaus überraschend.«

»Also, der Plan ist folgender: Wir sorgen dafür, dass sowohl Teddy als auch Kelly total besoffen sind. Kelly ist sowieso jeden Abend hackedicht, das ist nicht das Thema. Aber wenn du ihr zusätzlich noch 'ne Ladung oder zwei verpassen kannst, schadet das sicher nicht. Bring ihr einfach noch ein Glas Champagner, proste ihr zu, egal. Ich gehe mal davon aus, dass Teddy nicht weiß, dass wir Bescheid wissen, aber er ist so ein Arschloch, dass er uns wahrscheinlich die ganze Zeit im Auge behält, und Kelly sowieso. Je mehr wir ihn abfüllen, desto besser.«

»Du willst also, dass ich sie mit Drinks zuschütte?«

»Ja! Bis wir dann loslegen. Ich hab den Zeitplan gesehen,

und bis nach dem Essen bleiben wir am selben Ort. Bis sieben Uhr sind Cocktails angesagt, dann geht's in die Lounge, wo mit dem Friedensrichter die Zeremonie stattfindet. Das Diner beginnt um acht, und die Band fängt um neun an. Um zehn Uhr macht die Band eine Pause, und über der Bucht wird dann ein Riesenfeuerwerk abgefackelt.«

»Warum?«

»Was glaubst du wohl? Für die Hochzeit natürlich.«

»Einfach nur so, wegen uns?«

»Genau, vom Strand aus. Die Hochzeitsplanerin hat sich das ausgedacht. Ich persönlich halte das für total protzig, aber Kelly wollte das so, also …«

»Hm.«

»Ich weiß, was du denkst. Jeder starrt in den Himmel, es ist laut – die perfekte Gelegenheit, um unser kleines Fräulein ins Wasser zu befördern. Ich glaube nur nicht, dass es klappt. Sie wird ganz vorne in der Mitte stehen und alles zusammen mit Dad bestaunen.«

»Das denke ich aber nicht.«

»Oh, na gut. Jedenfalls spielt die Band nach dem Feuerwerk noch ein Set, und das ist der Zeitpunkt, zu dem wir dann zuschlagen. Ich brauche dich dann, um Teddy von Kelly fernzuhalten. Um diese Zeit wird Dad garantiert schon im Bett sein. Nach zehn ist er nicht mehr auf. Lediglich heute Abend wird er sich das Feuerwerk antun und danach gleich verschwinden.«

»Okay.«

»Zurück fahren wir auch wieder durch die Narrows, was richtig gut ist – denn einem anderen Boot werden wir nachts nicht begegnen. Und auch von der Küste aus sind wir nicht zu sehen. Das heißt, du redest mit Teddy und lenkst ihn ab. Sollte er in die Bar gehen, folgst du ihm und fragst ihn nach seiner Meinung über irgendwas. Wenn er pinkeln geht, passt du ihn ab, wenn er aus der Toilette kommt, und sagst, du müsstest ihm etwas Wichtiges mitteilen. Erzähl ihm irgendeinen Scheiß über mich, ist mir egal. Beleg ihn einfach nur so lange wie möglich mit Beschlag.«

»Wenn die Band mit dem zweiten Set anfängt?«

»Ja, das ist die beste Gelegenheit für uns. Alle sind besoffen, dröhnend laute Musik, und wir fahren durch die Meerenge. Ich meine, vielleicht komme ich immer noch nicht zum Zuge. Ganz schön viele Variablen, oder? Aber es ist unsere beste Chance. Und wenn ich sie ergreifen kann, um das Arschloch von Green Gables über die Reling zu befördern, dann nutze ich sie.«

»Mensch, Brüderlein!«

»Ich dachte, das ist lustig«, sagte Martin. »Rote Haare, Sommersprossen …«

»Ja, hab schon kapiert.«

»Jedenfalls weiß ich deine Hilfe zu schätzen. Schön, dass wenigstens eines meiner Geschwister kein Arschgesicht von einem Verräter ist.«

»Wo wir gerade davon sprechen: Was hindert Teddy daran, uns zu verpfeifen? Er wird doch angepisst sein, richtig?«

»Könnte schon sein«, sagte Martin, »aber er wird eines Tages immer noch ein halbes Imperium erben. Er wird darüber hinwegkommen. Und du brauchst dir sowieso keine Sorgen zu machen, für dich wird gesorgt sein. Das weißt du doch, oder?«

Alana nickte.

»Glaubst du, deiner Tochter würde dieses Schiff gefallen?«

»Nö, zu mickrig, sie würde es hassen.«

Martin lachte. »Du könntest sie mit dem Flieger herholen, mit dem Kahn runter nach Catalina Island schippern …«

»Hm.«

»Oder auch nach Hawaii, wenn du Zeit hättest.«

»Irgendwann vielleicht.«

»Alles klar. Ich geh mich jetzt mal frisch machen. Viel Glück heute Abend.« Er drückte sie an der Schulter. »Mach dir keinen Kopf wegen Teddy. Selbst wenn er uns verpfeifen sollte, steht Aussage gegen Aussage. Teddy ist sein Fleisch und Blut, und deshalb könnte es schon sein, dass Dad ihn lieber mag als dich, aber wenn es darauf hinausläuft, wem er glauben soll, dürftest du haushoch gewinnen.«

»Die Frau mit Moral«, bemerkte Alana.

»Genau!«

Es war ein verschwenderischer Abend, selbst nach Ed Shropshires Maßstäben. Alana beschloss, ihn als solchen anzunehmen, und machte den verwegenen Versuch, schon bis sieben Uhr ihr eigenes Gewicht in Kaviar zu sich zu nehmen. Der angebotene Champagner, Pol Roger, war köstlich, man konnte ihm nicht widerstehen, aber sie musste bei Sinnen bleiben. Sie trank ein Glas, mehr nicht, und rechnete sich aus, dass sie sich zum Essen vielleicht ein Glas Wein gönnen könnte, wenn sie sich jetzt zusammenriss. Ihr fiel auf, dass Teddy ziemlich entspannt zu sein schien und hingebungsvoll seine Freude an dem Champagner hatte. Es bedurfte dazu keiner Überredungskünste von Alanas Seite. Martin hingegen trank überhaupt nichts. Gegenüber Gertrud und allen, die ihn fragten, schützte er Kopfschmerzen vor.

Joyce, die Hochzeitsplanerin, wirbelte auf der *Andiamo* herum wie ein Spielzeugkreisel, von der Crew bis zu ihren Klienten, um sich zu vergewissern, dass alles in Ordnung wäre. Sie trug ein mintgrünes Kostüm, weiße Pumps mit hohen Absätzen und jede Menge schweren Goldschmuck. Dazu einen Bubikopf mit pechschwarz gefärbten Haaren, während das Gesicht, jeder Quadratzentimeter mit Botox aufgespritzt, was ihren breiten Mund beim Sprechen seltsam starr wirken ließ, mithilfe von Selbstbräunern in einem Bronzeton erstrahlte. Der erzielte Effekt erinnerte Alana stark an die »Tier«-Psychologin Dr. Zira aus dem Film *Planet der Affen,* hätte sich diese denn mit Chanel eingenebelt.

Alana war Joyce das erste Mal vor dem Diner begegnet, bei den Cocktails im Beach Club. Da hatte die Frau sie niedergemacht, weil sie eine Riesengarnele aß, und sie bei dieser Gelegenheit auch gleich gefeuert. Wie alle Servicekräfte trug Alana schwarze Hosen und eine weiße Bluse, sodass Joyce sie für eine Kellnerin gehalten hatte. Alana fand das ziemlich komisch, doch als Joyce dann erfuhr, dass sie Eds Tochter war, sah sie aus, als hätte man sie in den Bauch getreten. Überschwängliche Entschuldigungen folgten, Joyce wurde anschließend geradezu übertrieben aufmerksam und plump vertraulich, obwohl sie gereizt reagierte, als Alana sie als Hochzeitsplanerin bezeichnete. »Hochzeitsproducerin«, korrigierte Joyce sie mit einem steifen Zira-Lächeln.

Die Generalprobe für die Hochzeitszeremonie war nur kurz, hatte es aber in sich. Alana fand es ziemlich befremdlich, mitzuerleben, wie ihr sechsundsiebzig Jahre alter Vater (der darauf bestanden hatte zu stehen, obwohl er sich auf Kelly stützen musste) der Achtundzwanzigjährigen an seiner Seite ewige Liebe schwor. Noch befremdlicher war es, Kellys Liebeserklärungen an Ed anzuhören, obwohl sie diese recht überzeugend über die Lippen brachte. Der Friedensrichter, ein ansehnlicher Mann in den Vierzigern, der aussah, als wäre er einem Katalog von L. L. Bean entsprungen, reagierte bewundernswert gelassen, als Ed immer wieder jeden Satz neu formulieren wollte, der aus seinem Mund kam. Joyce hingegen beobachtete das Ganze vom Rand aus mit feuchten Augen, als wäre sie zum ersten Mal des Errötens unschuldig Liebender gewahr geworden.

Alana blickte ein paarmal zu Teddy hinüber, um zu sehen,

wie er die Vermählung seiner Freundin mit seinem Vater aufnahm, stieß jedoch nur auf eine Fassade an Freundlichkeit. Wohl jeder der Anwesenden schauspielerte, sinnierte sie. Nur Martin nicht, der neben Alana saß und die ganze halbstündige Zeremonie über leise vor sich hin zischte, sodass sie ihn einige Male mit dem Knie anstoßen musste, damit er sich zusammenriss. Als Kelly »Bis dass der Tod uns scheidet« sagte, stieß Martin Alana den Ellbogen in die Rippen. Und als Ed sich vorbeugte, um die Braut zu küssen, und daraus ein langer, intensiver Zungenkuss wurde, wandten fast alle den Blick ab. Die ganze Angelegenheit war unendlich peinlich.

Ed, Kelly und der Friedensrichter blieben noch, um letzte Einzelheiten beim Ehegelübde zu klären, während Joyce die versammelte Gemeinde zum Diner auf das Hauptdeck bat. Alana stellte fest, dass die aufmerksamen Bedienungen immer wieder Wein nachschenkten, was hieß, dass sie sich entspannen und ganz dem ersten Gang widmen konnte – marinierter Wildlachs mit Krabben auf frischem Kräutersalat. Sie fotografierte heimlich das Essen und das prachtvolle Mittelstück und schickte Lily die Bilder, bevor sie bei den Köstlichkeiten selbst zugriff.

Sie dachte an die übliche Abfolge von Mahlzeiten, die ihre Tochter und sie zu sich nahmen. Abend für Abend, Monat für Monat: Pasta mit irgendeiner Spaghettisauce aus dem Glas, Pfannengemüse mit Erdnüssen auf Reis, Piroggen und Erbsen, Reis und Bohnen mit zerbröselten Taco-Chips obendrauf, Avocado-Wraps und Pommes frites aus der Tiefkühltruhe, an den Wochenenden zur Abwechslung manchmal Pizza. Sich wieder mit solch uninspirierter Kost anzufreunden dürfte schwierig werden.

In dem Augenblick, als Kelly und Ed an dem Tisch für das Brautpaar und die Familie Platz nahmen, gab Joyce einem der Kellner ein Zeichen, und sofort wurde den beiden die Vorspeise serviert: eine vegane Version des ersten Ganges, nur Blattsalat. Ed wollte keinen Wein, Kelly nahm ein Glas.

»Na, wie fandet ihr's denn so?«, wollte sie wissen. »Gibt's Meinungen?«

»Willst du mich auf den Arm nehmen?«, sagte Gertrud. »Alles großartig. Das wird perfekt, ich kann's kaum erwarten.«

»Ich auch«, bemerkte Kelly und drückte Eds Hand.

»Das Essen ist unglaublich gut«, fuhr Gertrud fort.

»Ja, richtig gut, nicht wahr?«, sagte Kelly. »Ich hoffe, Eds Freunde werden nicht ausrasten, weil es kein Rindfleisch gibt. Sie sind da ziemlich altmodisch.«

»*Rindfleisch fehlt* – hat das nicht gerade den Booker Prize gewonnen?«, witzelte Alana.

Kelly lachte. »Ja, ein unerschrockener Blick auf den Kampf eines jungen Mannes um Burger.«

»Ich frage mich ja immer, ob es auch erschrockene Bücher gibt«, grübelte Alana. »Irgendwie scheinen sie immer *un*erschrocken zu sein.«

»Stimmt«, pflichtete Kelly ihr lachend bei.

Alana sah zu Martin hinüber, der ebenfalls lächelte, dem es aber nicht recht zu sein schien, dass Alana und Kelly ihren Spaß hatten.

»Wie findest du denn das Essen, Alana?«, erkundigte sich Kelly.

»Toll. Ich hab mich bei den Shrimps, die es zu den Cocktails gab, so richtig als Delfin betätigt.«

Wieder lachte Kelly. »Wenn irgendjemandem etwas nicht behagen sollte, sagt es uns. Dazu ist der heutige Abend ja da.«

»Machen wir«, sagte Gertrud. »Aber es ist alles perfekt.«

»Ja«, sagte Teddy. »Sehr schön.« Er leerte sein Glas, das prompt wieder gefüllt wurde.

Alana fiel auf, dass Kelly ihren Wein nicht angerührt hatte. Auch Martin schien darauf zu achten, was jeder von ihnen so trank.

»Lasst uns auf die Brautleute anstoßen«, sagte Martin und hob sein Glas.

Ed ließ sich beim Essen nicht stören, aber alle anderen hoben ebenfalls ihr Glas und nippten daran. Kelly nahm einen winzigen Schluck und lächelte Martin an, der seinerseits einen kleinen Schluck trank. Anschließend rührten jedoch beide während des ganzen Diners ihr Getränk nicht mehr an.

Als die Bedienungen den Hauptgang abräumten, sagte Ed: »Müsste ich jetzt nicht meine Tablette nehmen?«

Das Lächeln erstarb in Kellys Miene, der Mund stand ihr offen. »O mein Gott«, stieß sie hervor, sprang auf und stürzte zur Treppe.

Joyce eilte zum Tisch der Brautleute. »Alles in Ordnung?«

»Alles gut«, sagte Ed. »Kelly hat bloß was vergessen.«

Joyce zeigte sich erleichtert, dass die Aufregung nichts mit ihr zu tun hatte.

Doch es war nicht alles gut, denn Kelly kehrte in panischer Hektik und mit rot angelaufenem Gesicht zurück. »Es tut mir schrecklich leid, aber wir müssen zurück.«

»Was?«, stammelte Joyce. »Wieso?«

Kelly beachtete sie nicht weiter und wandte sich an Ed. »Ich war so aufgeregt, als wir zum Schiff gefahren sind, all die Vorbereitungen für die Hochzeit, die vielfältige Garderobe … Da habe ich deine Medikamente ganz vergessen. Es tut mir furchtbar leid. Ich weiß nicht, wie mir das passieren konnte.«

»Muss ich die jetzt nehmen?«

»Ja, absolut. Du musst zweimal täglich immer zur selben Zeit Pradaxa nehmen, deinen Blutgerinnungshemmer.«

»Ist vielleicht eine blöde Frage«, meinte Joyce, »aber könnten wir nicht vielleicht bis nach dem Feuerwerk warten?«

»Nein, das ist ja erst in einer Stunde und dauert dann auch noch mal, wie lange, eine Viertelstunde? So lange sollten wir nicht warten.«

»Und wenn wir jetzt schon damit anfangen würden?«, wollte Joyce wissen.

»Es ist sehr dringend«, erwiderte Kelly. »Außerdem wollen wir das Feuerwerk ja schließlich auch sehen. Und er muss das Medikament einfach jeden Tag zur gleichen Zeit nehmen.«

»Selbstverständlich.« Joyce nickte und lächelte, sah aber aus, als wäre ihr gerade eine Krebsdiagnose eröffnet worden.

»Schick jemanden mit einem Schnellboot los«, schlug Ed vor. »Er kann das Zeug holen und in vierzig Minuten wieder hier sein.«

»Das könnte funktionieren«, überlegte Kelly. »Aber ich müsste mitfahren, sonst findet er die Sachen nicht.«

»Ich kann dich fahren«, bot Martin sich an. »Ich kann es sowieso nicht abwarten, das neue Boot mal auszuprobieren.«

Sowohl Alana als auch Teddy begriffen sofort, wohin das führte. »Nein«, sagte Teddy. »Ich fahre.« Er warf seine Serviette auf den Tisch und stand auf. »Ich kenne die Strecke wie meine Westentasche.«

»Ich auch. Und ich bin nüchtern. Du hast getrunken.« Martin stand ebenfalls auf.

»Hattest du nicht Kopfschmerzen?«

»Die sind weg«, erklärte Martin.

»Aber du bist noch nie mit dem neuen Boot gefahren.«

»Ein Boot ist ein Boot.«

»Mach dir keinen Kopf«, sagte Teddy. »Ich mach das schon.«

»Jetzt quasselt da nicht dumm herum, verdammt noch mal, sondern kommt in die Hufe«, beschwor sie Ed.

»Komm!«, meinte Teddy zu Kelly.

»Er ist gar nicht in der Lage zu fahren«, sagte Martin zu Ed.

»Bist du betrunken?«, fragte er daraufhin seinen Sohn.

»Überhaupt nicht. Ich hab das ein oder andere Glas Wein getrunken – aber zum Essen bitte schön. Und wie du weißt, fahre ich so in meinem Leben schon die ganze Zeit.«

»Es ist einfach sicherer, wenn ich fahre«, beharrte Martin.

»Wer soll dich fahren?«, erkundigte sich Ed bei Kelly.

»Ist eigentlich egal, aber vielleicht sollte Martin lieber Gertrud Gesellschaft leisten. Es geht ja gleich los mit der Band.«

Gertrud schenkte Kelly ein dankbares Lächeln.

»Also gut, macht euch auf die Socken«, sagte Ed zu Teddy. »Dann seid ihr rechtzeitig zum Feuerwerk wieder zurück.«

Teddy klopfte Martin auf die Schulter. »Viel Spaß! Ich regle das.« Dabei warf er Martin ostentativ einen Blick zu: *Keine Sorge, ich kümmere mich um Kelly McNutt.*

Martin warf seinerseits Alana einen Blick zu: *Ja, stimmt.*

Wenige Minuten später, als die Band mit ihrem ersten Set anfing, raste das Paar in dem Schnellboot davon.

Martin gesellte sich zu Alana, die zusah, wie ihr Vater ausdruckslos auf die leere Tanzfläche starrte, während einer der beiden Leadsänger, geschmeidig wie Sinatra, *The Way You Look Tonight* in das Mikrofon schmachtete. Mit den Fingern trommelte Ed auf dem Tisch den Rhythmus dazu.

»So was nennt man eine verpasste Gelegenheit«, sagte Martin leise.

»Du glaubst doch wohl nicht, dass Teddy sie allein mit dir auf das Boot lässt«, flüsterte Alana.

»Eben. Und ist dir aufgefallen, dass die alte Schnapsdrossel heute Abend auf einmal enthaltsam war?«

»Durchaus. Ich geh mal davon aus, er hat ihr gesagt, dass sie ihre sieben Sinne beieinanderhalten soll, für alle Fälle.«

»Mit Sicherheit hat er sie gewarnt. Ich habe sie abends noch nie nüchtern erlebt. Aber wie lange hält ein Alki das durch? Wir könnten unsere Chance schon noch bekommen.«

»Falls sie etwas ahnen sollte, würde ich heute keinen Versuch mehr machen.«

»Ich sehe mich vor«, knurrte Martin.

Gertrud kam zu ihnen und nahm Martin bei der Hand. »Los, komm tanzen. Die Hochzeitsplanerin wird schon ganz nervös.«

»Scheißegal. Die Frau geht mir sowieso auf den Geist.«

»Na, komm …« Sie wiegte sich beschwipst zur Melodie des Stückes. »Tanz mit mir …« Sie zog ihn am Arm und machte einen Schmollmund – ein verstörender Anblick angesichts der aufgespritzten Lippen und des roten Lippenstifts. Alana musste an das Hinterteil eines Pavians denken.

Mit einem hilflosen Schulterzucken an Alanas Adresse ließ sich Martin von Gertrud auf die Tanzfläche zerren.

Sie sah ihnen eine Weile zu und richtete den Blick dann auf die Wasseroberfläche. Sie fühlte sich unwohl. Unruhig. Sie ging zur Bar, bestellte einen Martini und gestattete sich ein paar beruhigende Schlucke. Als sie Joyce schnurstracks auf sich zusteuern sah, ließ sie ihren Drink stehen und schloss sich Gertrud und Martin auf der Tanzfläche an. Die Band hatte gerade mit einer mitreißenden Version von *We Are Family* von Sister Sledge begonnen. Alana bewegte sich zuerst unsicher, doch als die Wirkung des Drinks sich bemerkbar machte, wurde sie lockerer. Von der unverhofften Gesellschaft angestachelt, tanzte Gertrud wilder und schneller, wirbelte umher und kam mit ihren Gliedmaßen Alana gefährlich nahe.

Erleichtert nutzte Martin die Gelegenheit, sich zu verdrücken, und setzte sich zu Ed. Alana hingegen verspürte Erleichterung gegenteiliger Art. Auf der Tanzfläche musste sie mit niemandem reden, konnte einfach die Augen schließen und ihren Körper durchschütteln, solange die Band spielte. Und die Band war richtig gut – das musste sie Joyce lassen –, fetzige Bläser und erstklassiger Gesang. Vor allem die Leadsängerin, eine Mischung aus Gladys Knight und Amy Winehouse, hatte es drauf. Alana schleuderte ihre Schuhe von sich und tanzte und tanzte, hielt erst inne, als ein langsamer Song kam. *If I Ain't Got You.* Sie ging nur kurz auf die Toilette, um sich mit einem der dicken Handtücher mit Monogramm den Schweiß aus dem Gesicht und dem Nacken zu wischen.

Als sie aus der Toilette kam, war das Lied gerade zu Ende, und die Sängerin kündigte eine Pause an. War tatsächlich eine Stunde vergangen, seit Teddy und Kelly losgefahren waren?

Sie müssten eigentlich längst zurück sein.

Alana stieß auf Ed und Joyce, die sich besprachen. Beide hatten wiederholt anzurufen versucht und Textnachrichten geschickt, doch weder Kelly noch Teddy hatten geantwortet. Ed rief daraufhin zu Hause an. Das Personal bestätigte ihm, dass die beiden dort gewesen wären, um die Medikamente zu holen, das Anwesen aber schon vor über einer halben Stunde wieder verlassen hätten. Alana war sich nicht sicher, wer besorgter wirkte, Ed oder Joyce.

Martin tauchte neben Alana auf und flüsterte: »Sie sind nur etwa zwanzig Minuten im Verzug. Wie ich Teddy kenne, hat er auf dem Rückweg mal eben für einen Quickie haltgemacht.«

»Kann sein«, erwiderte Alana, hatte aber eine unheilvolle Vorahnung. Ihr Herz glich einer Pauke, der Bauch einer geballten Faust.

»Wie blöd sind die denn?«, unkte Martin. »Und wie wollen sie denn erklären, dass sie nicht ans Telefon gegangen sind?«

Alana sagte nichts, blickte hinaus auf das Wasser und suchte es nach dem Schnellboot ab.

Nichts.

Als Eds Telefon klingelte, verstummten alle. »Es ist Teddy«, verkündete er und stach mit dem Finger auf das Display ein, um das Gespräch anzunehmen. »Hallo? Was? Mal langsam …« Ungewöhnlich kraftvoll sprang Ed auf. »Geht's dir gut? Wo steckst du?«

Martin sah Alana verwirrt an. Sollte Teddy es tatsächlich getan haben?

»Hast du schon den Notruf verständigt?«

»O mein Gott!«, rief Joyce.

»Okay, gut. Die alarmieren dann den Rettungsdienst. Bleib kurz dran.« Ed gab Martin Bescheid. »Sag dem Kapitän, er soll auf demselben Weg, den wir gekommen sind, wieder zurückfahren. Und das Wärmebildverfahren einsetzen! Und in jedem Fall die Küstenwache anfunken.«

Martin sprintete in Richtung Brücke los.

»Hallo? Bist du noch da?«, schrie Ed in das Telefon. »Hallo? Hallo? Verdammte Scheiße!« Wieder tippte er auf das Display, versuchte, Teddy zu erreichen.

»Was ist passiert?«, wollte Alana wissen und fasste sich an den Hals. Jede Faser ihres Körpers stand unter Spannung.

»Unfall!«, krächzte Ed und sank zurück auf seinen Stuhl.

11

All die erlesenen Speisen und Getränke, die Alana auf der *Andiamo* genossen hatte, brachen auf der Toilette aus ihr wieder hervor. Gerade noch so hatte sie diese erreicht. Mit zitternden Händen knüllte sie ein paar Blatt Toilettenpapier zusammen und wischte sich den Mund ab. Etliche Minuten stand sie einfach nur da und versuchte, die Fassung wiederzugewinnen, Atem zu schöpfen. Ihre Kabine mochte sie nicht verlassen für den Fall, dass jemand die Toilette betrat. Sie konnte jetzt niemandem gegenübertreten. Noch nicht.

Nachdem sie mehrere Minuten tief durchgeatmet und sich mental darauf vorbereitet hatte, trat sie ans Waschbecken, spülte den Mund aus und wusch sich das Gesicht mit warmem Wasser. Ihr war schlecht, und sie fühlte sich benommen. Am liebsten hätte sie die Zeit zurückgedreht, dann wäre sie jetzt nicht Teil dieses ganzen Irrsinns. Wie sollte sie jetzt da rausgehen? Sie war schließlich keine Schauspielerin. Sie würde ihre Kabine aufsuchen und sich verstecken müssen. Genau.

Doch als sie aus der Toilette trat, wartete Martin schon auf sie.

»Glaubst du das?«, zischte er mit leiser Stimme. »Ich schwöre bei Gott, Alana, dass ich dieses Miststück eigenhändig erwürgen werde.«

»Was? Wen?«

»Kelly. Ich glaube, dass sie Teddy etwas angetan hat.«

»Wovon redest du? Dad hat doch gerade am Telefon mit ihm gesprochen.«

»Nein, das war Kelly! Sie hat von Teddys Telefon aus angerufen. Ihres hat sie hiergelassen. Teddy ist irgendwo im Wasser.«

»Was …?« Es dauerte eine Zeit lang, bis die Worte einsickerten. Schließlich drang ein tiefes Schluchzen aus Alanas Brust, gefolgt von einem Weinkrampf.

Zaghaft und unbeholfen legte Martin einen Arm um ihre bebenden Schultern. »Ich weiß«, sagte er. »Totale Scheiße ist das.«

Als die Tränenflut abebbte, atmete Alana tief aus. »Ich brauch ein Taschentuch.« Sie ging zurück in die Damentoilette und schnäuzte sich laut hörbar die Nase. »O mein Gott, ich pack das einfach nicht«, sagte sie, nachdem sie die Toilette wieder verlassen hatte.

»Ich weiß. Total verrückt. Mir war ja klar, dass sie käuflich ist, aber 'n Psycho, das hätte ich nicht gedacht. Meinst du, wir sollten was sagen?«

»Ich weiß nicht.«

»Genau das müssen wir uns überlegen.«

Alana holte tief Luft. »Ich weiß es wirklich nicht, Martin.«

»Lass uns nachdenken. Denn in wenigen Minuten stecken wir mittendrin und müssen uns irgendwie verhalten. Ich meine, sagen wir jetzt, ja, sie waren zusammen und hatten sich einen Plan zurechtgelegt? Vielleicht hat sie ja auch das ganze Ding geplant, also dass sie die Medikamente vergisst, sodass sie zurückmusste. Wenn sie Teddy jetzt losgeworden ist, kann das ja nur heißen, dass sie alles für sich allein haben will, richtig? Vielleicht können wir dafür sorgen, dass sie verhaftet wird.«

»Verhaften lassen? Aus welchem Grund? Du hast gesagt, dass Teddy ins Wasser gestürzt ist, also nach allem, was wir wissen, noch da draußen ist. Dad sagte, sie hätten einen Unfall gehabt. Und wenn das stimmt? Ich mein nur, Teddy ist doch gefahren.«

»Richtig.«

»Und wir haben keine Ahnung, was passiert ist.«

»Sieht so aus«, sagte Martin.

»Wenn wir sie hochgehen lassen oder irgendeine wilde Verschwörungstheorie von uns geben, und dann taucht plötzlich Teddy wieder auf, sind wir geliefert.«

»Jaa …« Alana seufzte. »Wir gehen jetzt erst mal hin und orientieren uns. Auf die Behörden können wir ja immer noch zurückkommen.«

»Die könnten aber fragen, warum wir nicht sofort etwas gesagt haben.«

»Weil wir Dad nicht weiter beunruhigen wollten, der ja wegen des Unfalls bereits aufgeregt genug war. Und weil wir schockiert waren. Gott im Himmel, ich stehe eigentlich immer noch unter Schock. Teddy ist möglicherweise verletzt, möglicherweise ertrunken …«

»Oder ermordet worden.«

»Vielleicht. Könnte aber auch nur ein Unfall gewesen sein. Und möglicherweise geht es Teddy gut.«

»Ja, er könnte okay sein. Ich hoffe wirklich, dass er okay ist.«

Während Alana im Gesicht ihres Bruders las, zog sie, ohne es zu merken, die rechte Augenbraue hoch.

»Na ja, er hat mich schließlich verraten«, sagte Martin und wirkte dabei ganz unverstellt.

Sie bemerkten die Leuchtsignale und den Rettungshubschrauber, lange bevor die *Andiamo* um eine Biegung in der Meerenge fuhr und sie das Schnellboot und die Schiffe der Küstenwache sehen konnten. Als sie näher kamen, konnten sie erkennen, dass das Schnellboot leer und anscheinend unbeschädigt war. Kelly, in eine Decke gehüllt, stand mit mehreren Officers an Bord des größeren der beiden Schiffe der Küstenwache. Starke Scheinwerfer suchten die Wasseroberfläche ab.

Ed telefonierte mit einem Beamten der Küstenwache und versuchte herauszubekommen, was sie unternahmen. Kelly sollte offenbar an Bord der *Andiamo* zurückgebracht werden, sobald die Jacht vor Anker ging.

Ängstlich sah Alana dem Treiben zu, während Martin und Gertrud an der Reling des Schiffs entlanggingen, um sich einen Überblick zu verschaffen und das Wasser nach Teddy abzusuchen. Joyce, ihr Team und die Band hatten sich auf eines der unteren Decks zurückgezogen, um der Familie etwas Privatsphäre zu lassen. In respektvoller Entfernung warteten einige Crewmitglieder darauf, dass man ihre Dienste in Anspruch nahm.

»Verstehe«, sagte Ed. »Wenn sie sagt, dass es ihr gut geht, glaube ich ihr das. Sie ist schließlich Krankenschwester und würde, wenn nötig, bestimmt ärztliche Hilfe in Anspruch nehmen.« Ed sah Alana an, die aufmerksam zuhörte, und wandte sich leicht ab. »Sie haben sie untersucht, richtig? Ja, ich verstehe, aber den Kopf hat sie sich nicht angeschlagen, sondern die Schulter. Kapiere ich, aber eine Krankenschwester wird ihren Kopf sicherlich von der Schulter unterscheiden können, denke ich! Ja, ich übernehme die Verantwortung. Nein, mir geht's gut. Ich brauche keinen Arzt, sondern meine Tabletten und meine Verlobte. Okay, sehr gut. Mit wem spreche ich? In Ordnung, danke, Robert. Wie sieht's aus bei meinem Sohn?«

Während Ed seinem Gegenüber zuhörte, entfernte er sich allmählich von Alana. Sie bemerkte, dass ihr Vater sich an einen Tisch lehnte. Was er sagte, konnte sie nicht mehr verstehen, doch als der Anruf beendet war, fiel ihm das Telefon aus der Hand. Er sank auf einen Stuhl und schlug die Hände vors Gesicht.

Sobald die *Andiamo* vor Anker gegangen war, brachte ein Sanitäter der Küstenwache Kelly und das Schnellboot zurück zum Schiff. Der Mediziner bestand darauf, Eds Medikation zu überprüfen und seinen Blutdruck zu kontrollieren – *Wir würden heute Nacht nicht so gerne noch ein zweites Mal ausrücken, Sir* –, bevor er sich verabschiedete und bei der Gelegenheit einige Crewmitglieder der *Andiamo* mitnahm.

Sie brachten den Sanitäter zurück zum Standort der Limousine und fuhren anschließend wieder aufs Wasser hinaus, um bei der Suche nach Teddy zu helfen, folgten der Suchboje der Küstenwache mit der Strömung nach Süden.

Alana, Gertrud und Martin sahen zu, wie Kelly in Eds Arme sank. »Es tut mir so leid«, sagte sie. »Es tut mir so schrecklich leid.« Sie trug ein überdimensionales Sweatshirt der Küstenwache, das ihr bis auf die Knie reichte. Eines hatte sie sich angeschlagen, es war bandagiert.

»Schhhh«, murmelte Ed, schloss die Augen und drückte ihr einen Kuss auf den Kopf. Mehrere Sekunden lang standen sie ineinander verschlungen da, bis Kelly sich löste.

»Geht es dir gut?«, erkundigte sich Gertrud. »Kann ich irgendetwas für dich tun?«

»Holst du mir einen Drink?«

»Bist du sicher?«, fragte Ed nach.

»Ja, mir geht's so weit gut. Bin nur 'n klein bisschen lädiert, hauptsächlich an der Schulter und am Bein.«

»O Gott«, seufzte Ed und schob den locker sitzenden Kragen des Sweatshirts etwas nach hinten, um die dunkelvioletten Flecke an Kellys rechter Schulter in Augenschein zu nehmen.

»Martini?«, wollte Gertrud wissen.

»Egal was«, sagte Kelly. »Danke!«

Gertrud eilte davon, um den Drink zu beschaffen, glücklich, in dem ganzen Unglück eine Daseinsberechtigung zu haben. Alana und Martin standen einfach nur unbeholfen da und warteten ab, was passieren würde.

»Möchtest du vielleicht duschen und dir etwas Neues anziehen«, fragte Ed.

»Erst wenn sie Teddy gefunden haben.« Sie nahm seine Hand und drückte sie. »Das ist alles meine Schuld. Wenn ich deine Medikamente nicht vergessen hätte …«

»Quatsch!«, erwiderte Ed. »Ich hätte ihn nicht fahren lassen dürfen, ich wusste ja, dass er getrunken hatte. Wenn jemand schuld ist, dann ich.«

»Es war ein Unfall«, sagte Alana. »Niemand ist schuld. Und vielleicht geht's Teddy ja auch gut.«

»Das hoffe ich sehr«, meinte Kelly.

»Was genau ist denn eigentlich passiert?«, wollte Martin wissen.

Kelly seufzte schwer. »Es ging so schnell …« Sie versuchte, ihre Gedanken zu sortieren. »Auf dem Hinweg klappte alles gut. Wir haben die Medikamente geholt und sind wieder losgefahren. Als wir dann auf dem Rückweg durch die Narrows gefahren sind … Teddy ist reichlich schnell gefahren. Jedenfalls schneller als auf dem Hinweg.«

»Das kannst du doch bei Nacht nicht machen!«, rief Ed.

»Ehrlich, ich habe keine Ahnung, wie schnell man dort fahren darf. Ich weiß, dass es länger gedauert hat, die Tabletten zu holen, als wir dachten, und er wollte so schnell wie möglich wieder zurück sein. Er hat sich Sorgen um dich gemacht«, sagte Kelly mit Tränen in den Augen zu Ed.

Martin, der das für vorgeschoben hielt, warf Alana einen Blick zu.

Ed drückte erst Kellys Hand und küsste sie dann.

»Wir sind ziemlich schnell gefahren«, fuhr Kelly fort, als müsste sie alles in Gedanken erst rekonstruieren. »Ich erinnere mich, dass ich mich deshalb festgehalten habe – an diesem Knauf aus Leder an der Seite, kennt ihr ja. Ich hab mich da festgehalten, aber nervös oder so war ich nicht. Ich hab einfach gedacht, dass man eben so schnell fahren muss, und war mit den Gedanken, ehrlich gesagt, ganz woanders, als Teddy auf einmal *Baumstamm* brüllte und einen heftigen Schlenker machte.«

»Oh, verdammt«, bemerkte Ed. »Diese Baumstämme sind wirklich tödlich.«

»Meistens kann man sie schon von Weitem sehen«, fügte Martin hinzu.

»Nicht wenn sie sich voll Wasser gesaugt haben und unter der Wasseroberfläche treiben«, sagte Ed. »Und nachts schon gar nicht.«

»Wir haben ihn nicht gerammt«, erzählte Kelly weiter. »Jedenfalls *glaube* ich das. Wir sind erst zur einen Seite geschlingert, dann heftig auf die andere Seite gekippt. Ich bin durch die Luft geflogen und hab mir die Schulter angeschlagen. Dann schwappten Wellen ins Boot. Ich hab auf dem Boden gelegen, im Wasser ...«

»Du hast großes Glück gehabt, dass du nicht mit dem Kopf aufgeschlagen bist«, stellte Ed fest.

»Ich weiß, aber ich bin auf die Schulter, das Bein und die Hüfte geknallt und hab ungefähr 'ne Minute gebraucht, um wieder hochzukommen. Als ich mich wieder berappelt hatte, hab ich gemerkt, dass Teddy nicht da war. Er war vom Boot geschleudert worden.«

»O mein Gott!«, rief Alana.

»Und das Boot fuhr immer weiter. Ich wusste nicht, was ich tun sollte. Ich habe in meinem Leben noch nie ein Boot gesteuert. Irgendwie hab ich nach den Bremsen gesucht, was natürlich albern klingt, ich weiß. Aber ich hab einfach keine Ahnung von Booten. Ich hab dann die Panik gekriegt, das Steuer gepackt und versucht umzudrehen, dorthin, wo ich Teddy vermutete. Ich wollte nicht zu weit weg von der Stelle, wisst ihr? Doch ich wusste ja nicht mal, in welche Richtung ich überhaupt fuhr. Ich konnte so gut wie nichts sehen und muss total unter Schock gestanden haben, und dann …« Kelly schlug die Hände vors Gesicht und sank auf einen Stuhl.

Gertrud kam mit dem Drink zurück und hielt ihn ihr unbeholfen hin, während Kelly in Tränen ausbrach.

»Und dann … möglicherweise habe ich ihn überfahren«, sagte sie durch ihre Finger hindurch. Ihr Gesicht war nicht zu erkennen.

»Du hast ihn mit dem Boot überfahren?«, krächzte Martin.

»Verdammt!«, rief Ed.

»Ich weiß es nicht«, erwiderte Kelly und blickte auf. »Vielleicht … Ich weiß es einfach nicht. Irgendwas habe ich erwischt.«

Martin atmete scharf durch die Nase aus und wechselte einen schnellen Blick mit Alana.

»Vielleicht war es ja auch der Baumstamm«, sinnierte Kelly. »O Gott, ich hoffe inständig, dass es der Baumstamm war.«

»Hier«, sagte Gertrud und hielt ihr den Martini hin.

Kelly nahm ihn, aber Ed hielt sie davon ab, ihn zu trinken.

»Nein«, sagte er. »Wenn du deine Hände am Steuer hattest, wenn du, Gott bewahre, Teddy überfahren hast, dann solltest du nüchtern bleiben.«

»Wieso?«

»Weil du, wenn die Polizei hier auftaucht, beweisen musst, dass du nicht zu viel intus hattest.« Er nahm Kelly den Drink weg.

»Du glaubst, dass die Polizei hier aufkreuzt?«

»Wenn jemand zu Schaden gekommen ist, werden sie ermitteln.« Ed drückte Gertrud den Martini in die Hand. »Bring das Zeug weg.«

»Möchtest du einen Tee oder Kaffee?«, erkundigte sich Gertrud bei Kelly.

»Bring ihr einen Kaffee«, befahl Ed. »Mit Sojamilch und einmal Stevia.«

Gertrud machte sich auf zur Bar.

»O Gott, hoffentlich finden sie ihn. Und hoffentlich geht es ihm gut«, flehte Kelly.

»Ich frag mal bei Robert nach«, sagte Ed und entfernte sich, um die Küstenwache anzurufen.

»Und was ist dann passiert?«, fragte Martin. »Nachdem du irgendwas gerammt hattest?«

»Äh, ja, ich bin echt ausgeflippt … und das Boot ist die ganze Zeit weitergefahren. Irgendwann habe ich rausgekriegt, wie man dieses Ding von einem Hebel bewegt, sodass ich langsamer fuhr. Ich konnte Teddy aber nicht entdecken. Ich habe ihn gerufen, doch es kam keine Antwort. Und ich konnte mein Telefon nicht finden. Teddys war aber noch vorne in der Halterung, also habe ich die Notrufnummer gewählt und danach Ed angerufen.«

»Hm«, sagte Martin.

»Tut mir wirklich leid, dass du das alles mitmachen musstest«, bemerkte Alana.

Niemand sagte mehr etwas. Alle sahen zu Ed hinüber und warteten auf Neuigkeiten.

»Was gibt's?«, wollte Martin wissen, als Ed zurückkam.

»Nichts Neues«, entgegnete er und sagte dann zu Kelly: »Geh doch inzwischen mal unter die Dusche und zieh dir frische Sachen an.«

»Ja, das sollte ich wohl«, pflichtete sie ihm bei. »Kommst du mit?«

»Selbstverständlich!«

Als sie weg waren, wandte sich Martin zu Alana um. »Glaubst du irgendwas davon?«

»Weiß nicht. Ich meine, es klingt plausibel.«

»Für mich nicht«, sagte Martin. »Ich dachte, das klingt ganz schön zusammengeschustert.«

»Wie meinst du das?«

»Weiß nicht so genau. Vielleicht ist es eher die Art, wie sie es sagt, als das, was sie sagt.«

»Hm.«

»Irgendwas ist da seltsam.« Martin ging zur Reling hinüber und blickte hinunter auf das dunkle Wasser.

Alana ging zu ihm, und beide schwiegen eine Weile, sahen zu, wie in der Ferne eine Leuchtkugel emporstieg, die dann wie eine Miniatursonne am Nachthimmel zerplatzte.

»Er ist immer noch mein großer Bruder«, grübelte Martin.

»Ich weiß«, erwiderte Alana.

Martin wandte sich zu seiner Schwester um. »Ich will wissen, was passiert ist.«

12

Teddy trank den letzten Schluck Heineken aus der Dose, die er aufgemacht hatte, als sie von Alfred Island aufgebrochen waren.

»Willst du noch eins?«, fragte Kelly.

»Lieber nicht. Ich muss ja schließlich wachsam bleiben. Und ich will dich nicht in Versuchung führen. Hast dich gut geschlagen heute Abend.«

Kelly zuckte die Schultern. »Ich hab jetzt nur zugesehen, wie du 'n Bier trinkst, auch wenn's mich gereizt hätte. Eins mehr macht sicher keinen Unterschied.«

»Nein, schon in Ordnung so«, meinte Teddy und sah Kelly an, die verständlicherweise nervös war. »Ist doch nett und schön dunkel jetzt«, sagte er, als sie die Meerenge passierten. »Wir könnten ja vielleicht 'ne kleine Pause einlegen.«

Kelly lachte. »Du Schlimmer! Möchtest du etwa nicht, dass dein Daddy bekommt, was er braucht?«

»Möchtest du denn nicht, dass *dein* Daddy bekommt, was er braucht?« Er streckte die Hand aus und schob den Saum ihres Kleides ein Stück nach oben.

»Du bist ganz schön berechenbar«, erwiderte Kelly und schlug ihm auf die Finger. »Dafür ist nach der Trauung noch genug Zeit. Jetzt müssen wir erst mal dafür sorgen, dass der alte Ed am Leben bleibt.«

»Na schön, aber wir müssen deswegen ja auch nicht unbedingt anhalten.« Teddy rieb den Ständer in seiner Hose, packte dann Kelly im Genick und drückte ihren Kopf nach unten zwischen seine Beine.

Sie wand sich heraus. »Du glaubst doch nicht etwa, dass ich da hineinpasse?«, sagte sie und deutete auf den engen Raum unter dem Steuerrad.

»Ich kann mich ja ein bisschen wegdrehen.« Er bewegte den Körper etwas zur Seite, ließ die Hände aber am Steuer und sah geradeaus.

»Das kommt mir nicht besonders sicher vor.«

»Dann halten wir eben kurz an. Wir haben doch Zeit.«

»Ehrlich, ich bin gerade ziemlich unruhig und gar nicht in Stimmung.«

»Das lässt sich doch ändern.« Er griff ihr unter das Kleid und zwängte die Finger in ihren Slip. »Oh, hast du dich rasiert?«

»Waxing.« Kelly schob seine Hand weg.

»Okay, Entscheidung der Geschäftsleitung: Wir halten an«, sagte Teddy und nahm das Tempo raus.

»Ernsthaft? Ich hab doch gerade gesagt, dass mir gar nicht danach ist. Können wir bitte einfach weiterfahren?«

»Ach, komm schon!« Er stellte den Motor ab. »Du kannst mich doch nicht einfach so scharfmachen.« Er schob die Hand wieder unter ihr Kleid und biss sie ins Ohrläppchen.

Kelly sah stur geradeaus, ihre Kiefermuskeln spannten sich an.

»Endlich sind wir für uns«, sagte Teddy und schob ihr zwei Finger rein. »Ich beeil mich, versprochen.« Er versuchte, sie zu küssen, doch sie drehte den Kopf weg. »Jetzt komm schon!« Wieder packte er sie am Genick und zog ihr Gesicht zu sich heran. »Du willst doch nicht, dass ich dicke Eier bekomme, oder?«

Sie sah ihm in die Augen. »Nein, das darf natürlich nicht sein.«

»Dann kümmerst du dich am besten mal um das hier.« Teddy öffnete den Reißverschluss seiner Hose.

»Du willst es wirklich jetzt hier?«

»Siehst du das nicht?«

»Dann mach wenigstens die Lichter aus«, sagte sie energisch.

»Um Himmels willen! Wenn ein anderes Boot kommt, sieht es uns nicht. Ohne Mondlicht sowieso nicht.«

Kelly nahm das dicht bewaldete Ufer zu beiden Seiten der Passage in Augenschein. »Glaubst du, dass uns jemand sieht, wenn wir hier rummachen?«

»Nicht hier. Und um diese Tageszeit bestimmt nicht.«

»Und hören?«

»Nicht wenn der Wind so steht. Wir können aber auch nach unten gehen, wenn du möchtest.«

»Nee!« Kelly ging zur Sitzecke hinter dem Steuer hinüber. »Gegen eine kleine Brise habe ich nichts.«

Teddy folgte ihr und setzte sich seitlich auf die Polsterbank in Hufeisenform.

Kelly streifte ihr Höschen ab und warf es Teddy zu. »Zeig's mir!« Sie schob ihr Kleid hoch.

»Oh«, meinte Teddy beifällig. »Besser so.«

»Hast du was gegen Schamhaare?«

»Ein Busch ist in Ordnung, aber rasiert gefällt mir besser.«

»Wie der Vater, so der Sohn«, sagte Kelly. »Na, dann sieh's dir noch mal gut an, denn es ist das letzte Mal, dass du es zu sehen kriegst.«

»Lässt du's wieder wachsen?«

Kelly lächelte, zog ihr Kleid aus, schwang es über dem Kopf wie eine Stripperin und schleuderte es zu Teddy hinüber. Über seinen Kopf hinweg segelte es ins Wasser. »Oh, Mist. Hol's raus!«

»Verdammt!«, rief Teddy und versuchte, das Kleid herauszufischen.

»Mach schon – bevor es untergeht!«

Kelly griff sich ihren Slip und zog ihn wieder an, während Teddy auf der Polsterbank stand und sich weit hinauslehnte. Seine Arme reichten aber nicht einmal bis zur Wasseroberfläche, geschweige denn bis zu dem gut einen halben Meter vom Boot entfernten Kleid.

»Na, großartig! Und wie sollen wir das jetzt erklären?«

»Ich glaube, es treibt nach hinten.« Kelly zeigte auf das Kleidungsstück.

Teddy rannte zum Steuer und drückte den Knopf für die Badeplattform. Anschließend lief er wieder zur Sitzecke, kroch auf allen vieren über die glänzenden Planken des Achterdecks und betrat die Badeplattform, obwohl sie noch nicht ganz ausgefahren war. Er kniete sich hin, schob den Ärmel hoch und streckte den Arm nach dem Kleid aus, wollte es vor dem Untergang retten. Als es schließlich in Reichweite kam, lehnte er sich gefährlich weit hinaus, bekam zwischen Mittel- und Zeigefinger den Saum zu fassen und zog das gute Stück zu sich heran. »Gott sei Dank!«, seufzte er.

»Musst du nicht auswringen.«

Teddy schnappte nach Luft. Er hatte nicht bemerkt, dass Kelly direkt hinter ihm stand. Er richtete sich auf. »Du bist nicht im Ernst mit diesen Absätzen über das Achterdeck gelaufen?«

»Mal langsam, mein Gleichgewichtssinn ist ganz gut.«

»Bist du bescheuert?«, sagte Teddy und packte sie am Arm.

»Aua!«

»Das ist nagelneues Teakholz – mit eigens angefertigten Intarsien! Weißt du, was das kostet, die zu reparieren, wenn …«

Sie riss ihm das Kleid aus der Hand und stieß ihn unsanft ins Wasser.

»Hey!«, schrie er, als er wieder hochkam. »Was zum Teufel! Kelly! *Kelly!*«

Mit ihren Kitten-Heel-Absätzen stöckelte sie über das Achterdeck zurück und verschwand aus seinem Gesichtsfeld. Teddy versuchte, sich auf die Badeplattform hochzuziehen, aber sie war höher angebracht als bei dem alten Boot, und er hatte vom Essen noch einen vollen Magen und war leicht betrunken. Seine nasse Kleidung machte es nicht besser. Als er versuchte, die Luke mit der Klappleiter zu erreichen, sah er, wie die Plattform langsam eingezogen wurde.

»Nein, warte doch!«, schrie er. »Kelly, es tut mir leid. *Kelly!*«

Er hörte, wie der Bootsmotor ansprang, und schreckte instinktiv vor der Schiffsschraube zurück. Nachdem er sich wieder gefasst hatte, wollte er die letzten Zentimeter bis zur Schwimmplattform überbrücken, doch es war zu spät. Das Boot brauste davon.

Mit klammen Fingern suchte Teddy in seinen Taschen nach dem Telefon. *Verdammt.* Er hatte es auf dem Boot gelassen. Wenn sie ihm denn schon eine Lektion erteilen wollte, sollte sie nun endlich umkehren – ihm war kalt. Er hörte das Motorengeräusch schwächer werden, als das Boot sich entfernte. Er trat im Wasser auf der Stelle und horchte in die Dunkelheit hinaus, ob das Geräusch vielleicht wieder lauter würde, was es kurz darauf Gott sei Dank auch tat.

Wer weiß, wie lange sie ihn hätte warten lassen, wenn Ed nicht seine Medikamente brauchen würde. Woher hätte er auch wissen sollen, dass sie so verdammt empfindlich war, wenn sie nicht trank? Einen Augenblick lang bereute er sogar, dass er sich überhaupt mit ihr eingelassen hatte.

War es wirklich so schrecklich, dass Martin sein Chef war? Natürlich war es eine Erniedrigung, aber Martin hatte sich nicht als Herrscher aufgespielt. Waren all diese Intrigen und der ganze Aufwand es eigentlich wert? Wenn sie tatsächlich dermaßen durchgeknallt war, hätte er vielleicht einfach Martin machen lassen sollen. Er überlegte, wie sich erklären ließe, dass sie völlig durchnässt waren.

Am besten würde er Ed sagen, dass Kelly ins Wasser gefallen war und er hinterherspringen musste, um sie zu retten. Sie konnte nicht schwimmen, das war plausibel. Martin und Alana würde er erzählen, dass er sie beseitigen wollte, es aber nicht funktioniert hatte oder er es nicht durchziehen konnte. Dann würden sie glauben, dass er es wenigstens versucht hatte. Dann könnte sogar alles zu seinen Gunsten ausgehen. Ed wäre dankbar, und das könnte ihm nützlich sein. Teddy hoffte nur, dass sie das neue Boot nicht beschädigt hatte. Hatte sie die Planken aus Teakholz ruiniert, dürfte Ed tatsächlich sehr unglücklich darüber sein. Wo steckte sie überhaupt? Er fror sich allmählich den Arsch ab.

Als das Boot sich näherte und das Motorengeräusch lauter wurde, überkam Teddy die Angst. Was, wenn sie ihn nicht sehen konnte? Doch dann bremste das Boot in einiger Entfernung ab, und er hörte sie rufen: »Teddy?«

»Hier!«, schrie er und winkte. Konnte sie ihn möglicherweise trotz des Motorenlärms und des Windes hören?

»Ah, da bist du. Ich seh dich. Dieses Boot ist wirklich unglaublich«, sagte sie. »Lässt sich echt gut bedienen.«

»Kannst du mich hier bitte rausholen?«

»Das Deck ist allerdings ein bisschen rutschig«, erklärte sie und ignorierte seine Bitte. »Ups …« Kelly warf sich gegen die harte Fiberglas-Seite des Boots. »Ah, au, oh, aua …« Sie fasste sich an die Schulter, die sie soeben gegen das Dollbord gerammt hatte.

»Kelly, was machst du da? Mir ist kalt hier draußen im Wasser!«

»Ganz schön ungeduldig heute Abend«, rief Kelly. »Nun

ja, ich hab zu tun.« Sie nahm eine volle Bierflasche und schlug sich damit auf das Bein und die andere Schulter.

Er konnte sie nicht sehen, hörte aber ihre Schmerzensschreie. »Kelly, ich weiß nicht, was du da treibst, aber kannst du mich hier bitte rausholen? Das ist nicht mehr witzig!«

Unvermittelt erschien sie auf dem Achterdeck mit den Teakholzplanken, noch immer in denselben Schuhen.

»Dir geht's doch hoffentlich nicht schlecht?«

»Mir ist kalt, Kelly. Bitte! Genug ist genug.«

»Also, ich gehöre wirklich nicht zu denen, die untätig herumstehen, wenn jemand leidet«, verkündete Kelly. Sie trat vom Bootsrand zurück und war nicht mehr zu sehen.

Teddy hörte, wie der Motor aufheulte, als sie Gas gab. Das Boot kam schnell näher. Zu schnell. Sein Herz setzte aus, als er begriff, dass sie nicht einfach nur sauer auf ihn war. Sie war fertig mit ihm. Er hatte seine Schuldigkeit getan.

Wie wild versuchte er, davonzuschwimmen und dem Boot auszuweichen, doch der spitze Rumpf des Wasserfahrzeugs flog wie ein Speer auf seinen Kopf zu.

13

Kurz nach elf klingelte Eds Telefon erneut. Die Familie hatte sich nach drinnen begeben, an die Bar bei der Bibliothek, um auf Nachrichten über Teddy zu warten. Sie bedienten sich gerade an dem aufgewärmten Menü, als der Anruf von der Küstenwache kam.

»Hallo? Ja. Okay … Okay, danke. Wir machen uns auf den Weg. Ja. Danke!« Ed beendete das Gespräch und rief den Kapitän der *Andiamo* herbei.

»Was ist los?«, wollte Kelly wissen.

Er führte einen Finger an die Lippen, damit sie still war.

Alana, Martin und Gertrud hatten zu essen aufgehört und sahen Ed an. Kelly saß angespannt kerzengerade da und spielte mit ihrem Zeigefinger am Daumennagel herum.

»Wir müssen so schnell wie möglich nach Nanaimo. Können wir dort anlegen? Auf dem Platz für Cameron Island? Okay, dann los. Und bestellt uns dort zwei Wagen hin. Oder einen Minivan.« Ed legte auf und wandte sich an die Gruppe. »Sie haben Teddy gefunden.«

»Geht es ihm gut?«, fragte Kelly.

»Er ist schwer verletzt, aber er lebt.«

»Oh, Gott sei Dank.« Kelly schlang ihre Arme um Ed und vergrub ihr Gesicht an seiner Schulter.

Martin sah Alana an, die ihrerseits Kelly genau beobachtete.

»Sie schicken ihm einen Krankenwagen ans Dock in Ladysmith«, berichtete Ed. »Der wird in wenigen Minuten dort eintreffen, und dann bringen sie ihn ins Krankenhaus nach Nanaimo.«

»Von Ladysmith nach Nanaimo dauert es nur zwanzig Minuten oder so«, sagte Alana. »Und mit dem Krankenwagen geht's noch schneller.«

»Das ist ja ermutigend«, meinte Martin.

»Sehr ermutigend sogar«, pflichtete Gertrud ihm bei.

»Gott sei Dank haben sie ihn rechtzeitig gefunden«, sagte Ed. »Ich habe schon befürchtet, dass sie ihn nicht finden würden.« Er tätschelte Kelly den Rücken, ein unbewusstes Signal, dass sie ihn loslassen sollte.

Alana fiel auf, dass Kellys Gesicht noch eine Spur blasser war als sonst. An den Wangen und am Hals hatte sie merkwürdige rote Flecken.

Als die *Andiamo* im Hafen von Nanaimo anlegte, gingen Joyce mit ihrem Team und die Band von Bord. Joyce bat sie eindringlich, sie auf dem Laufenden zu halten über Teddys Zustand. Von der bevorstehenden Hochzeit war nicht mehr die Rede, sie würde verschoben werden müssen.

Die Familie ließ man nicht in Teddys Nähe, als sie im Krankenhaus eintraf. Zwei Polizisten warteten auf sie und nahmen ihre Aussagen zu Protokoll, machten einen Alkoholtest bei Kelly, die erklärte, den ganzen Abend nur an ihrem Wein genippt zu haben, und das auch nur, als man angestoßen habe. (Die Officers waren gleich viel freundlicher, als der Test nichts ergab.)

Nachdem die Polizisten sich verabschiedet hatten, führte eine mollige Krankenschwester mit adretter Frisur sie in einen »Raum der Ruhe« – einen privaten Wartebereich in der Notaufnahme – und erklärte ihnen, dass Teddy in einem kritischen Zustand sei, den zu stabilisieren gegenwärtig das Ziel sei.

»Aber er wird doch wieder auf die Beine kommen?«, fragte Ed.

»Es ist zu früh, um darüber etwas sagen zu können«, erwiderte die Krankenschwester. »Die Verletzungen sind erheblich, aber ein ganzes Team kümmert sich nun um ihn. Ich gebe Ihnen Bescheid, sobald mir das möglich ist.«

Als sie sich umdrehte, um zu gehen, schaltete Kelly sich ein. »Ich bin auch Krankenschwester. Können Sie mir sagen, welcher Art seine Verletzungen sind?«

»Oh, nun ja …« Sie wirkte unsicher, wie viel sie preisgeben sollte, sagte dann aber mit leiser Stimme: »Verletzungen auf der linken Seite der Brust, dort auch Rippenbrüche, innere Blutungen, Hirnprellung, Verletzungen des Beckens und am linken Oberschenkel, möglicherweise auch Schäden an der Halswirbelsäule. Wenn sein Zustand stabiler wird, können wir Genaueres sagen. Sie bekommen Bescheid.«

»Danke«, sagte Kelly. Als die Krankenschwester gegangen war, ließ sie sich auf einen Stuhl fallen.

»Was heißt denn das?«, wollte Ed wissen.

»Es heißt, dass er mit dem Boot zusammengeprallt ist«, erklärte Kelly. »Es heißt, dass ich ihn mit dem Boot erwischt habe.« Sie vergrub das Gesicht in den Händen.

»Verdammt!«, fluchte Ed. »Ich hätte ihn nicht fahren lassen sollen.«

Das Schweigen, das sich nun breitmachte, wurde schließlich von Gertrud beendet: »Sie arbeiten also daran, ihn zu stabilisieren. Ich denke, er wird wieder gesund werden.«

»Woher willst du das denn wissen?«, zischte Ed.

»Hey«, blaffte Martin. »Das ist nicht Gertruds Schuld. Ich habe schließlich oft genug gesagt, dass ich fahren sollte.«

Ed atmete schwer aus. »Offenbar nicht oft genug.«

»Ist das dein Ernst?« Martin starrte ihn an.

»Mein voller Ernst«, sagte Ed und fixierte ihn.

»Jetzt ist's mal gut«, verkündete Gertrud und drückte Martin den Arm, versuchte, ihn zu beruhigen. »Wir sind alle angespannt.«

Martin lachte bitter auf, wandte aber den Blick ab.

»Ausgehend von dem, was die Schwester gesagt hat, glaubst du, dass er sich wieder erholen wird?«, wollte Alana von Kelly wissen.

»Das kann man nicht wissen. Ich müsste ihn sehen.«

Alle versanken in ihren Gedanken. Niemand sagte etwas, bis vierzig Minuten später die adrett frisierte Krankenschwester zurückkam und ihnen mitteilte, dass Teddys Blutdruck jetzt stabil sei, sodass sie ihn operieren könnten.

»Wenn die OP überstanden ist, wird ein Arzt zu Ihnen kommen.«

Kelly bedankte sich bei der Schwester, tätschelte Ed die Hand und gab sich alle Mühe, optimistisch zu wirken, doch Alana war sich bewusst, wie aufgesetzt ihr Lächeln war.

»Wie lange wird die Operation denn dauern?«, erkundigte sich Martin.

»Nach dem, was wir über seine Verletzungen gehört haben, bestimmt drei Stunden, wenn nicht länger«, vermutete Kelly.

»O Mann«, stöhnte Martin.

Gertrud sprang auf. »Ich hol uns mal Kaffee. Wer möchte denn einen?«

»Ich glaub, die Cafeteria hat schon zu«, bemerkte Martin.

»Ich geh nach draußen. Irgendwo hier in der Gegend wird's schon einen Coffeeshop geben.«

Gertrud schien das Drama erstaunlicherweise Energie zu verleihen, und Alana spürte, dass es ihr beinahe Vergnügen bereitete, obwohl sie nach außen hin ernst blieb.

»Es ist schon spät«, sagte Ed zu Martin. »Geh bitte mit.«

»Lass mal, ist schon in Ordnung«, wehrte Gertrud ab und

konsultierte ihr Telefon. »Ich bestell mir einfach jemand von Uber. Zwei Minuten von hier soll ein Tim Hortons sein.«

»Bist du sicher?«, fragte Martin nach. »Ich würde nämlich lieber hierbleiben, wenn's dir nichts ausmacht.«

»Natürlich. Krieg ich schon hin.« Sie orderte einen Wagen, nahm die Bestellungen auf und machte sich auf den Weg.

Alana beobachtete, wie sich alle auf eine lange Wartezeit einrichteten. Kelly, unruhig wie eine Katze, lief im Warteraum auf und ab. Ed hingegen verhielt sich, die Hände im Schoß gefaltet, komplett ruhig. Hätte er nicht die Augen offen gehabt, hätte sie angenommen, er schliefe. Martin spielte ein Videospiel auf seinem Handy.

Sie konnte nichts tun, also nahm auch Alana ihr Smartphone zur Hand, um ihre Mails zu checken und sich nach Flügen umzusehen. Sie spielte mit dem Gedanken, ihren Flug erneut um ein oder zwei Tage zu verschieben – sie wollte nicht mitten in der Krise abreisen –, doch nachdem sie ihre SMS-Nachrichten und Mails gelesen hatte, begriff sie, dass sie wie geplant morgen Nachmittag nach Hause fliegen musste.

Lily und Ramona hatten früher am Abend mehrere Nachrichten geschickt, und Lily freute sich sehr, dass Alana morgen wieder zurück sein würde. Wichtiger noch war jedoch, dass Ramona ihr mitteilte, sie würde gerne spätestens um Mitternacht zurück zu sich nach Hause gehen. Sie bat Alana, doch bitte Vorkehrungen für den Fall zu treffen, dass ihr Flug Verspätung hätte. Zwar sagte sie auch, dass sie noch eine letzte Nacht auf Lily aufpassen könnte, wenn sich niemand fände, dass sie dann aber definitiv schon früh am nächsten Morgen losmüsse. (Offenkundig kam ihr Mann eine ganze Woche allein mit den siebenjährigen Zwillingssöhnen nicht zurecht und hatte auf Ramonas Rückkehr gedrungen.)

Alana checkte die Fluginformation. Sie hatte einen Nonstop-Flug von Victoria um 14:15 Uhr gebucht, der um 21:45 in Toronto landen würde. Dann müsste sie nur noch ihr Gepäck aufgabeln und wäre dann eine Stunde später zu Hause. Soweit man das vorhersehen konnte, würde es keine Verspätung geben. Und das Wetter war in beiden Städten gut. Sie beschloss weiterzumachen, als wäre alles in Butter. Möglicherweise war das dumm von ihr. Aber Alana wusste, dass es unmöglich sein würde, zum jetzigen Zeitpunkt noch verlässlichen Ersatz für Ramona zu finden.

»Sieht ganz so aus, als müsste ich morgen zurück nach Hause fliegen«, sagte sie. »Die Frau, die auf Lily aufpasst, muss sich um ihre Familie kümmern.«

»Schön«, meinte Ed.

Weder Martin noch Kelly zeigten irgendeine Reaktion, doch Alana spürte, dass die Stimmung im Raum eisig wurde.

»Es tut mir wirklich leid. Aber ich bin ja schon länger geblieben als ursprünglich geplant.«

»Du kannst für Teddy sowieso nichts tun. Also geh doch gleich«, sagte Ed. »Dann musst du hier nicht rumsitzen.«

»Nein, ich möchte bleiben. Ich fahre erst, wenn ich muss. Aber wäre es wohl möglich, dass mich morgen jemand auf die Insel bringt? Ich muss ja vor dem Flughafen erst noch meine Sachen holen.«

»Das geht schon in Ordnung. Wenn du vor uns auf das Schiff gehst, dann sag einfach jemandem von der Crew, Terrance möge dich doch eben mit dem Beiboot rüberfahren.«

»Gut, danke!«

Ed schloss die Augen, und Martin wandte sich wieder seinem Videospiel zu. Kelly ging weiter im Raum auf und ab und nestelte an ihren Fingernägeln herum.

Kurz darauf kehrte Gertrud mit dem Kaffee und einer großen Schachtel Donuts zurück.

Als Ed sich einen nehmen wollte, sagte Kelly: »Die sind aber nicht vegan.«

»Ist mir scheißegal«, erwiderte er.

Kelly sah aus, als hätte ihr jemand einen Schlag ins Gesicht verpasst.

Martin schien sich über den Wortwechsel zu amüsieren.

»Oh, das tut mir leid«, entschuldigte sich Gertrud. »Ich bin einfach davon ausgegangen, dass keine Milch drin ist. Nur Mehl und Wasser. Und Zucker.«

»Völlig in Ordnung«, bellte Ed.

»Ist es ja auch«, flötete Kelly. »Mach dir keinen Kopf. Ich hab sowieso keinen Hunger.«

»Ich geh aber auch gern noch mal los, wenn du möchtest«, bot Gertrud an.

Ed verdrehte, angewidert von ihrer Unterwürfigkeit, die Augen.

»Danke!«, sagte Kelly, ging zu Gertrud und umarmte sie.

Gertrud, einen ganzen Kopf größer als Kelly, erwiderte die Geste. Als Gertrud Kelly den Rücken tätschelte und sie tröstete, wirkten sie wie Mutter und Tochter. Ein paar Augenblicke später trennten sie sich wieder.

Gertrud setzte sich hin.

Kelly ging auf und ab.

Alle tranken ihren Kaffee.

Alana versuchte, wach zu bleiben. Sie musste noch etwas erledigen, bevor sie zum Flughafen fuhr, würde also ihren Zeitplan noch einmal anpassen müssen, da sie ja nun von Nanaimo aus startete. Sie googelte und fand einen Best-Buy-Laden etwa fünf Minuten mit dem Auto vom Krankenhaus entfernt, der um zehn Uhr aufmachte. Sie rechnete sich aus, dass sie erledigen konnte, was sie erledigen musste, wenn sie pünktlich vor dem Laden stand, wenn er aufmachte, und nicht länger als eine halbe Stunde brauchte. Für den Fall, dass sie einschlief, stellte sie den Wecker auf neun Uhr und legte dann ihr Handy weg. Sie war zu müde, um noch geradeaus zu denken, konnte aber auch nicht schlafen. Stunde um Stunde verbrachte sie in einem unruhigen, nebulösen Zustand, gelegentlich unterbrochen vom Gang zur Toilette.

Kurz nach vier kam schließlich eine Ärztin zu ihnen in den Warteraum. Alle waren wach, mit Ausnahme von Ed, den Kelly erst wach rütteln musste, damit er alles mitbekam.

»Hallo, ich bin Dr. Ahuja«, sagte die Frau im OP-Kittel. Sie hatte ausdrucksstarke braune Augen und einen kleinen Mund mit großen schiefen Zähnen.

»Wie geht es ihm?«, erkundigte sich Ed.

»Seine Verletzungen sind durchaus schwerwiegend.«

»Aber er kommt doch wieder auf die Beine?«

»Zum jetzigen Zeitpunkt ist es schwierig, eine genaue Prognose abzugeben, denn er hat, wie gesagt, etliche schwere Verletzungen. Schädelfraktur, außerdem eine Fraktur der Halswirbelsäule. Im Abdominalbereich haben wir zahlreiche Blutungen festgestellt, nicht zuletzt Blutungen im Bereich der Leber. Wir haben versucht, sie zu stillen, aber er hat eine Menge Blut verloren. Außerdem ist seine Lunge kollabiert. Sein Becken ist gebrochen, ebenso der Oberschenkel.«

»Großer Gott!«, sagte Martin.

»Aber er wird doch trotzdem wieder gesund?«, fragte Ed erneut nach, allerdings eher im Befehlston.

»Nun, er hat Verletzungen am Gehirn, die Zeit wird es zeigen. Allerdings besteht keine geringe Wahrscheinlichkeit, dass er nie wieder aufwachen wird.«

»O mein Gott!«, hauchte Gertrud.

»Wie groß ist diese Wahrscheinlichkeit?«, wollte Ed wissen.

»Schwer zu sagen. Wir können erst mit der Zeit sagen, ob sich das Gehirn erholen wird. Im Augenblick ist er sediert, und er hängt an einem Beatmungsgerät. In vier bis fünf Tagen werden wir die Sedierung zurückfahren und beobachten, ob es Anzeichen für selbstständige Atmung gibt. Zum jetzigen Zeitpunkt mussten wir ihn in ein künstliches Koma versetzen.«

»Ich bin Krankenschwester«, schaltete Kelly sich ein. »Können Sie mir sagen, wie gravierend die Schädelfraktur ist?«

»Nun ja, wir haben eine Schädelresektion vorgenommen, aber die Schwere der Fraktur lässt vermuten, dass er möglicherweise nie mehr zu Bewusstsein kommen wird.«

Alana bemerkte, dass Kelly zwar nickte und tief Luft holte, sich dabei aber etwas zu entspannen schien.

»Gibt es vielleicht noch einen anderen Chirurgen, mit dem ich sprechen kann?«, erkundigte sich Ed.

Dr. Ahuja zog die Augenbrauen hoch. »Im Moment nicht. Wir haben nachts um halb fünf.«

»Außer Ihnen waren sonst keine anderen Ärzte beteiligt?«

Einen Augenblick lang war die Stimmung gereizt, denn allen anwesenden Frauen war klar, warum Ed diese Frage gestellt hatte.

»Dr. Vanderveen und die anderen aus meinem Team dürften nach Hause gefahren sein«, erwiderte die Ärztin gleichmütig. »Dr. Vanderveen wird aber morgen wieder im Haus sein, wenn Sie es vorziehen, mit *ihr* zu sprechen.«

Ed warf ihr einen bösen Blick zu. »Sie sagten etwas von Teddys Wirbelsäule. Wenn sich das Gehirn wieder erholt, wird er doch laufen können, oder?«

»Das wissen wir nicht. Er hat sich die Halswirbelsäule gebrochen. Genaueres kann ich wirklich noch nicht sagen. Wir mussten ihm eine Manschette anlegen und ihn immobilisieren. Erst wenn er wieder zu sich kommt, wissen wir mehr.«

»Können wir ihn sehen?«, fragte Martin.

»Ja!«, entgegnete Dr. Ahuja. »Er wird keine Reaktion zeigen, aber jeweils zu zweit können Sie zu ihm reingehen.«

Ed und Kelly gingen zuerst in die Intensivstation, anschließend Martin und Gertrud. Als Gertrud weinend und zittrig wieder herauskam, machte sich Alana auf einen Schock gefasst. Aber es war sogar noch schlimmer, als sie befürchtet hatte. Teddy war nicht wiederzuerkennen. Sein Gesicht war voller Blutergüsse, angeschwollen und halb verdeckt von dem Beatmungsgerät. Der Kopf war verbunden, und an einer Seite schien er eingedrückt zu sein. Der Hals steckte in einer steifen Plastikmanschette. Und überall waren Schläuche. Einer lief vom Kopf zu einem Monitor, ein anderer steckte zwischen den Rippen und führte Blut in einen Beutel ab, ein weiterer mündete in einen Urinbeutel. Er hatte mehrere intravenöse Kanülen, ein Bein war geschient, und sein Becken war in einem furchterregenden, mittelalterlich wirkenden Apparat festgeschnallt. Ein übel aussehender Schnitt, von dicken Klammern zusammengehalten, erstreckte sich von seinem Oberbauch bis unter den Nabel.

Alana starrte die Überreste dessen an, was einmal Teddy gewesen war, und spürte überwältigendes Mitleid. Doch dann fiel ihr wieder ein, dass er die Verlobte seines Vaters gebumst und geplant hatte, den eigenen Bruder um dessen Besitz zu bringen. Und sie erinnerte sich daran, wie Ted als Kind gewesen war. Wunderhübsch. Aber auch grausam. Eds Lieblingssohn. Ein treuer und verlässlicher Paladin.

Sie dachte daran, wie er sie einmal gepackt und tief in den Wald getragen, sie angeschrien hatte, gefälligst ruhig zu sein und sich nicht zu wehren. Wie er sich darüber beklagt hatte, wie dick und schwer sie doch wäre. Und sie schließlich zu Boden geworfen hatte und weggegangen war. Sechs oder sieben musste sie da gewesen sein.

Alana streckte den Arm aus und berührte den Verband um

Teddys Kopf. Mit zwei Fingern drückte sie sanft auf die weiche Delle, bis sie keinen Widerstand mehr spürte. Ein Schauder durchfuhr sie, und sie riss ruckartig die Hand zurück.

Nach einem letzten Blick auf ihren zerschmetterten Bruder ging sie zur Tür.

Die Familie kehrte auf die *Andiamo* zurück, um sich auszuruhen und die Fassung wiederzugewinnen. Ed beschloss, dass sie über Nacht im Hafen von Nanaimo bleiben würden, damit sie in der Nähe des Krankenhauses waren. Alana hatte sich gerade in ihre Kabine zurückgezogen und die Schuhe abgestreift, als sie an der Tür ein leises Klopfen vernahm. Sie machte auf und erblickte Martin.

»Kann ich 'ne Minute reinkommen?«

»Ich hab schon gepackt, Martin. Und muss in ein paar Stunden schon aufstehen.«

»Nur eine Sekunde! Wir müssen uns noch mal besprechen.« Er drängte sich an ihr vorbei und schloss die Tür. »Ich wünschte, du würdest nicht fahren.«

»Ich muss.«

»Ich weiß. Aber es wäre schön, eine Verbündete zu haben.«

»Du hast doch Gertrud.«

»Du weißt, was ich meine. Jemanden, der weiß, was hier abgeht. Meine Güte, hast du ihr Gesicht gesehen, als Ed ihr sagte, dass Ted am Leben ist?«

»Ja.«

»Ich wusste, dass sie eine Erbschleicherin ist, aber ich hätte nie gedacht, dass sie ein Psychokiller ist. Als Nächstes könnten wir dran sein.«

»Ich denke, Dad würde wohl ein bisschen misstrauisch werden, wenn alle seine Kinder nacheinander zu Tode kämen.«

»Glaubst du, dass er sterben wird?«

»Er sah schrecklich aus. Und die Ärztin hat uns nicht gerade Mut gemacht. Könnte trotz allem immer noch ein Unfall gewesen sein. Ich meine, wenn es ihr oberstes Ziel ist, Dad zu heiraten, warum sollte sie dann irgendetwas tun, das zur Verschiebung der Hochzeit führt?«

»Ich weiß es nicht. Vielleicht hatte Teddy die Nase voll von ihr und hat damit gedroht, sie bloßzustellen?«

»Kann sein. In diesem Fall hätte sie einen Grund, Teddy ins Jenseits zu wünschen – er hat sie angeschleppt, er weiß, dass sie eine Schwindlerin ist. Aber deshalb muss sie ja nicht uns an den Kragen gehen.«

»Schon richtig«, lenkte Martin ein. »Ich bin mir ziemlich sicher, dass sie geliefert ist, wenn Teddy aufwachen sollte. Vielleicht sollte ich Wachleute anheuern, damit er nie alleine ist.«

»Vielleicht. Keine schlechte Idee, wenn du ihn beschützen willst. Sollte er allerdings nicht wieder aufwachen … Na ja, dann bist du der Herr im Haus, sobald Ed mal nicht mehr ist. Außerdem ist die Hochzeit dann auf unbestimmte Zeit verschoben. Alles in deinem Sinne.«

»Ganz schön abgebrüht, Alana.«

»Hast du doch selbst gesagt. Er hat dich verraten. Und Dad auch.«

Martin studierte eingehend die Gesichtszüge seiner Schwester. »Sieht so aus, als würde aus deinem Verhältnis zu Teddy nicht mehr die große Liebe werden.«

»Sieht ganz danach aus.«

»Du hast ihm nie wirklich verziehen, oder?«

»Macht das einen Unterschied?«

»Er war doch damals noch ein Kind, hab ich recht? Wollte Dad gefallen, den er vergötterte.«

Alana zuckte die Schultern.

»Denkst du so auch über mich? Ich meine, ich war ja schließlich noch jünger als Teddy.«

»Hättest ja was sagen können, als du größer warst. Oder auch jetzt.«

»Was würde es nützen? Mein Wort stünde gegen seines. Das Einzige, was dabei rauskäme, wäre, dass ich mein Fett wegkriege und er mich verklagen würde. Oder Schlimmeres.«

»Ich weiß«, räumte Alana ein. »Aber wenn ihr beide was gesagt hättet …«

»Na ja, die Möglichkeit gibt es ja nun nicht mehr.«

»Im Moment nicht. Wir müssen abwarten, was passiert«, sagte Alana.

»Ja«, stimmte Martin ihr zu. »Müssen wir wohl.«

Alana gestattete sich drei Stunden Schlaf, bevor sie aufstand und duschte. Sie rief sich ein Taxi, fuhr noch bei einem Geldautomaten vorbei und stand schließlich genau in dem Moment vor der Tür, als der örtliche Laden von Best Buy aufmachte. Sie wies den Fahrer an, auf sie zu warten.

»Suchen Sie einen neuen Computer?«, erkundigte sich der Verkäufer, der ihr vom Eingang bis zu den Apple-Vitrinen gefolgt war. Er war ein dicklicher Mann mit freundlichen Gesichtszügen und einem sonnenblumengelben Turban.

»Ich nehm einen von denen«, meinte Alana, die sofort ein MacBook Pro ins Visier genommen hatte.

»Na, das ging ja schnell«, lächelte der Mann. »Brauchen Sie vielleicht noch eine Laptoptasche?«

»Nein danke. Ich hab's ein bisschen eilig.«

»Kein Problem, ich mache alles für Sie fertig.« Der Mann ging los, um ein Exemplar des Laptops zu holen.

Als Alana ihn bezahlt hatte, brachte sie ihre Neuerwerbung ohne Umschweife zu dem Tresen für Computerfreaks, wo auch Reparaturen angenommen wurden. Eine gelangweilt dreinblickende junge Frau mit Überresten von rosa Haarfärbemittel in ihrem strähnigen blonden Haar begrüßte sie.

»Was kann ich für Sie tun?«

Alana versuchte, die Akne der Frau, die sie mit dicker beiger Schminke übertüncht hatte, nicht weiter zu beachten. »Ja, also, das klingt vielleicht ein bisschen komisch, aber ich muss dieses Gerät funktionsunfähig machen lassen. Sodass nichts passiert, wenn ich es einschalte, und der Computer einfach tot bleibt.«

»Das Gerät ist neu?«, wollte die Frau wissen, während sie die Verpackung beäugte, die aus der Tasche hervorlugte.

»Ja, ich hab's gerade gekauft. Aber ich möchte, dass es unbrauchbar gemacht wird. Und zwar so, dass man es nicht gleich merkt. Es sollte zum Beispiel nicht so aussehen, als wäre es runtergefallen oder durchnässt worden. Können Sie natürlich machen, solange man nicht sieht, was den Laptop gekillt hat.«

»Warum wollen Sie das?«

»Es muss einfach schnell gemacht werden, okay? Kriegen Sie das hin?« Alana kramte in ihrem Portemonnaie herum, zog zwei Fünfzig-Dollar-Noten heraus und zeigte sie der Frau.

»Ich denke schon, dass ich es hinkriege, aber könnte ich es vielleicht im Anschluss an die Arbeit machen? Ich glaube nämlich nicht, dass ich das in meiner Arbeitszeit machen sollte.«

»Nein, es muss sofort sein. So schnell wie möglich.« Alana stopfte die Geldscheine in die Tasche und schob sie über den Tresen. »Natürlich bezahle ich auch die regulären Kosten.«

Die Frau zuckte mit den Schultern. »Ist ja noch nicht viel los, von daher …« Sie nahm die Tasche mit den beiden Scheinen und ging damit nach hinten.

Alana sah auf die Uhr: 10:09. Sie überlegte, dass sie den

Laden spätestens um 10:30 verlassen musste, wenn sie noch auf Alfred Island Station machen wollte, bevor sie zum Flughafen fuhr. Etwa fünf Minuten später kam die Frau zurück, um sich zu erkundigen, ob der Computer denn jemals wieder funktionieren müsse.

»Nein. Machen Sie einfach, was notwendig ist. Aber versuchen Sie, es so aussehen zu lassen, als wäre es nicht absichtlich geschehen.«

»Cool.« Sie klappte den beweglichen Teil der Tresenplatte nach oben und verschwand im Inneren des Ladens. Wenige Minuten später tauchte sie wieder auf und lächelte Alana verschwörerisch zu. »Ich musste im Pausenraum ein paar Teile mit der Mikrowelle behandeln. Aber machen Sie sich keinen Kopf, es sieht nicht geschmolzen aus.«

»Klasse!«, sagte Alana. »Ist das Gerät denn schon fertig?« Sie sah auf ihr Handy: 10:21.

»Jo«, sagte die Frau, verschwand erneut im hinteren Bereich und kehrte mit dem unbrauchbaren Laptop zurück. »Bitte sehr! Um ehrlich zu sein: Spaß hat das nicht unbedingt gemacht.«

Der Laptop wirkte unversehrt, keineswegs so, als wäre er manipuliert worden.

»Danke, großartig!«, erwiderte Alana und gab ihr noch einen Fünfziger. »Die Verpackung brauche ich nicht.« Sie schob den Laptop in ihre Tasche und lief zu dem wartenden Taxi.

Alana schaffte es, um kurz vor elf zurück auf der *Andiamo* zu sein. Sie holte ihre Reisetasche aus der Kabine und sprach dann das erstbeste Besatzungsmitglied an, einen jungen Mann, der die Chromteile um den gläsernen Aufzug herum wienerte. »Morgen! Könnten Sie mir vielleicht behilflich sein?«

»Natürlich. Und ebenfalls guten Morgen. Was kann ich

für Sie tun?« Ein Lächeln, das perfekt zu der makellosen weißen Uniform passte, erstrahlte. Der junge Mann mit den blauen Augen schien nicht älter als siebzehn oder achtzehn Jahre zu sein, und Alana kam es so vor, als wäre er, wie überhaupt die gesamte Crew, direkt einer Reklame für Wrigley's-Spearmint-Kaugummi entsprungen.

»Könnten Sie Terrance Bescheid geben? Ich muss so schnell wie möglich zurück nach Alfred Island, und mein Vater meinte, er könne mich ja mit der Limousine kurz rüberfahren.«

»Selbstverständlich. Kein Problem. Ich organisiere das sofort für Sie.«

»Wunderbar, danke!«

Während der junge Mann mit Terrance telefonierte, fuhr die gläserne Kabine des Aufzugs nach oben.

»Morgen!«, sagte Kelly und entstieg dem Glasgehäuse. »Verlässt du uns schon?«

»Ja, bedauerlicherweise. Ich hole eben noch meine Sachen von der Insel und muss dann um halb zwei am Flughafen sein. Mein Gott, deine Arme!«, stieß Alana hervor und zuckte zusammen, als sie die schwarz und violett verfärbten Blutergüsse an Kellys Schultern und Armen erblickte. Ihre linke Schulter sah besonders schlimm aus.

»Und erst meine Beine«, seufzte Kelly und hob ihr Kleid ein wenig an. »Und meine Hüfte. Normalerweise würde ich ja niemals einen Aufzug benutzen, um in den ersten Stock zu kommen. Außerdem habe ich mir auch noch das Knie angeschlagen.«

»Entschuldigung, wenn ich unterbreche«, sagte der junge Mann. »Terrance ist startbereit. Wenn Sie loswollen, bringe ich Sie zur Garage.«

»Danke!«, erwiderte Alana. »Ich brauche nur noch 'ne Minute.«

Der junge Mann nahm ihre Tasche und hielt ein paar Schritte Abstand, um die Unterhaltung der beiden Frauen nicht zu stören.

»Vielleicht solltest du damit zum Arzt gehen«, schlug Alana vor.

»Nein, ich bin bloß ein bisschen zerschrammt. Das wird schon wieder.«

»Du machst dir doch bestimmt große Sorgen um Teddy. Ich mach mir jedenfalls Gedanken.«

»Na ja, diese Woche dürfte kritisch werden. Aber seit ich ihn gesehen habe, ist meine professionelle Meinung, dass du dich nicht ängstigen musst.« Sie berührte Alana am Arm. »Was passiert ist, tut mir leid. Aber du kannst gewiss sein, dass ich jeden Tag ins Krankenhaus fahren werde, um nach ihm zu sehen, damit er auch die angemessene Pflege bekommt.«

Alana nickte und dankte ihr, war aber nicht überzeugt davon.

Kelly sah zu dem jungen Mann hinüber, der in die entgegengesetzte Richtung blickte und den Anschein erweckte, nicht zuzuhören.

»Wenn du mir deine Nummer gibst, kann ich dich immer mit Neuigkeiten versorgen.«

»Hm, ist schon okay«, sagte Alana. »Martin wird mich auf dem Laufen halten, da bin ich mir sicher.«

»Du kannst sie mir ja trotzdem geben. Nur für alle Fälle.«

Widerstrebend gab ihr Alana die Nummer.

»Danke. Ich schick dir 'ne SMS, dann hast du meine auch.«

Kurz herrschte Schweigen zwischen ihnen. Schließlich sagte Alana: »Mit der Hochzeit, das tut mir leid. Da bist du bestimmt enttäuscht.«

»Oh, das ist mir gerade nicht so wichtig. Wichtig ist jetzt vor allem Teddy. Die Hochzeit findet statt, wenn sie stattfindet. Ich brauche keine Riesenhochzeit auf einer Jacht. Ich möchte das eigentlich nicht mehr, hab die Nase voll von Booten. Das Standesamt genügt mir völlig. Das geht schnell und ist unkompliziert. Kein großes Gewese.«

Alana nickte und sah auf ihr Handy, um die Uhrzeit zu checken. »Tut mir leid, ich muss los.«

»Komm gut nach Hause«, meinte Kelly. »War echt schön, dich kennenzulernen.« Sie zog Alana zu sich in eine Umarmung. »Hoffe, wir sehen uns *schon sehr bald* wieder.«

Als Alana zur Garage ging, hallten Kellys Worte in ihr nach.

»Hoffe, wir sehen uns bald wieder« wäre die übliche Floskel gewesen. »Hoffe, wir sehen uns *schon sehr bald* wieder« war deutlich pointierter. Meinte sie die Hochzeit? Oder hatte Kelly in der ihr eigenen, durchtriebenen Art ein anderes, weniger freudiges Ereignis im Blick?

14

Es war eine Erleichterung, wieder zu Hause zu sein, Lily in die Arme zu schließen, ihr Lachen zu hören und den speziellen süßen Duft wahrzunehmen – eine Mischung aus Zitronengras und einem Hauch frischer Buttermilch –, den ihre Haut stets verströmte. Alana hielt sie in den Armen, bis Lily sich herauswand, um ihr lebhaft Bericht zu erstatten von der Woche, die sie mit Ramona verbracht hatte. Sie hatte viel ferngesehen, war lange aufgeblieben, und so einiges an Junkfood hatte es auch gegeben. Sie hatte ihren Spaß gehabt, ihre Mom aber auch sehr vermisst.

Alana hatte es hingekriegt, deutlich vor Mitternacht wieder zurück zu sein. Sie bedankte sich bei Ramona, zahlte ihr noch einen Tag extra und schenkte ihr eine Schachtel aus Zedernholz voller geräuchertem Wildlachs. Lily bekam einen Airport-Hoodie, einen riesigen Toblerone-Riegel und die aufregende Nachricht, dass sie morgen einen neuen Minivan kaufen gehen würden.

Nachdem sie Lily ins Bett gebracht hatte, nahm sie eine lange, heiße Dusche. Dann machte sie sich eine Dose Black Cherry Soda auf und holte das MacBook Pro hervor, das sie aus dem Zimmer ihrer Schwester entwendet hatte, als sie noch einmal zu dem Haus auf Alfred Island gefahren war, vorgeblich, um dort vor der Rückreise ihre Sachen zu holen. Sollte ihr Vater versuchen, seine Dateien zu öffnen, würde er dort, dank der Bemühungen des jungen weiblichen Computerfreaks bei Best Buy, nur einen teuren Briefbeschwerer sehen.

Alana schaltete den Laptop ein und bekam die Bildschirmsperre zu sehen. Die nächsten Minuten verbrachte sie damit, aufs Geratewohl Passwörter einzugeben, von denen sie annahm, dass ihr Vater sie vielleicht verwendete (einschließlich 1234 und 0000). Ohne Erfolg. Sie suchte bei YouTube nach einem Video, das erklärte, wie man ein Mac-Passwort knackte, und fand eines, das einfache Schritte für den Fall vorschlug, dass man sein Passwort vergessen hatte und nun ein neues vergeben wollte: *Schalten Sie das Gerät aus. Drücken Sie Command und R. Gehen Sie zum Festplattendienstprogramm (Drop-down-Menü) und drücken Sie »Terminal«. Geben Sie dort Ihr Reset-Passwort ein. Voilà!*

Stolz auf sich und vielleicht auch etwas selbstgefällig tippte Alana ihr neues Passwort ein: OPEN. Auf dem Bildschirm erschien der Desktop des Mac mit Dutzenden von Dateien, die alle uneindeutige Bezeichnungen aufwiesen: CMM1, DEJ7 oder YC14, jede von ihnen oben mit dem Vorhängeschloss-Icon versehen. Sie fasste sich ein Herz und klickte auf eines der Icons. Ein Pop-up-Fenster erschien. Und ein königsblaues Rechteck: *ShielderCrypt. Geben Sie das Passwort für CMM1 ein.* Verdammt.

Sie klickte auf ein paar mehr Dateien, doch sie waren alle passwortgeschützt durch ShielderCrypt. Außer diesen Dateien schienen sich auf dem Gerät keine anderen zu befinden. Sie checkte den Browserverlauf ihres Vaters auf Safari, doch der war bereinigt worden. Sie öffnete seinen Apple-Mailaccount, doch der schien nie benutzt worden zu sein. Dann fiel ihr jedoch ein anderes Mail-Icon auf: ein blauer Vogel mit einem Umschlag im Schnabel. Sie klickte darauf. Es handelte sich um ein Mailprogramm namens Thunderbird. Im Posteingang fanden sich Hunderte von Mails, und an zwei Mailadressen erinnerte sie sich, weil sie im Notizbuch ihres Vaters in dessen Safe gestanden hatten: darkeyedjunco@posta.ro und callmemister22@post.ro.

Sie versuchte, die neueste Mail von callmemister22 zu öffnen, woraufhin das folgende Fenster erschien: *Sie haben eine verschlüsselte Mail von* callmemister22@post.ro *erhalten. Um Ihre Nachricht ansehen zu können, speichern Sie zunächst die Datei im Anhang, bevor Sie diese öffnen, und folgen Sie dann den Anweisungen.*

Sie versuchte es mit dem Passwort für den Safe ihres Vaters – vergeblich.

Wieder versuchte Alana, bei YouTube eine Lösung zu finden, konnte aber mit den Vorschlägen dort nicht das Geringste anfangen.

Ganz offensichtlich hatte ihr Vater etwas zu verbergen. Und ebenso offensichtlich brauchte sie ganz andere Freaks als die Tüftler von Best Buy, um das Geheimnis zu lüften – jemanden, dem sie die sensiblen Informationen anvertrauen konnte, die dort möglicherweise zum Vorschein kamen.

»Mist«, sagte Alana laut. In ihrem Leben gab es nur ein einziges Computergenie. Mit dem sie seit sieben Jahren kein Wort mehr gewechselt hatte. Ihren Ex. Lilys abtrünnigen Vater.

15

Alana hatte nicht viele feste Freunde gehabt, bevor sie Stephen Dale kennenlernte. In der sechsten Klasse hatte es Jordan Butterfield gegeben, der sie auf den Kopf geschlagen und ihren Schulblazer in eine Pfütze geschleudert hatte, weil er sie *mochte*. »Er versucht nur, deine Aufmerksamkeit zu erregen«, hatte ihre Mutter gemeint. Am nächsten Tag bot Jordan ihr einen Chupa-Chups-Lutscher an und fragte sie, ob sie seine Freundin sein wolle. Sie sagte Ja, aber nur, weil sie am Freitag nach der Schule mitwollte in Melanie Kenneys Partyraum und dort nur »Paare« reinkamen.

Dort knutschte sie mit Jordan herum und ließ sich befummeln. »Was soll's?«, maulte der herum, weil es an ihrer zwölf Jahre alten Brust nicht viel zu kneten gab. Sie platzte fast vor Scham und ging Jordan während der nächsten drei Jahre an der St.-Michaels-Schule aus dem Weg.

Und dann war da noch Adam Azim, den sie im Sommer beim Pflanzen von Bäumen kennenlernte, als sie siebzehn war. Sie war eigentlich überzeugt davon, dass er schwul war und das nur bemänteln wollte, aber sie war dankbar für seine Freundschaft und erleichtert, endlich keine Jungfrau mehr zu sein. Sie hatten fünfmal Sex (davon viermal von hinten).

Im ersten Jahr an der Uni war sie sieben Monate lang mit einem Straßenmusiker namens Joe Benitah liiert, bevor der aus heiterem Himmel beschloss, religiös zu werden, und von allen vorehelichen sexuellen Beziehungen Abstand nahm. Ein paar Wochen nachdem sie sich getrennt hatten, stand er plötzlich vor ihrer Wohnung im zwölften Stock und fragte, ob sie vielleicht mit ihm spazieren gehen wolle, nur so. Auf dem Weg nach unten, im Aufzug, rang er sie zu Boden, kniete sich auf ihre Schultern und riss ihre Bluse auf. Obwohl sie um sich schlug und ihn beschimpfte, zog er ihr den BH herunter und starrte gierig auf ihre Titten. Und das war's dann gewesen mit Joe Benitah.

Sie pflückte gerade Sauerkirschen im Garten von Leuten, die sie nicht kannte, als sie das erste Mal mit Stephen Dale sprach. Damals war sie dreiundzwanzig und studierte im Hauptfach Soziologie an der Universität Toronto. Er war ein Jahr jünger – ein gemeinschaftsorientierter IT-Nerd und selbst ernannter »Hacktivist«, der eine Datenbank zu Obstbäumen in der Stadt angelegt hatte.

Zusammen mit einem Freund hatte er Freiwillige zusammengetrommelt, die gruppenweise das Obst ernten und es den örtlichen Tafeln übergeben sollten. Als Lohn bekamen die Pflücker einen Anteil der Ernte, und nach einem langen, heißen Tag hatte Alana vor, mit den Sauerkirschen einen Kuchen zu backen. Stephen leitete an diesem Tag Alanas Gruppe von Pflückern.

Er war ein unglaublich dünner Mensch, dessen honigfarbene Haare, die gleichzeitig in ungefähr vierzehn verschiedene Richtungen wuchsen, am meisten Gewicht auf die Waage zu bringen schienen. Er wollte wissen, was Alana beim Pflücken auf ihrem iPod so hörte, und war beeindruckt, als sie den rechten Ohrstöpsel herauszog und »The Salesman and Bernadette« sagte.

»Ist ja 'n Ding. Ich find Vic Chesnutt total geil«, meinte er. »Für mich so ungefähr der zweitgenialste Musiker aller Zeiten.«

»Ja, der ist großartig«, stimmte Alana, die begriff, dass sie in diesem Moment die Wahl hatte, ihm zu. Sie könnte einfach lächeln und sich den Stöpsel wieder ins Ohr setzen, sodass weiteres Reden oder auch ein Flirt überflüssig wäre. Oder sie könnte sich auf diese spindeldürre Gestalt mit den intelligenten grünen Augen und dem komplett verwaschenen T-Shirt der Rockband *Guided by Voices* einlassen. Sie dachte kurz nach und nahm den Köder an: »Und wer ist dann der genialste?«

Nach dem Pflücken gingen sie zusammen ein Bier trinken. Sechs Wochen später fragte er sie, ob er bei ihr einziehen könne. Und ein Jahr danach beschwor er sie, das Kind nicht abzutreiben, mit dem sie schwanger war (sie hatte fälschlicherweise angenommen, dass es sicher wäre, am Ende ihrer Periode, als sie kaum noch blutete, ohne Kondom Sex zu haben). Warum hatte sie beide Male Ja gesagt? Jedes Mal, wenn sie darüber nachdachte, kam sie zu dem Schluss, dass Stephen, einmal abgesehen von ihrer Schwester, wahrscheinlich der erste Mensch war, der sich wirklich für sie interessierte.

Außerdem war er so ziemlich das totale Gegenteil ihres Vaters. Er war sanft, entspannt und hatte ein soziales Gewissen (er vertraute ihr an, dass er und eine Truppe von gleichgesinnten Hackern mit Kontaktleuten in Dharamsala zusammengearbeitet hatten, um den Dalai Lama vor chinesischen Attacken mit Schadprogrammen zu schützen). Er war ein Kiffer, dem Geld anscheinend rein gar nichts bedeutete, ständig pleite. Als sie sich kennenlernten, teilte er sich eine Wohnung, die zwei Schlafzimmer hatte, mit drei Kumpels. Seinen Wohnungsgenossen standen die Schlafzimmer zu, also schlief Stephen im Wintergarten, der an das Wohnzimmer angrenzte. Um etwas Privatsphäre zu haben, hatte er die Glaswände mit Zeitungspapier abgeklebt. Ein Doppelbett passte hinein, eine kleine Kommode, ein Seesack mit ein paar Habseligkeiten. Obwohl Stephen über stark nachgefragte Fähigkeiten verfügte, entschied er sich, arm zu bleiben, und konnte sich kaum etwas zu essen leisten (die Päckchen mit Salz und Pfeffer klaute er immer bei der Fastfood-Kette Wendy's gegenüber von seiner Wohnung auf der anderen Straßenseite).

Über Alanas Gewicht machte er sich keine Gedanken, auch nicht darüber, wie viel sie trainierte oder was sie zu sich nahm. Er sagte, dass er schon immer eine Schwäche für »mit Mais gefütterte« Frauen gehabt habe und »Hungerhaken« nicht ausstehen könne. Deshalb fühlte Alana sich an seiner Seite ihrer selbst gewiss – er war erschreckend dünn, und sie war mehr als nur ein wenig mollig. Sie nahm an, dass sie aussahen wie die Satirefigur Jack Spratt und seine Frau, wie auch immer sie heißen mochte. (Hatte sie überhaupt einen Namen?)

Aber sie kamen gut miteinander aus. Und lachten viel. Und vielleicht wäre das so weitergegangen (eine Zeit lang jedenfalls), wäre bei ihrer inzwischen zur Welt gekommenen Tochter nicht Duchenne-Muskeldystrophie festgestellt worden. Es war ein Schlag für sie beide, besonders jedoch für Stephen, der, als er sechzehn war, mit ansehen musste, wie sein geliebter Stiefvater innerhalb eines Jahres der Krankheit ALS zum Opfer fiel.

Nach außen hin tat Stephen so, als wäre er ganz einverstanden mit seinem neuen Leben als Familienmensch. Er bildete sich etwas darauf ein, der gute Mensch zu sein, der Verantwortung übernahm, die Art Mann, der sich um alles kümmert, die Arzttermine wahrnimmt und seine brillanten Computerkenntnisse zum Tragen bringt, um die Probleme zu lösen, die gerade gelöst werden müssen. In dem Moment, als er die Diagnose erfuhr und begriff, was das hieß und welche Folgen es mit sich bringen würde, war für Alana allerdings offensichtlich, dass er unterbewusst nach einem Ausweg suchte.

Natürlich war Stephen nicht der Typ, der einfach das Weite suchte, weil seine Tochter eine unheilbare Krankheit hatte. Das nicht. Vom Verstand her würde er sich das niemals gestatten. Aber *vielleicht* war er ja der Typ, der ging, weil seine Partnerin eine unerträgliche, zänkische Nervensäge geworden war. Das war machbar. Und so schlug er diesen Weg ein, benahm sich auf eine Weise, von der er wusste, dass sie Alana zur Verzweiflung trieb oder auf die Palme brachte. Ob er nun vergaß, Lily zu ihrem Physiotherapeuten zu bringen, oder andauernd sein großes Geschäft in der Toilette hinterließ, ohne zu spülen, ob er nun unerklärlicherweise Alanas schöne Hausschuhe aus Schaffell in die Waschmaschine und den Trockner beförderte, sodass sie als harte Holzschuhe wieder herauskamen, die sich höchstens noch für Kobolde eigneten, oder die Kühlschranktür offen ließ und so mal eben den Einkauf für sechzig Dollar ruinierte, ob er nun vergaß, Alana auszurichten, dass ihr Hausarzt wegen der Testergebnisse angerufen habe, die in der Tat bestätigten, dass sie eine Harnwegsentzündung hatte, oder das ganze Einkaufsgeld für ein Fläschchen Haschischöl ausgab – all das diente dazu, bei Alana negative Reaktionen hervorzurufen.

Kurz nach der Diagnose gab Stephen den einzigen Job auf, für den er Geld bekam, damit er sich mehr um chinesische Dissidenten kümmern konnte. Alana fand durchaus, dass diese Tätigkeit wichtig war, dachte aber zugleich auch, dass er seinen Beitrag zur Miete und den Fixkosten leisten sollte.

»Ständig hackst du wegen dem Geld auf mir herum«, sagte er dann immer. »Aber mal deinen Vater anzurufen, das bringst du nicht fertig. Du müsstest ja wirklich nur das Telefon in die Hand nehmen und ihn um etwas Geld bitten, aber du weigerst dich. Und damit verweigerst du dieser Familie die Hilfe.«

Sie war immer sehr zugeknöpft gewesen, was ihren familiären Hintergrund anging, und hatte sich nie über ihren Vater ausgelassen, aber er hatte es dennoch herausgekriegt.

Als ihre Beziehung sich aufzulösen begann, hatte Alana ihre eigene Ausbildung hintangestellt und zwei Teilzeitjobs angenommen. Einer davon beinhaltete eine strapaziöse Nachtschicht in einer Unterkunft für Obdachlose zweimal pro Woche. Um acht Uhr morgens schleppte sie sich dann nach Hause, zog sich in der Diele aus und stopfte ihre Kleidung und die Schuhe in einen Sack (sie hatte Angst, Wanzen zu Hause einzuschleppen), duschte und haute sich bis um zwei aufs Ohr. Dann stand sie auf, um bei Lily zu übernehmen, damit Stephen arbeiten konnte.

Eines Morgens, sie war gerade von ihrer Schicht nach Hause gekommen und hatte sich ausgezogen, traf sie im Wohnzimmer auf eine heftig gepiercte Bohnenstange, die sie anglotzte. Offenbar trank sie mit Stephen Kaffee, während Lily ausgestreckt in ihrem Laufstall lag.

»Meine Güte!«, sagte Alana und rannte durch den Flur ins Bad. Aus dem Wohnzimmer hörte sie unterdrücktes Gelächter. Sie warf sich Stephens verschlissenen Bademantel über und ging zurück.

»Alana, das ist meine Freundin Manon. Sie ist gerade aus Montreal gekommen und braucht für ein paar Nächte einen Schlafplatz.«

»Schön, dich kennenzulernen«, sagte Manon und winkte Alana zu. »Tut mir leid wegen … du weißt schon.« Sie deutete auf Alanas Körperfülle.

»Habt ihr hier drin geraucht?«, wollte Alana wissen und hob Lily aus dem Laufstall. »Wie geht's dir, meine Kleine?«

»Gut«, sagte Lily.

»Manon hat so ungefähr zweimal an ihrer Zigarette gezogen, den Rauch aber zum Fenster rausgepustet.«

»Na ja, ich riech das doch.«

»Ihre Lippen haben buchstäblich an der Fensterscheibe geklebt«, meinte Stephen.

»Du weißt schon, dass es Lily schaden kann, oder?«

»Boah.«

»Ja, genau.«

»Ich geh dann wohl besser mal«, sagte Manon, stand auf und wollte ihren Rucksack nehmen.

»Nein, bleib doch, das ist schon in Ordnung«, erklärte Stephen.

»Nee, ist es nicht. Ich geh jetzt mal frühstücken, wir sprechen später noch. War schön, dich kennenzulernen«, erwiderte Manon und schenkte Alana ein nettes Lächeln, sodass sie sich wie ein Scheusal vorkam.

»Wart mal, ich komm mit«, sagte Stephen und streckte die Hand nach seinem Portemonnaie auf dem Schreibtisch aus.

»Nein, du solltest hierbleiben«, verkündete Manon.

»Weißt du, ich hab es satt, mir immer sagen zu lassen, was ich tun soll«, meinte Stephen daraufhin und ging an ihnen vorbei. »Diese ewige Nörgelei«, schrie er auf dem Weg nach draußen und knallte die Wohnungstür zu.

Hilflos sah Manon Alana an, die vor Wut kochte, aber auch mit den Tränen kämpfte.

»Es tut mir wirklich leid«, beteuerte Manon.

»Mir auch. Ich bin hundemüde, hab die ganze Nacht gearbeitet.«

»Sorry!« Manon lächelte betrübt und ging.

Stephen kam erst am Abend wieder zurück. Er blieb noch ein paar weitere Wochen, bis Alana ihm schließlich den Gefallen tat und vorschlug, dass sie vielleicht mal »eine Pause« einlegen sollten. Mit Sorgenfalten auf der Stirn tat er so, als verletze ihn das, aber die Erleichterung, die seinen ganzen Körper durchströmte, war ihm anzumerken.

Er wurde ganz aufgeregt und erzählte ihr, dass er ein tolles

Jobangebot aus Barbuda habe und ihr Geld schicken werde. Was er ein paar Jahre lang auch tat, ziemlich ordentlich sogar, sodass Alana die Betreuung für Lily bezahlen und sich einen besseren Job suchen konnte. (Mister *Soziales Gewissen* trug das Seine dazu bei, eine Website für Onlinepoker zu realisieren, die einen Höllenprofit abwarf, bevor sie dann plötzlich verschwand.)

Sie war dankbar für die Unterstützung, aber auch befremdet darüber, dass er sich nicht ein einziges Mal meldete und sich nach seiner Tochter erkundigte. Er wollte nichts mit ihnen zu tun haben. Er wollte es nicht wissen. Er musste die Verbindung kappen und damit möglichst jeden Schmerz unterbinden.

Als kein Geld mehr kam, ließ Alana es laufen. Aufgrund ihres Jobs, verschiedener staatlicher Unterstützungsleistungen und des Geldes, das sie von Stephens Zahlungen über die Jahre abgezweigt hatte, hatte sie genug beisammen, um gerade so über die Runden zu kommen. Und sie hatte nicht das geringste Verlangen danach, ihren Ex aufzuspüren.

In der ersten Zeit nach seinem Abgang fühlte sie sich verloren, war traurig und hatte Schuldgefühle. Hatte sie einen guten Mann in die Flucht getrieben? War sie eine unausstehliche Person mit viel zu hohen Ansprüchen? Mit Lilys Betreuerinnen sprach sie, wenn sie ihr ans Herz gewachsen waren, nicht gerade selten darüber, und etwas, das Ramona vor längerer Zeit schon zu ihr gesagt hatte, tröstete sie: »Mein Mann sagt, ich wäre die größte Nervensäge auf der ganzen Welt, aber weißt du, was ich dann immer entgegne? Ich sage: *Das bist nur du, mein lieber Ronald, der mit dem Scheiß davonkommen will, den er gebaut hat. Du weißt genau, dass eine nörgelnde Frau in Wirklichkeit nur einen saumäßigen Ehemann hat.*«

16

Alana brauchte fast zwei Wochen, bevor sie in der Lage war, Kontakt zu Stephen aufzunehmen. In der Zwischenzeit war sie wieder zur Arbeit gegangen, und eigentlich war alles fast wieder normal, von dem schicken schwarzen Minivan in der Auffahrt mal abgesehen. Sie hatte einen mit einer per Fernbedienung steuerbaren Rampe gefunden, der eine Klimaanlage hatte und beheizbare Sitze – zwei Jahre alt, also nicht ganz brandneu –, was ihre Reise nach Westen der Mühe wert erscheinen ließ.

Über Teddys Zustand, der unverändert stabil blieb, wurde sie von Martin regelmäßig auf dem Laufenden gehalten. Fünf Tage nachdem er auf die Intensivstation gekommen war, hatten die Ärzte die Sedierung reduziert, um festzustellen, ob er wieder selbstständig atmen konnte. Er konnte es nicht. Weitere fünf Tage später wiederholten sie das Experiment. Immer noch keine spontane Atmung. Kurz darauf war die Familie vom Transplantationsteam des Krankenhauses zusammengerufen worden. Schonend versuchte man ihnen die Idee nahezubringen, dass sie Teddys Organe ja vielleicht spenden könnten. Woraufhin Ed einen Tobsuchtsanfall bekam, die Ärzte beschimpfte und sie mit Drohungen überzog, bis sie den Rückzug antraten (beleidigt und mit bösen Blicken, wenn man Martin glauben durfte).

Martin berichtete, dass Kelly ganz einverstanden damit zu sein schien, Teddys Innereien freizugeben, aber ihren Vorstoß aufgab, nachdem Ed durchgedreht war. Die Ärzte wollten in fünf Tagen erneut versuchen, Teddys Medikation zu beenden. Martin wurde damit beauftragt, ein Auge auf alles zu haben, während Ed und Kelly zur Erholung ein paar Tage nach Parrot Cay in die Karibik flogen. Kelly spürte, dass Ed außerordentlich angespannt war und aus körperlichen wie psychischen Gründen unbedingt eine Pause brauchte. Martin wiederum dachte, dass Kelly natürlich lieber am Strand saß als im Krankenhaus. Er versprach, Alana über die neuesten Entwicklungen zu informieren, und da sie seit einigen Tagen nichts von ihm gehört hatte, nahm sie an, dass alles unverändert war.

Alana wollte gerade ihre Sachen nehmen und von der Arbeit nach Hause fahren, als sie überraschend zwei SMS-Nachrichten bekam. Die erste stammte von Kelly und war umso erstaunlicher, als sie Teddy nicht einmal erwähnte: *So wunderbar hier! Dein Vater sagt, dass du noch nie hier warst. Ed und ich fänden es schön, wenn du und deine Tochter von dem Haus mal Gebrauch machen würdet, wenn wir gerade nicht da sind. PS: Er macht sich offenkundig immer noch große Sorgen, ist aber nicht mehr so gestresst. Ich glaube, wegzufahren war eine gute Idee.* Angehängt war ein Foto von Ed in einem weißen Anzug. Er saß in einem offenen Pavillon am Tisch, im Hintergrund unberührter weißer Sandstrand. Der Tisch war für das Mittagessen eingedeckt, ein Kellner goss gerade Champagner in Eds Glas nach und lächelte in die Kamera, als hätte man ihn dazu angewiesen.

Alana betrachtete das Foto eingehend und kommentierte es mit einem unverbindlichen *Danke. Sieht toll aus.*

Die zweite Nachricht war von Stephen Dale: *Ich bin in der nächsten Stunde gut zu erreichen. Ruf an.*

Die ganzen alten Kontaktdaten, die sie von Stephen besaß, hatten sich als nutzlos erwiesen. Schließlich konnte sie ihn aufspüren, indem sie seiner Mutter auf Facebook eine Nachricht schickte und ihr versicherte, dass sie Hilfe bei einem Problem mit ihrem Computer brauchte (es also nichts Persönliches war). Sie gab ihr eine Telefonnummer und bat sie, dies auch Stephen noch einmal zu sagen. Und hier hatte sie ihn nun also.

Sie wählte die Nummer.

»Hallo?«

»Hey, ich bin's, Alana.«

»Hey, wie geht's dir?«

»Ganz gut, danke. Und dir?«

»Kann nicht klagen«, sagte Stephen. »Was gibt's? Mom meinte, du hast ein technisches Problem, bei dem du Hilfe brauchst.«

»Ja, ich hab ein MacBook Pro mit 'ner Menge verschlüsselter Dateien, die ich aufkriegen muss. Auch Mails.«

»Ach so, okay. Und ich dachte schon, dieses Computerproblem wäre ein Vorwand.«

Alana seufzte. »Nee. Ich will nur diese Dateien öffnen. Geschützt sind sie von etwas, das sich ShielderCrypt nennt.«

»Okay, kein Problem. Krieg ich schon hin. Wer hat dir die Dateien denn geschickt?«

»Na ja … weiß ich nicht.«

»Aber sie sind an dich geschickt worden?«

Alana zögerte. »Nein. Es ist nicht mein Computer. Sondern der von meinem V… Verlobten.«

Stephen lachte. »Vertrauliche Geschichten, was? Schon gut, ich kann's versuchen. Ich bin bis Sonntag in Toronto. Im Le Germain in der Mercer Street. Willst du ihn dort vorbeibringen?«

»Nein, ich kann ihn nicht aus der Hand geben, und heute geht's nicht. Ich hab Lily. Kannst du vielleicht morgen zu mir ins Büro kommen und es dort machen?«

»Hm, ja, denke schon. Wenn's nach zehn Uhr ist.«

»Wie wär's um elf Uhr?« Sie gab ihm die Adresse.

»Gut. Und, hör mal, wenn du Geld brauchst oder so …«

»Danke. Mir geht's gut.«

»Und … Ist Lily okay?«

»Ja. Du weißt schon. So okay, wie es eben geht. Sie ist ein tolles Kind.«

Er schwieg ein paar Sekunden lang. »Hör mal, es tut mir wirklich leid, Alana. Ich dachte, ich könnte damit umgehen, weißt du, aber ich … Ich glaube, ich konnte es einfach nicht.«

»Ich weiß.«

»Ich war zu jung, denke ich.«

»Jaa.«

»Ich bin jünger als du, stimmt's?«

»Stimmt!«

»Aber jetzt geht's mir gut. Weißt du, ich hab Familie.«

»Oh … schön.«

»Wir haben einen dreijährigen Sohn. Er ist normal. Ich meine, gesund.«

Alana biss sich auf die Zunge. *Verprell bloß nicht den Mann, dessen Hilfe du brauchst.*

»Schön zu hören.«

»Okay, dann sehen wir uns morgen.«

»Genau. Bis dann!«

Alana fragte sich, wie es ihr wohl gehen würde, wenn sie ihren Ex das erste Mal wiedersah. Wie sich herausstellte, machte es ihr erstaunlich wenig aus. Sie war leicht überrascht, dass der spindeldürrste Mensch der Welt nun einen Bauchansatz hatte und sein ungeheurer Haarschopf verschwunden war. Und es amüsierte sie, dass er noch immer exakt das gleiche *Guided by Voices*-T-Shirt trug, das er anhatte, als sie ihm das erste Mal begegnet war. Überdies machte es sie fassungslos, dass sie mit diesem Menschen jemals hatte Sex haben wollen. Aber abgesehen davon: null Gefühle. Außer vielleicht Erleichterung darüber, dass sie mit ihm nichts mehr ausfechten musste.

»Finde ich gut, wie du das hier gemacht hast«, scherzte er, als er in ihr abbruchreifes Büro hereinschwirrte. »Ist Jimmy Hoffa hier beerdigt worden?« Er deutete auf die unterschiedlich hohen Papierstapel, die Aktenordner und anderen Bürokram auf dem Esstisch, den sie als Schreibtisch benutzte.

»Ha, ha.«

»Und ich glaube, dieser Teppich hier hat wirklich noch nicht genug Flecken, Alana.«

Er setzte sich auf das Cordsofa von ungefähr 1972 (an dem die Hälfte der mit Cord bezogenen Knöpfe fehlte) und stellte seinen Jamba-Saft auf einen der sechs Sealtest-Milchkartons, die nach dem Baukastenprinzip als eine Art Beistelltisch dienten.

»Magst du's jetzt nur noch schick? Und möchtest lieber geschliffenen Beton und raumhohe Fenster?«

»Nee, ich zieh dich nur auf. Ich weiß schließlich, dass du hier gute Arbeit leistest. Erinnere mich daran, etwas zu spenden, bevor ich wieder gehe.«

»Hier.« Sie setzte sich neben ihn auf das Sofa und platzierte den Laptop auf dem Milchkarton vor ihm.

Er klappte ihn auf und schaltete ihn ein.

»Was glaubst du, wie lange du brauchst?«

»Na ja, zwanzig Sekunden oder auch zwanzig Jahre. Kommt drauf an.«

»Worauf?«

»Auf die Blödheit deines Verlobten. Nichts für ungut.«

»Ach so, das Passwort heißt OPEN«, sagte Alana, als das Vorhängeschloss-Symbol auf dem Bildschirm erschien.

»Das ist ja schon mal ein gutes Zeichen«, meinte Stephen und tippte es ein.

»Wieso?«

»Weil der Schlüssel, um diese Dateien zu öffnen, ein schwaches oder leicht auszurechnendes Passwort ist.«

»Na ja, ich hab es zurückgesetzt. Ich weiß nicht, wie es vorher lautete.«

»Hm.« Stephen blickte auf den Bildschirm. »Interessant!«

»Was?«

»Alles rumänische Mailadressen. Auch die von deinem Verlobten.«

»Ich hab mich schon gewundert. Was hat das zu sagen?«

»Wahrscheinlich was Illegales, weil Rumänien weltweit das einzige Land ist, das den Behörden keinen Zugang zu privaten Mailaccounts gewährt.«

»Oh, na so was!«

»Ich kann mich natürlich auch irren. Aber wir werden ja sehen.« Stephen kramte einen USB-Stick aus seiner Tasche hervor.

»Und wofür ist das gut?«

»Hier ist Software drauf, die ich hochladen muss. Um Passwörter zu knacken.«

»Kannst du die Dateien nicht einfach auf dem Rechner entschlüsseln?«

»Nee. Nicht ohne den entsprechenden Chiffrierschlüssel. Die Verschlüsselung ist robust, die Passwörter sind das aber nicht notwendigerweise. Das meinte ich mit zwanzig Sekunden oder zwanzig Jahren. Die Software wird alle Möglichkeiten durchgehen. Das sieht mir nach einer ziemlich großen Gruppe von Leuten aus, die untereinander Nachrichten austauschen. Hoffentlich ist einer davon ein Versager. Wenn das nicht alles geniale Kriminelle sind, wird eine beherzte Attacke höchstwahrscheinlich einen dieser ABC123-Typen zutage fördern.«

»Du lädst also nichts von diesem Rechner auf dein Laufwerk herunter?«

»Nein, warum sollte ich?«

»Gut, mach weiter«, sagte Alana.

Er steckte das Gerät in den Computer. »Immer noch paranoid oder was?«

»Na ja, wer weiß, was da drauf ist? Nach dem, was ich weiß, sind das Betriebsgeheimnisse oder so was.«

»Die verraten, wie Karamell in den Schokoriegel kommt?«, scherzte Stephen. »Wenn es das Rezept mit den elf Kräutern und Gewürzen ist, klaue ich es.«

»Sehr witzig.«

»Entspann dich, okay? Ich starte jetzt mal einen Angriff mit Hashcat.«

»Keine Ahnung, wovon du redest, das überlass ich dir.«

»Eben«, sagte Stephen. Er nippte an seinem Smoothie und tippte.

Alana setzte sich an ihren Schreibtisch. Sie hatte genau zwei Mails beantwortet, als sie Stephen lachen hörte.

»Alles paletti. Wir sind drin.«

»Das ging aber schnell«, meinte Alana.

»*TROWSSAP15*. Mann, was für 'n Irrer. Dieser Typ, nicht dein Verlobter.«

Alana ging zurück zur Couch, während Stephen das Passwort eingab. »Ach so, Passwort rückwärts. Hm.«

»Das ist ein Video«, erklärte Stephen. »Möchtest du die Ehre haben, oder soll ich?«

»Mach einfach weiter.«

Er öffnete die MP4-Datei. Das Video zeigte ein kleines Mädchen, das auf einem Sofa saß, Pop-Tarts aß und dabei Fernsehen schaute – im Hintergrund war der Ton eines Zeichentrickfilms für Kinder zu hören, der Alana vage bekannt vorkam. Das Mädchen war etwa drei oder vier Jahre alt.

»Oha«, kommentierte Stephen die Szene.

Alanas Magen krampfte sich zusammen. Ein Mann kam

ins Zimmer, aber der Bildausschnitt der Kamera endete an den Schultern. Aufgrund der Kleidung, die er anhatte, und der Art, wie er sich bewegte, vermutete Alana, dass er zwischen dreißig und vierzig war. Er drückte dem Mädchen ein kleines Glas Milch in die Hand und ging aus dem Bild. Sie nippte daran und stellte das Glas ab.

»Trink deine Milch«, sagte der Mann aus dem Off. Der Ton war ziemlich schlecht.

Das Mädchen trank noch etwas Milch.

Das Videobild verschwamm langsam, doch der Bildausschnitt blieb der gleiche. Offenbar befand sich die Kamera auf einem Stativ oder an einer festen Stelle. Das Mädchen lag jetzt auf dem Sofa, allem Anschein nach schlief es. Im Hintergrund lief der Ton einer anderen Sendung für Kinder. Der Mann kam wieder ins Bild. Er schob das schlafende Mädchen weiter nach hinten und setzte sich daneben auf das Sofa. Nun war auch sein Kopf zu sehen. Der Mann trug eine Clownsperücke mit roten Locken, hatte eine Plastiknase auf und eine Brille.

»Stell das ab!«, sagte Alana.

»Erst wenn wir genauer wissen, womit wir es hier eigentlich zu tun haben.«

Dann machte der Mann etwas Merkwürdiges. Mit seinem linken Daumen zog er das linke Augenlid des Mädchens hoch und berührte anschließend mit seinem rechten Zeigefinger dessen Augapfel.

»O Gott, hat er sie umgebracht?«

»Ich glaube, er hat sie unter Drogen gesetzt und checkt, ob sie auch nichts mehr mitbekommt.«

Der Mann ließ das Lid los. Als er dem Mädchen unter den Rock fasste und die Unterwäsche herunterzog, klappte Alana ruckartig den Laptop zu.

»Zum Teufel!« Sie sprang auf.

»Scheiße, Alana. Ich hatte mich auf Schwulenpornos, zwielichtige Geschäfte oder irgend so was gefasst gemacht.«

»Wir müssen damit zur Polizei gehen.«

»Keine Frage«, sagte Stephen. »Ich würde es direkt den Mounties oder dem FBI schicken. Das örtliche Polizeirevier hier ist damit überfordert.«

»Ja, und wie mache ich das? Ich mein, ruf ich da einfach an?«

»Du könntest anrufen, klar. Aber ich kann dir helfen. Ich habe da Verbindungen.«

»Wirklich? Wieso?«

»Glaubst du etwa, ein Mann mit meinen Fähigkeiten verschwendet sein ganzes Talent an Onlineglücksspiele?«

»Bist du jetzt etwa ’n Spion oder so was?«

»Nein, kein Spion, Alana. Ich bin ein Nerd. Ich weiß, wie man Schwachstellen findet. Sehr nützlich, wenn du wichtige Dinge schützen willst.«

»Hm.«

»Ich kenne Leute, die die richtigen Leute dafür kennen.«

»Okay, aber lass mich mal ’nen Moment überlegen«, bat ihn Alana und ging in ihrem Büro auf und ab.

»Hast du Bedenken wegen deines Verlobten? Wie heißt der überhaupt?«

Alana reagierte nicht darauf.

»Du willst den doch nicht etwa schützen?«

»Nein, das ist es nicht.«

»Wo wir gerade von ihm sprechen. Sollen wir vielleicht mal seine Mails checken? Ob er solche Sachen nicht nur bekommt, sondern auch selbst was schickt?«

»O Gott«, stöhnte Alana. »Am besten überlassen wir das der Polizei.«

»Du willst es nicht wissen? Mensch, Alana, hat der irgendwie mit Lily zu tun?«

»Nein. Um Himmels willen, nein, nie.«

»Ich bring den Kerl um, das sag ich dir!«

»Nein. Er ist ihr noch nie begegnet. Ehrlich.«

»Wie? Dein Verlobter hat deine Tochter noch nie gesehen?«

Alana antwortete nicht.

»Wem gehört das Ding?«, wollte Stephen wissen und deutete auf den Computer.

Alana sah ihn an, sagte aber nichts. Während sie sich gegenseitig anstarrten, wurde Alana vor lauter Angst ganz heiß im Gesicht. Vielleicht hätte sie ihn doch nicht hinzuziehen sollen.

Stephen öffnete im Mailaccount den Ordner *Gesendet.* »Hm«, murmelte er.

»Was?«

»Entweder hat er gar nichts gesendet, oder er war schlau genug, alles zu löschen.«

»Die Polizei wird aber in der Lage sein, diese Leute aufzuspüren und zu stoppen?«

»Ja, klar. Wann sagst du mir, wer dieses kranke Arschloch in Wirklichkeit ist?«

17

Alana war neun Jahre alt, als ihre Schwester verschwand. Es war Anfang Januar. Nasskalt und trostlos. Lillian verschwand am ersten Schultag nach den Weihnachtsferien, am helllichten Tag. Ihre Mitschüler bezeugten, dass sie in der Cafeteria noch zu Mittag gegessen habe, aber das war das Letzte, was sie von ihr sahen. Zum Nachmittagsunterricht erschien sie nicht, und sie kam auch abends nicht nach Hause.

Man verständigte die Polizei, und Ed engagierte zwei Privatdetektive, um sie aufzuspüren. Die Detektive versicherten Ed, dass er sich keine Sorgen machen müsse – sie würden Lillian finden. Sie war nicht entführt worden, wie einer Nachricht zu entnehmen war, die sie Alana auf ihrem Glücksbärchi-Briefpapier geschrieben hatte: *Ich muss weg. Tut mir leid. Wird schon alles gut gehen.* Das war alles, außer einem *Hab dich lieb* in einer von Hand gezeichneten Sprechblase, die aus Schmusebärchis Mund kam.

Eine Hotline wurde eingerichtet, eine ordentliche Belohnung für Hinweise, die zu Lillian führten, ausgelobt. Die Hotline wurde sofort mit Anrufen überflutet, fast ein Dutzend Leute wollte sie in Vancouvers East Side gesehen haben. Andere behaupteten sogar, sie in Montreal oder selbst Halifax erkannt zu haben. Doch alle diese Hinweise führten zu nichts. Keines der Mädchen war Lillian. Es handelte sich um andere junge Ausreißerinnen.

Als die Polizei Alfred Island zwei Tage nach Lillians Verschwinden das erste Mal absuchte, fand sich keine Spur von ihr. Nachdem vom Fahrer eines Wassertaxis in Sidney ein Hinweis eingegangen war (offenbar hatte ein junges Mädchen versucht, sich ein Taxi zu bestellen, dann aber Abstand davon genommen, als man ihr sagte, dass Alfred Island Privatbesitz sei und daher nur mit einer speziellen Anforderung angefahren werde), suchte man erneut.

Diesmal entdeckte man in Cottage 4 ein zerbrochenes Fenster. Ray Phelps, der damalige Hausmeister, schloss der Polizei die Hütte auf. Im Wohnzimmer fand man Lillians Jacke und einen Rucksack mit Geld, eine halb aufgegessene Tüte Doritos, ein Notizbuch und Lillians Lieblingskuscheltier Sally (ein Lämmchen mit rosa Nase und neugierigen Augen). Und im Schlafzimmer fand man Lillian. Sie hatte einen Hermès-Schal ihrer Mutter um einen Ledergürtel ihres Vaters gewickelt und sich damit an einem Dachbalken der hölzernen Dachkonstruktion erhängt. Ein genau geplanter Akt. Warum hätte sie sonst diese speziellen Gegenstände aus dem Wohnhaus mitgenommen?

Für Alana war der Schock extrem, der Schmerz überwältigend. Es war der erste Verlust, den sie erlitt, und die Vorstellung, dass sie Lillian niemals wiedersehen würde, war ihr unerträglich. Die geheimnisvolle, schöne Schwester, die sie geliebt und beschützt hatte, konnte doch unmöglich einfach nicht mehr da sein.

Die ersten Tage nach dem Fund waren besonders grauenvoll. Niemand sagte Alana, was passiert war, es hieß lediglich, sie sei gestorben. Teddy und Martin ließen durchblicken, dass sie mehr wüssten, wollten aber nicht mehr rauslassen. Sie genossen die Macht, Informationen »für Erwachsene« zurückzuhalten. (Und sie schienen auch nicht sonderlich traurig darüber zu sein, dass Lillian, der Eindringling, der die Aufmerksamkeit des Vaters so stark auf sich gezogen hatte, fort war. Tatsächlich waren sie sogar froh, deswegen zwei Wochen schulfrei zu haben.)

Alana hatte niemanden außer ihrem Kindermädchen, mit dem sie darüber sprechen konnte, und Patsy, so lieb sie auch war, gab lediglich Plattitüden über Gottes Vorsehung von sich und dass Lillian es jetzt im Jenseits besser habe. Ihre Eltern anzusprechen traute sich Alana nicht. Die erratischen Gefühlsfluktuationen der beiden hielten sie davon ab. Gedämpftes Sprechen und angespanntes Schweigen folgten auf Schreie und Vorwürfe, denen wiederum Tränen und Wehklagen vorausgegangen waren. Oder Türenknallen. Gläser, die zu Boden geworfen wurden. Wenn ihre Mutter, stets angetrunken und mürrisch, Alanas Zimmer betrat, suchte sie selber Trost, statt ihn zu spenden.

In der Schule waren die Lehrer und auch manche Mitschüler aufgrund des traurigen Ereignisses netter zu ihr (was Alana durchaus genoss und sogar ein wenig herausforderte, wenn sie ehrlich war), während andere sich fernhielten, weil sie nicht wussten, was sie sagen und wie sie reagieren sollten. In der Schule hörte sie auch zum ersten Mal, dass Lillian sich das Leben genommen hatte.

»Das mit deiner Schwester tut mir furchtbar leid«, sagte Melanie Kenney zu ihr. Und dann, als würde sie sich im Namen aller Schüler erkundigen: »Weißt du, warum sie das getan hat?«

Das war die Frage, die allen im Kopf herumgeisterte. Warum setzte ein hübsches junges Mädchen, eine talentierte Sportlerin mit guten Noten noch dazu, aus einer der reichsten Familien des Landes, ihrem beneidenswerten Dasein ein Ende?

Warum?

Alana wusste es damals nicht. Als sie alt genug war, das Thema bei ihren Eltern anzuschneiden, gaben sie ihr stets die gleiche Antwort: Lillian sei eben »gestört« gewesen. Und das schon seit Jahren. Ihre nächtlichen Panikattacken und die merkwürdigen Aufzeichnungen in ihren Notizbüchern bezeugten dies doch zur Genüge, sagten sie. In diesen Notizbüchern schrieb Lillian vieldeutig und ausführlich über ein Mädchen namens Gloria. Nach dem, was dort zu lesen stand, waren Lillian und Gloria enge Vertraute, die alles voneinander wussten. Manchmal schrieb Gloria in den Notizbüchern etwas über Lillian (mit einem Gelstift in einer anderen Farbe). Doch hatte Lillian keine engen Freundinnen, und sie kannte auch niemanden, der Gloria hieß.

Lillian war gestört.

Mehr gab es dazu nicht zu sagen.

Viele Jahre lang glaubte Alana diese Geschichte. Aber als sie älter wurde, keimten erste Zweifel in der bruchstückhaften Erinnerung. Langsam, ganz langsam setzte sich in Alana ein Bild zusammen, *warum* Lillian so gestört war. Sie erinnerte sich daran, wie sie als Kinder einmal im Pool gewesen waren und Martin und Teddy mit ihren Sprüngen und Arschbomben förmlich um die Aufmerksamkeit ihres Vaters gebuhlt hatten: »Dad. Dad! *Dad!* Guck mal!« Sie schwammen zu Ed, zogen ihn an den Armen, sprangen ihm auf den Rücken und versuchten, ihn zu einer Reaktion zu bewegen, aber er schüttelte sie ab.

Er war ganz auf Lillian fixiert. Seine Hände waren bei Lillian. Sein Blick, fiel Alana irgendwann ein, war stets auf Lillian gerichtet. Und dann noch die ganzen Fotos aus der Zeit, als Kat und Ed zusammenkamen, Kat mit Alana schwanger und Lillian vier Jahre alt war. Weshalb gab es so viele Fotos von Lillian und so wenige von Martin, Teddy oder Kat? Weshalb die vielen Videos von Lillian in der Badewanne oder wenn sie nachher trocken gerubbelt wurde? Als Alana hinzukam, wurden kaum mal Aufnahmen von ihr gemacht.

Während Ed über die Jahre Tausende Fotos von Lillian gemacht hatte.

Und was hatte es mit der Szene auf sich – Alana mochte etwa fünf gewesen sein –, als sie sich mit Patsy in dem großen Spielzimmer im zweiten Stock des Elternhauses in Victoria aufhielt? Lillian, Martin und Teddy waren in der Schule, Ed war Gott weiß wo – bei der Arbeit oder auf Reisen. Kat war im Wohnzimmer im Erdgeschoss und sprach am Telefon mit irgendjemandem. Alana achtete nicht darauf und konnte auch nicht hören, was sie sagte, aber den klagenden Tonfall bemerkte sie. Kat war unglücklich und musste zumindest angetrunken, wenn nicht völlig betrunken gewesen sein. Gelegentlich bellte sie etwas in den Hörer, das bis zu Alana nach oben drang: »Du hast ja keine Ahnung, mit wem ich es hier zu tun habe.« Solche Ausbrüche machten Alana Angst, wie Patsy sehen konnte, die daraufhin den Fernseher anmachte und laut stellte.

Doch gerade als Alana von den *Schlümpfen* eingelullt wurde, hörte sie ihre Mutter schreien: »Für *mich* hat er sich nie interessiert!«

Und wieso eigentlich diese vielen Nachhilfestunden, die Ed für Lillian arrangierte? Die alle in Cottage Nr. 4 stattfanden, angeblich damit Lillian ihre Ruhe hatte und sich konzentrieren konnte? Dabei war Lillian doch gut in der Schule. Warum brauchte sie dann den ganzen Sommer über Nachhilfelehrer in Französisch, Mathe und Englisch, die extra nach Alfred Island kamen? Warum waren diese »Nachhilfelehrer« immer Männer aus Eds Bekanntenkreis? Und warum schickte er Kat immer längere Zeit weg, zur Canyon Ranch, nach Schloss Elmau oder in ein anderes Resort? Ging es dabei wirklich um Kats Erholung?

Alana erinnerte sich daran, dass Lillian ihr, als sie noch klein war, ständig eine Frage stellte: »Irgendwas Schlimmes passiert heute?« – »Nee«, sagte Alana dann immer, woraufhin Lillian stets mit »Dann is' ja gut« antwortete. Damals dachte Alana immer, es handle sich einfach um eine Art Wortspiel, ein bedeutungsloses Ritual unter Schwestern. Aber irgendwann, als sich die ganzen seltsamen Splitter in Alanas Erinnerung zu einem Bild zusammensetzten, nahm das alles eine dunklere Tönung an, und sie wusste, sie wusste es einfach, warum Lillian das fragte und warum sie so »gestört« war.

Lillian hatte ihr Zuhause am 4. Januar mit der festen Absicht verlassen, ihrem Leben ein Ende zu setzen. Als sie *Wird schon alles gut gehen* auf Alanas Glücksbärchi-Briefpapier schrieb, hatte sie nicht ihre eigene Zukunft gemeint – sondern die ihrer Schwester. Solange Lillian da war, hatte sich zwischen Ed und Alana nichts Schlimmes ereignet, und offenbar war sie einigermaßen überzeugt davon, dass es auch weiter gut gehen würde, wenn sie nicht mehr da war.

Alana war vierzehn, als sie schließlich ihre Mutter darauf ansprach. Kat stritt ab, irgendetwas von einem Missbrauch zu wissen, und sagte, Alana würde sich das einbilden. Doch Alana konnte sehen, dass sie log (das schwere, trockene Schlucken, der verkrampfte Unterkiefer). Als sie weiter in sie drang, packte Kat Alana an den Unterarmen und warnte sie, dieses Thema niemals wieder zu erwähnen, auch nicht gegenüber jemand anderem. »Und ich meine das ernst«, zischte sie mit zornigem Blick. »Mach niemals auch nur eine Andeutung gegenüber deinem Vater, verstehst du mich? Oder gegenüber deinen Brüdern. Niemandem gegenüber. Du hältst den Mund!«

Alana wollte sich ihrem Griff entwinden, doch ihre Mutter packte nur umso fester zu und bohrte ihr die Fingernägel ins Fleisch. »Jetzt hör mir gut zu. Es ist zu spät, um deiner Schwester zu helfen. Du kannst da nichts mehr gewinnen, aber alles verlieren. Und ich meine: *alles*. Verstehst du mich? Ich spreche von deinem *Leben!*« Als ihre Mutter sie losließ, waren Alanas Arme an vielen Stellen eingedrückt und bluteten. Angewidert von der Komplizenschaft ihrer Mutter zog sie davon, ging raus und ließ sich eine Stunde lang vom Regen durchnässen, was ihre Wut nicht schmälerte.

Später an diesem Abend – Teddy war gerade von einer Party nach Hause gekommen – trommelte sie ihre Brüder zusammen und tischte ihnen das Thema auf. Eds Fixierung auf Lillian stellten sie nicht in Abrede. Wie auch? Sie hatten das deutlich gespürt, sich darüber aufgeregt und sich andauernd darüber ausgelassen. Weiter gingen sie aber nicht. Als Alana sie fragte, warum sich die beiden immer vor Cottage 4 herumgetrieben und sie verscheucht hatten, wenn sie auch nur in die Nähe kam, gaben sie zu, dass Ed sie dafür bezahlt hatte, Wache zu schieben, wenn Lily ihre Nachhilfestunden hatte.

»Wir hatten keine Ahnung, was da drinnen vor sich ging«, meinte Martin.

»Doch, hatten wir«, sagte Teddy, trat Martin auf den Fuß und sah ihn scharf an. »Lillian und ihre Nachhilfelehrer waren da drin, und Dad wollte nicht, dass der Unterricht gestört wird.«

»Klar, natürlich«, kommentierte Martin.

»Ach ja. Wie damals, als ich sie schreien hörte, ihr mich aber nicht in die Nähe der Hütte lassen wolltet? Ihr erinnert euch? Ich habe es immer wieder versucht, und jedes Mal habt ihr mich fortgejagt. Und dann sogar weggetragen und irgendwo im Wald abgesetzt.«

»Kann ich mich nicht daran erinnern«, brummte Teddy. »Und wenn sich da was anderes abgespielt hat, was ich bezweifle, hätten *wir* da sowieso nichts machen können.«

»Nichts machen können?«, äffte sie ihn voller Verachtung nach.

»Ja, hätten wir nicht«, entgegnete Martin. »Wir waren noch Kinder, verdammt noch mal. *Wir* haben Lily nichts getan.«

»Okay, ich habe den Eindruck, ihr wisst ziemlich genau, was Sache ist, Jungs.«

»An deiner Stelle wäre ich ganz vorsichtig mit irgendwelchen Anschuldigungen«, raunzte Teddy, stand auf und gab Martin ein Zeichen, ihm zu folgen. »Lass es einfach sein, Alana. Schlag's dir aus dem Kopf.«

Über die folgenden Wochen hinweg wurde Alana immer missmutiger und zog sich zurück. Sie konnte niemandem aus ihrer Familie ohne Gefühle des Ekels und der Entfremdung in die Augen sehen. Auf der Suche nach einer Lösung zermarterte sie sich das Hirn, doch je länger sie darüber nachdachte, desto klarer wurde ihr, wie machtlos sie war. Von ihrer Mutter hatte sie keine Unterstützung zu erwarten. Von ihren Brüdern ebenfalls nicht. Niemand, der noch ganz bei Verstand war, würde sich mit Ed Shropshire, diesem Koloss, anlegen. Wer das versuchte, wurde entweder gekauft oder vernichtet. Was das anging, glaubte sie ihrer Mutter.

Und deshalb konnte Alana nichts tun. Erst recht nicht ohne den Hauch eines Beweises.

Sie versuchte, mit ihrem Alltagsleben einfach weiterzumachen, aber sie konnte es nicht. Sie kam sich vor wie ein eingeschlagenes Fenster, in das kalter Wind pfiff.

»Was zum Teufel ist los mit ihr?«, fragte Ed eines Abends Kat, als Alana ihn beim Essen besonders mürrisch ansah.

»Nichts«, säuselte Kat und warf ihrer Tochter einen unmissverständlichen, warnenden Blick zu.

»Sieht aber nicht nach nichts aus«, entgegnete Ed.

»Vielleicht bin ich *gestört*«, sagte Alana, warf mit lautem Geklapper ihr Besteck hin und verließ den Tisch.

Sie konnte ihnen nicht in die Augen sehen, konnte es im elterlichen Zuhause nicht länger ertragen. Sie beschloss, dass sie nicht auf die St.-Michaels-Schule zurückkehren würde, um die zehnte Klasse zu Ende zu machen. Von ihrem Kinderkonto auf der Bank hob sie alles ab, was sie in neun Jahren gespart hatte, und floh nach Toronto. Man setzte keine Privatdetektive auf sie an, um sie zurückzuholen, fiel ihr auf (und es versetzte ihr einen Stich).

In einer Wohngemeinschaft im Stadtviertel Annex mietete sie ein Zimmer. Sie schlief im Esszimmer, und das hieß, dass sie nicht zu Bett gehen konnte, bevor ihre zwar sehr freundlichen, aber lauten Mitbewohner das angrenzende Wohnzimmer verlassen hatten und ihrerseits schlafen gegangen waren. Fünf ihrer sechs Mitbewohner waren Studenten; und alle sechs waren sie Chaoten.

In dem zugigen, schlecht beheizten Haus gab es Mäuse und Küchenschaben, und der Wasserdruck war unterirdisch – man musste dreimal abziehen, wenn man etwas, das nicht Pisse war, die Toilette herunterspülen wollte –, aber sie verspürte dort eine innere Ruhe. Nach einem Leben im Luxus dürstete es sie beinahe nach Entbehrungen. Sie meldete sich für die zehnte Klasse im Harbord Collegiate, einer öffentlichen Sekundarschule, an (der Lehrstoff war geradezu ein Witz nach den Härten der Privatschule) und arbeitete Teilzeit als Kellnerin im *By The Way*-Café.

Sehr zur Erleichterung ihrer Familie hatte Alana den Rat ihres Bruders Teddy beherzigt und »es sein lassen«.

Obwohl es ihr nie aus dem Sinn ging.

Nie.

18

Die Welt war durch und durch mies, es wimmelte nur so von miesen Leuten, die miese Sachen anstellten. So kam es Alana tief in ihrem Herzen vor, und auch tief in ihrer Amygdala. Sie hatte es schon immer gewusst.

Nachdem Stephen gegangen war, musste sie sich in ihrem Frauenhaus um eine frisch eingetroffene Familie kümmern, eine schwangere Frau mit zwei kleinen Jungen. Die Frau war nervös und entschuldigte sich die ganze Zeit, sie wäre sich nicht sicher, ob sie überhaupt »genug missbraucht« worden sei, um hier zu sein. Sie gab zu, dass ihr Mann sie nie geschlagen hätte. Er schreie sie und die Kinder nur die ganze Zeit an, schimpfe sie dumm und zu nichts nütze, nenne sie eine Hure (sie sagte immer »Huuure«), wenn er den Eindruck hatte, dass sie zu aufreizend angezogen war. Manchmal packte er sie an den Schultern und schüttelte sie, schlug aber nie zu, weshalb sie sich unsicher sei, ob sie hier denn richtig wäre. Außerdem mache sie sich Sorgen um die Kinder.

Alana fiel auf, dass die Jungen sehr still und ungewöhnlich verschlossen waren. Sie versicherte der Frau, dass sie recht hatte, hierherzukommen. Sie habe die richtige Entscheidung getroffen. Alana brachte die beiden Jungen in ein Spielzimmer, wo ein paar Ehrenamtliche gerade zeigten, wie man Puppen bastelt. Dann kehrte sie zu der Frau zurück, die jetzt in Alanas Büro saß und weinte.

Als Alana an diesem Abend nach Hause kam, fühlte sie

sich gleichzeitig erschöpft und aufgedreht. Sie nahm ein heißes Schaumbad, rieb sich mit Bergamotte-Lotion ein und machte sich einen Tee. Anschließend setzte sie mit Lily, die sich inzwischen wieder gut fühlte, nachdem sie den ganzen Tag Krämpfe in den Beinen gehabt hatte, ein Puzzle zusammen. Sie gönnten sich leckere Veggie-Burritos zum Abendessen und zogen sich ein paar nette, harmlose Folgen der Sitcom-Serie *Detectorists* rein, die sie beide sehr mochten. Doch all das fühlte sich an wie die glänzende Schale eines wurmstichigen Apfels. Direkt unter der schönen Oberfläche von Alanas Abend schwärte die miese Welt. Sie konnte das Bild des kleinen Mädchens auf dem Sofa nicht abschütteln. Die ganze Zeit musste sie an den Finger des Mannes auf dem Augapfel des Kindes denken. Ebenso sehr versuchte sie die ganze Zeit, nicht daran zu denken, was der Mann an diesem Tag wohl noch getan haben mochte.

Alana fragte sich, wie lange es wohl dauern würde, bis die Bullen bei Ed vor der Tür standen und wie es dann ausgehen würde. Letztlich war es egal. Das Einzige, worauf es ankam, war, diese Leute zu finden und sie zu stoppen, so schnell wie möglich. Ihr war immer noch nicht wohl bei dem Gedanken, dass sie Stephen da mit hineingezogen hatte, konnte andererseits aber auch nicht sagen, was daran verkehrt war. Er hatte Verbindungen zu maßgeblichen Leuten im Gesetzesvollzug. Wahrscheinlich war es am besten, so vorzugehen. Dennoch kaute sie innerlich immer noch darauf herum.

Vielleicht hätte sie Stephen einfach nur für seine Hilfe danken, die einschlägigen Informationen für sich behalten und den Laptop selbst zur Polizei bringen sollen. In einer idealen Welt hätte sich das alles digital und anonym erledigen lassen – sie könnte den Laptop behalten, Stephen würde die Dateien seiner Kontaktperson schicken, und das wär's.

Aber weil diese Perversen ihre Accounts über Rumänien laufen ließen, funktionierte es so ganz offensichtlich nicht.

Stephen sagte, dass der Laptop unter Angabe des Besitzers den Behörden übergeben werden müsse. Alana hatte Angst davor, dann die entscheidende Ansprechpartnerin zu sein, deshalb willigte sie ein, als Stephen vorschlug, das zu übernehmen. Die Leute an den Schaltstellen der Macht kannten ihn und würden ihm – was noch wichtiger war – glauben und schnell handeln. Es würde Zeit sparen, diese üblen Typen schneller stoppen, und sie würde herausgehalten (fürs Erste jedenfalls). Das ergab Sinn. Aber es blieb ein eigentümliches Gefühl der Anspannung.

Nachdem sie Lily ins Bett gebracht hatte, machte Alana es sich mit einem Buch auf der Couch gemütlich, doch sie merkte schnell, dass sie wieder und wieder denselben Absatz las und mit ihren Gedanken ganz woanders war. Sie schaltete die Nachrichten ein, aber die machten sie entweder traurig oder wütend und einfach noch zappeliger. Sie holte sich das Telefon von der Ladestation in der Küche und betrachtete das Foto, das ihr Kelly kurz zuvor geschickt hatte. Es zeigte ihren Vater in weißem Anzug mit weißer Rose im Knopfloch in dem weißen Pavillon am weißen Sandstrand. Mit großer Genugtuung löschte sie es.

Alana brachte ihr Telefon zum Aufladen in die Küche zurück. Sie putzte sich die Zähne und legte sich ins Bett. Doch als sie das Licht ausmachte, schwirrten ihr wieder die Fragen im Kopf herum. Was würde passieren, wenn die Bullen zu Hause bei ihrem Vater aufkreuzten und er alles abstritt? Konnte sie beweisen, dass der Laptop ihrem Vater gehörte? Was, wenn Ed behauptete, seine gestörte Tochter, die ihn aus unerklärlichen Gründen für den Tod ihrer Schwester verantwortlich machte, wolle ihm da etwas anhängen? Würde Martin ihn stützen? Natürlich, was sonst? Martin scherte sich keinen Deut um Alana. Er brauchte sie lediglich, um Kelly loszuwerden.

Ed hatte einen Laptop ohne jeden inkriminierenden Inhalt im Safe, wurde ihr plötzlich klar. Andererseits hatten die Behörden den echten Laptop mit seinen Fingerabdrücken darauf (höchstwahrscheinlich). Jedenfalls dann, wenn Stephen und sie nicht aus Versehen Fingerabdrücke unleserlich gemacht hatten, als sie mit dem Laptop hantierten Aber selbst wenn Eds Fingerabdrücke darauf waren und sie beweisen konnten, dass es sein Laptop war – könnte Ed dann nicht immer noch sagen, dass sie das ganze Material auf seinem Rechner platziert hatte? Würden die Cops ihr glauben – oder ihrem prominenten Vater? Und selbst wenn die Polizei von seiner Schuld überzeugt wäre – könnte er sich vielleicht dennoch herauskaufen oder sie mit Drohungen von einer Anklage abhalten? Waren nicht alle irgendwie käuflich? Und, Gott im Himmel, was, wenn er damit durchkam? Wer Macht hatte, kam mit allem Möglichen davon, wenn er die richtigen Leute an den richtigen Stellen kannte.

Alana setzte sich auf und schaltete das Licht ein. Sie konnte einfach nicht schlafen, ihre Gedanken waren in Aufruhr. Sie versuchte es noch einmal mit dem Buch – vergeblich. Sie zermarterte sich das Hirn. Wenn die Bullen zu Ed gingen und ihm klar wurde, dass sie die Anschuldigungen erhoben hatte – was würde er tun? Genauer gesagt: Was würde er nicht tun? Sie erinnerte sich an die Panik im Blick ihrer Mutter, als sie versuchte, sie zu warnen: »Ich spreche von deinem *Leben!*«

Vor Angst wurde Alana ganz heiß im Gesicht. Fast hätte sie Stephen angerufen und ihn zurückgepfiffen, doch dann musste sie an das kleine Mädchen auf dem Sofa denken. Und daran, dass man ihre Schwester für »Nachhilfestunden« mit fremden Männern in Hütte Nr. 4 beordert hatte. Und Ed verspürte offensichtlich nicht die geringste Schuld, wenn er immer wieder ungeniert und aufgegeilt in das Zimmer ihrer verstorbenen Schwester schlüpfte, um sich anzusehen, wie das Leben anderer Kinder zerstört wurde.

Herr im Himmel!

Aus Alanas Angst wurde Wut. Je öfter sie sich vorstellte, wie ihr Vater sich diese ekelhaften Videos ansah, desto zorniger wurde sie. Sie konnte es nicht abwarten, ihn seiner Freiheit und seiner Macht zu berauben, und sie würde alles tun, was in ihren Kräften stand, damit er verhaftet wurde und für den Rest seines elenden Lebens ins Gefängnis kam.

Allmählich beruhigte sie sich ein wenig und bemühte sich, alles rationaler zu betrachten. Selbstverständlich würden die Behörden gegen Ed ermitteln. Höchstwahrscheinlich würde es ihnen sogar Vergnügen bereiten, einen Milliardär in die Schranken zu weisen. Und sicherlich dürften sie in der Lage sein, den Laptop ihres Vaters zurückzuverfolgen, falls er beim Kauf eine Kreditkarte benutzt hatte. Hatte nicht außerdem jeder Computer eine eigene Seriennummer?

Alana holte tief Luft und spürte, dass sie langsam müde wurde. Als sie wegdämmerte, stellte sie sich vor, wie erleichtert sie sein würde, wenn Ed schließlich hinter Gittern war. Und öffentlich bloßgestellt. Keine Kotaus mehr von so gut wie jedem, mit dem er zu tun hatte. All diese pädiatrischen Abteilungen in den Krankenhäusern müssten sich umbenennen.

19

Mama, geht's dir gut?«

Alana öffnete die Augen und sah Lily in der Tür stehen. Sie sprang aus dem Bett und ging zu ihrer Tochter hinüber. »Und dir? Alles okay? Was ist los?«

»Mir geht's gut. Ich mache mir Sorgen um dich. Es ist schon spät.«

»Wie viel Uhr ist es denn?«, fragte Alana verwirrt.

»Nach elf.«

»O Gott, im Ernst?«

»Ich dachte, wir wollten heute Morgen Campingsachen kaufen gehen.«

»Machen wir ja auch. Tut mir leid, Liebes. Ich bin erst so gegen vier Uhr eingeschlafen.«

»Oh, dann hätte ich dich mal besser nicht geweckt.«

»Nein, schon gut. Musst du auf die Toilette?«

»War ich schon. Alles erledigt.«

»Gut. Hast du was gegessen?«

»Toastbrot mit Erdnussbutter.«

»Kluges Mädchen. Tut dir etwas weh?«

»Mama, *mir geht's gut*. Können wir jetzt los?«

»Ja. In 'ner halben Stunde.«

Alana gönnte sich einen Kaffee und eine Banane und lud Lily dann in den Minivan, um wie jedes Jahr zu Camp Connection zu fahren. Das war ein Einkaufstrip, auf den sie sich immer freuten, seit Lily sieben geworden war und zum ersten Mal das Sommerzeltlager für Kinder mit Muskeldystrophie besucht hatte. Für sie war diese Woche der Höhepunkt des Jahres, und bereits die Vorbereitungen dafür waren der reine Spaß. Sie gingen immer in denselben Laden, der überquoll von Camping-Kids und ihren Eltern, die zusammen neue Shorts, T-Shirts, Badeanzüge, Käppis, Regenzeug, Schlafanzüge und Trainingspullover aussuchten. Beide mochten sie die Stimmung in dem Geschäft, Alana besonders auch den Geruch von glücklichen Sommertagen, ähnlich dem eines neuen Gartenschlauchs oder Springseils.

»Brauchst du eine Taschenlampe?«, wollte Alana wissen und hielt eine schöne türkisfarbene Leuchte hoch.

»Ich hab schon eine. Weiß nur nicht, wo sie ist.«

Alana warf die Lampe in den Einkaufswagen. Sie war in Spendierlaune. »Oh, sieh mal. Magst du die mit dem Marienkäfer oder die mit dem Schmetterling?«

»Ich hab 'ne Trinkflasche.«

»Weiß ich, aber die sehen so nett aus. Und leicht sind sie auch. Die kannst du besser festhalten.«

»Dann die mit dem Marienkäfer«, meinte Lily.

Die Flasche wanderte ebenfalls in den Einkaufswagen.

Als sie die Einkäufe bezahlte, meldete sich ihr Telefon, aber es steckte tief unten in ihrer Einkaufstasche, sodass Alana beschloss, nicht zu reagieren. Auf dem Weg zum Auto erklang erneut der Signalton. Und dann noch einmal, als Alana alles in den Kofferraum lud.

»Da schreibt dir jemand eine SMS«, sagte Lily.

»Stimmt«, entgegnete Alana und fragte sich, ob die Polizei möglicherweise schon bei Ed vor der Tür stand. Das war zwar unwahrscheinlich, versetzte ihrem Herzen aber dennoch einen kleinen Stich.

»Ich schalt mal kurz die Klimaanlage ein.«

Sie nahm auf dem Fahrersitz Platz und fischte ihr Telefon aus der Einkaufstasche. Sie hatte drei Nachrichten von Martin. Die erste lautete: *Sie haben es bei Teddy erneut mit dem Atmen versucht. Keine Chance. Daher jetzt Besprechung mit den Ärzten*. Die zweite: *Die Ärzte haben Teddy für hirntot erklärt. Dad ist völlig ausgeflippt*. Und die dritte: *Das Krankenhaus sagt, wir müssen Teddy jetzt in eine private Pflegeeinrichtung verlegen, wenn Dad die lebenserhaltenden Maßnahmen aufrechterhalten will. Ruf mich an.*

Bin gerade mit dem Auto unterwegs, schrieb Alana zurück. *Ruf dich an, wenn ich wieder zu Hause bin*. Sie steckte das Telefon zurück in die Tasche.

»Was ist los?«, wollte Lily wissen.

Alana sah ihre Tochter im Rückspiegel an. »Mein Bruder Teddy ist gestorben.«

»Oh, wie furchtbar. Das tut mir leid, Mama.«

»Schon gut.«

»Bist du denn nicht traurig?«

Alana dachte einen Augenblick nach. »Nein, eigentlich nicht.«

»Du mochtest deinen Bruder nicht, oder?«

»Wir haben uns nie nahegestanden.« Alana schnallte sich an und fuhr rückwärts aus der Parklücke.

»Er ist dein Stiefbruder, nicht dein richtiger Bruder, stimmt's?«

»Ja, die beiden sind meine Stiefbrüder.«

»Aber deine Schwester war deine richtige Schwester?«

»Genau. Na ja, wir hatten dieselbe Mutter, aber unterschiedliche Väter. Also biologisch gesehen meine Stiefschwester.«

»Echt verwirrend, deine Familie.«

»Da hast du recht. Hey, wenn wir hier gerade schon unterwegs sind, wollen wir mal zu Dairy Queen gehen?«

»Echt? Ich dachte, das ist nur für den letzten Schultag oder so was?«

»Ich weiß, aber ich hab so richtig Lust auf was Süßes.«

»Ich will unbedingt ’nen Skor Blizzard haben«, freute sich Lily.

Alana wendete und fuhr nach Norden.

Sobald sie zu Hause und Lily versorgt war, rief sie Martin an.

»Hey, wie geht's?«

»Du weißt …«

»Das tut mir leid.«

»Danke!«

»Und wie geht es jetzt weiter?«

»Also, die Ärzte haben Teddy für hirntot erklärt. Das war's dann. Sie möchten keine lebenserhaltenden Maßnahmen mehr. Genau genommen nennen sie es noch nicht mal mehr so. Sie sprechen jetzt von *organerhaltenden* Maßnahmen.«

»Boah.«

»Ja, im Grunde sagen sie, dass er eigentlich schon eine Zeit lang tot war. Ein Arzt meinte doch glatt: ›Tut mir leid, aber wir können diesen Kadaver nur noch bis Dienstag auf der Intensivstation behalten.‹ Da war Dad natürlich richtig sauer. Ich aber auch, ehrlich gesagt.«

»Wird Ed ihn jetzt verlegen lassen?«

»Ich weiß es nicht. Ich meine, keiner sagt, er sollte das unbedingt tun. Alle Ärzte sagen, dass Teddy keine Chance hat, je wieder gesund zu werden. Null. Und selbst wenn sie sich irren, selbst wenn irgendwie auf wundersame Weise genügend Hirnaktivität für selbstständiges Atmen zustande käme, würde er keine kognitiven Fähigkeiten mehr besitzen. Er wird nie wieder Teddy sein.«

»Ich glaube nicht, dass er so leben wollen würde.«

»Ich weiß. Dad hängt da einem magischen Denken an. Kelly will ihn jedenfalls davon überzeugen, Teddys Organe zu spenden. Aber Teddy hat nie einen Spenderausweis beantragt, also kann man nicht wissen, was er sich wünschen würde. Das muss jetzt die Familie entscheiden.«

»Du meinst, Dad muss es entscheiden.«

»Ja. Natürlich wollen die im Krankenhaus seine Organe haben.«

»Warum sollte man sie denn auch nicht spenden? So sind sie noch für andere nütze.«

»Sollte man meinen. Ich halte dich auf dem Laufenden.«

Drei Tage später hatte Alana immer noch nichts Neues von Martin gehört. Es war mittlerweile Montag, was bedeutete, dass Teddy spätestens morgen verlegt werden musste, wenn Ed die lebenserhaltenden Maßnahmen fortführen ließ. Die Neugier siegte, und sie schrieb Martin eine SMS: *Was geschieht jetzt mit Teddy?* Den ganzen Tag über checkte sie ihre Nachrichten, hörte aber erst etwas, als sie bereits wieder zu Hause war. Sie machte gerade das Abendessen, als Martin endlich antwortete: *Warten immer noch. Frustrierend. Ed ist verschwunden.*

Ed verschwunden? Was zum Teufel sollte das heißen? Alana schlug das Herz bis zum Hals. Hatten die Bullen ihn etwa abgeholt? Ging das alles jetzt so richtig ab? Sie war aufgeregt und unkonzentriert, sodass sie sich beim Zerkleinern von Brokkoli fast die Fingerspitze abgeschnitten hätte. Zum Glück hatte Lily ihre Freundin Zoe da. Als das Essen fertig war, setzte sie die beiden damit vor den Fernseher und ging schnell in ihr Schlafzimmer, um Martin anzurufen.

»Hey, Alana?«

»Hey, ich will dir ja nicht auf die Nerven gehen, aber ich würde schon gerne wissen, was eigentlich los ist. Was meinst du mit ›Dad ist verschwunden‹?«

»Es ist verrückt. Irgendwas Geschäftliches, aber was genau, will er mir nicht sagen. Ich weiß nicht, warum. Vor ein paar Tagen hat er sich wahnsinnig über irgendwas aufgeregt, ist dann abgehauen auf die Insel und hat auch die Nacht dort verbracht. Gestern Morgen ist er dann nach Zürich geflogen. Er hat mir zu Teddy nichts gesagt, und ich kann ihn nicht erreichen. Sicherheitshalber treffe ich Vorbereitungen, damit wir Teddy verlegen können, aber ich wüsste schon gerne Genaueres.«

»Hat Dad denn eine Niederlassung in Zürich?«

»Nein. Lediglich Konten. Und Fort Knox.«

»Fort Knox?«

»Der größte Teil seines Goldes liegt dort.«

»Oh, verstehe. Ist Kelly denn mit ihm auf die Insel gefahren?«

»Nein, er ist alleine aufgebrochen. Sagte nur was von geschäftlichen Verpflichtungen. Ich dachte, er würde nach Vancouver oder Toronto fahren, aber sein Pilot sagte mir, dass er ihn auf die Insel geflogen hätte. Und gestern Morgen ist er dann, wie gesagt, nach Zürich geflogen.«

»Merkwürdig.«

»Äußerst merkwürdig.«

»Und du bist sicher, dass er in Zürich ist und nicht irgendwo anders?«

»Wo denn? Wo sollte er denn sonst sein?«

»Weiß ich auch nicht«, sagte Alana verwirrt.

Hatte Ed Besuch von der Polizei bekommen? Setzte er sich ab? Wenn er seinen Goldschatz in Zürich aufbewahrte, war er dann schon Hals über Kopf auf der Flucht? Gold, das man in Händen hielt, ließ sich nicht verfolgen.

»Auf jeden Fall weiß er ja, dass morgen der Stichtag für Teddys Verlegung ist, also nehme ich mal an, dass ich spätestens morgen früh von ihm hören werde.«

»Na schön, dann halt mich auf dem Laufenden.«

»Mach ich.«

Nachdem Alana aufgelegt hatte, versuchte sie per SMS, Stephen zu erreichen. *Hey, irgendwas Neues?* Die Nachricht ging aber nicht durch, sondern kam mit einem roten Ausrufezeichen und dem Vermerk *Unzustellbar* zurück. Sie versuchte es mit einem Anruf. Die Nummer war nicht erreichbar. Alana schlug das Herz vernehmbar. Stephen konnte sie sonst nur noch über seine Mutter erreichen. Sie loggte sich bei Facebook ein und suchte nach Sandra Dale. Drei Profile erschienen, aber nicht das von Stephens Mutter. Alana versuchte es erneut. Wieder dasselbe. Der Account war gelöscht worden.

»Scheiße …« Alanas Herz raste jetzt. Ihr war schlecht, und sie hatte Angst. Sie wusste nicht, was sie davon halten sollte – sowohl Stephen als auch Ed verschwunden. Irgendwie wurde sie das Gefühl nicht los, dass es da eine Verbindung gab und etwas Schlimmes passiert war.

Und tatsächlich. Später abends, als Lilys Freundin nach Hause gegangen war und sie Lily ins Bett gebracht hatte, klopfte es bei Alana an der Wohnungstür, gefolgt von dreimaligem, stürmischem Klingeln. Erschrocken griff sich Alana in der Küche ein Messer. Als sie durch den Türspion blickte, sah sie einen Mann mit Baseballmütze, verspiegelter Sonnenbrille und Hoodie, der eine kleine Pappschachtel in der Hand hielt. Sie machte die Tür auf.

»Alana Shropshire?«

»Ja.«

Der Mann drückte ihr die Schachtel in die Hand und lief zurück zu seinem Wagen, einer unscheinbaren grauen Limousine am Straßenrand. Sie wartete, bis er losfuhr, damit sie sich das Kennzeichen notieren konnte, doch das Nummernschild war verdreckt und unleserlich.

Alana brachte die Schachtel in die Küche und stellte sie auf den Küchentresen. Sie war gut zwanzig Zentimeter hoch und etwas breiter als fünfzehn Zentimeter, ungefähr drei bis vier Pfund schwer und mit Packband zugeklebt. Einen Adressaufkleber oder auch nur eine handschriftlich vermerkte Adresse gab es nicht. Mit klopfendem Herzen starrte Alana die Schachtel gut eine Minute lang an. Sie hatte online nichts bestellt. Es gab keinen Grund für dieses Päckchen.

Ihr fiel ein, dass es ja auch eine Bombe enthalten könnte. Von einem von Eds Schergen vielleicht, der von ihrem Verrat erfahren hatte. Möglicherweise auch von einem Ehemann von einer der Frauen, denen sie im Frauenhaus geholfen hatte. Todesdrohungen, einige sogar, hatte sie deswegen schon bekommen, wenn auch nicht im vergangenen Jahr oder so. Konnte man denn eine Bombe überhaupt in einer Pappschachtel schicken? Vielleicht waren ja auch Exkremente drin. Oder Anthrax. Das wohl eher nicht, denn Anthrax kam in kleinen Umschlägen. Alana schwirrte der Kopf. Ihr kam in den Sinn, dass die Schachtel genau die Größe, die Form und das Gewicht aufwies, die für sterbliche Überreste nach der Einäscherung passten. War das alles, was von ihrem Komplizen Stephen übrig war?

Schließlich fasste sich Alana ein Herz und ging mit der Schachtel und dem Messer nach draußen. Wenn das Ding explodierte oder Chemikalien versprühte, wollte sie nicht, dass Lily etwas abbekam. Sie stellte das Päckchen auf den Boden und schnitt vorsichtig das Packband durch. Dann holte sie tief Luft und machte die Schachtel auf.

20

Alana wollte Gerechtigkeit. Und Alana wollte reinen Tisch machen. Was sie nicht wollte, war eine Pappschachtel mit einem Piratenschatz.

Als sie den Karton aufklappte, sah sie eine dicke, zusammengedrückte Plastiktüte. *Asche,* dachte sie. Aber nein. In der Tüte fanden sich Dutzende glänzender Goldmünzen. Alana huschte mit der Schachtel schnell wieder nach drinnen und verriegelte die Tür. Dann schloss sie sich im Bad ein, setzte sich auf den Boden und schüttete den Inhalt der Schachtel auf eine Badematte. Es waren kanadische Münzen. Geprägt 2006. Auf der einen Seite war ein stark geädertes Ahornblatt zu sehen, auf der anderen Königin Elisabeth mit Perlen. Jede Münze trug einen Stempel. *Feingold 1 Unze reines Gold 9999.* Sie zählte die Münzen ab. Fünfzig insgesamt.

Alana setzte sich an ihren Rechner und googelte *50 Unzen Gold Wert.* »Meine Fresse«, sagte sie, als sie den Betrag sah: 88 350 US-Dollar. Sofort fühlte sie sich verletzlich. Das war eine Summe, für die so manch einer mit Freuden einen Mord begehen würde. Sie nahm die Schachtel und suchte mit Blicken ihre Wohnung ab. Was wäre ein geeignetes Versteck? Sie hatte schon genug Filme gesehen, um zu wissen, dass Kühlschrank und Backofen nicht infrage kamen. Sie überlegte schon, die Münzen in den Saum verschiedener Kleidungsstücke einzunähen, kam dann aber wieder davon ab, weil sie das Beutegut gerne wieder aushändigen würde, wenn jemand deswegen bei ihr einbrach. Schließlich schob sie die Schachtel unter ihr Bett und fragte sich, ob die Münzen irgendwie damit in Verbindung standen, dass ihr Vater gerade nach Zürich geflogen war, wo er sein Gold aufbewahrte. Sie spielte im Geiste alle möglichen Szenarien durch, als das Klingeln des Telefons sie aus ihren Tagträumen riss. Schnell ging sie ran, weil sie auf einen Anruf von Martin wartete, doch die Nummer war unbekannt. Normalerweise hätte sie angenommen, dass es sich um Spam oder Telefonmarketing handelte, und den Anrufer auf Band sprechen lassen, aber ihr Bauchgefühl ließ sie drangehen.

»Hallo?«

»Wollte dir nur sagen, dass gegen alle aus dem Mailverteiler jetzt ermittelt wird«, sagte Stephen.

»Oh, klasse. Wirklich toll!«

»Außer einem. Ich habe eine Person aus dem Verteiler gestrichen, was mir wirklich leidtut.«

»Was? Wen denn?«

»Also, der hat nichts weiterverbreitet. Okay? Habe ich überprüft. Der hat sich das nur angesehen. Von ihm geht keine Bedrohung aus.«

Jeder Muskel in Alanas Körper verkrampfte sich, sodass sie zu hyperventilieren begann. »O mein Gott, was hast du gemacht?«

»Mach dir keine Gedanken. Versprochen. Keine Namen, nichts, was man zurückverfolgen könnte. Der hat keine Ahnung, wer ihn verpfiffen hat. Und wird es auch nie herausfinden. All die anderen Perversen gehen in den Knast.«

»Auch *der* muss in den Knast, Stephen.«

»Glaub mir, auf lange Sicht ist es so besser für dich. Und ich denke, du weißt auch, warum. Ich schicke noch mehr Infos. Ich wollte damit nicht einfach so über dich herfallen.«

»Erzähl mir bloß nicht, was besser für mich ist. Ich will

kein Geld. Ich will, dass er in den Knast geht. Und ich will diesen Laptop zurück.«

»Tut mir leid, Alana. Diese Chance konnte ich mir nicht entgehen lassen. Das ging einfach nicht. Und wie ich schon gesagt habe, er verbreitet nichts weiter. Okay? Mach's gut.«

Dreimal ertönte ein Signalton, dann war die Leitung tot. Mit zitternden Händen rief sie die Nummer zurück, aber die Leitung war bereits abgeschaltet. Alana schleuderte ihr Telefon in die Ecke und stöhnte frustriert auf. Deswegen war ihr Vater nach Zürich geflogen. Statt ihn der Polizei auszuliefern, hatte Stephen ihn erpresst und damit nicht nur Alana verraten, sondern auch alle Opfer ihres Vaters in der Vergangenheit. Und alle zukünftigen.

Wie immer würde Ed auch diesmal ungestraft davonkommen.

Alana barg das Gesicht in den Händen und raufte sich die Haare. Es war ihr Fehler, Stephen vertraut zu haben. Sie hätte den Laptop selber zur Polizei bringen sollen! Nach all den Jahren, in denen sie gewusst hatte, dass Ed krank und gefährlich war, es aber nicht beweisen konnte – wie konnte sie da dieses Beweismaterial aus der Hand geben, als sie es endlich besaß? Wie idiotisch! Und nun war es zu spät. Niemals wieder würde sie diese Chance bekommen. Alana wurde ganz heiß im Gesicht vor lauter Scham und Reue. Noch nie hatte sie sich so dumm und nutzlos gefühlt, noch nie sich selbst und die ganze Welt so gehasst. Sie sank zu Boden und starrte mit leerem Blick in die staubige Leere unter der Couch. Doch dann hörte sie Lily vor Schmerz aufschreien.

»Was ist?« Alana machte das Licht in Lilys Zimmer an.

»Meine Waden. Und auch meine Fersen«, sagte Lily und zog sich die Atemmaske vom Gesicht.

»Hier …« Vorsichtig entfernte Alana Lilys Beinschienen.

»Au!«

»O Gott, tut mir leid.« Sie tastete Lilys geschwollene Waden ab, die steinhart waren. Ihre Fersen waren ganz wund gerieben von den Schienen. Alana hätte diese verdammten Geräte am liebsten aus dem Fenster geschmissen und mit dem Auto zu Kleinholz gefahren. »Ich hol die Wundsalbe. Brauchst du ein Ibuprofen, Liebes?«

»Ich glaub schon.«

Alana brachte ihr die Tablette und etwas Wasser, außerdem die Salbe.

»Kann ich bitte diese Nacht ohne sie schlafen?«

»Ja.«

Nachdem Lily die Schmerztablette geschluckt und die Atemmaske wieder aufgesetzt hatte, machte Alana das Nachtlicht aus und setzte sich auf die Bettkante. Sie wandte das Gesicht ab, damit Lily nicht sah, dass sie Tränen in den Augen hatte, als sie ihr die rot gescheuerten Fersen mit der Salbe einrieb.

»Das tut mir weh«, wimmerte Lily.

»Ich weiß, mein Schatz. Das tut mir leid.« Alana unterdrückte ein Schluchzen und kämpfte gegen das Zittern in ihrem Körper an. Sie massierte ihrer Tochter die Füße und weinte stumm im Dunkeln, flüsterte immer wieder: »Es tut mir leid … Es tut mir leid … Es tut mir leid …«

21

Alana machte die Augen auf. Ein Moment der Ruhe, bevor die Erinnerung einsetzte, und mit ihr starkes, heftiges Bedauern. Ihr schoss der Gedanke durch den Kopf, das Küchenmesser zu nehmen, mit dem sie die Schachtel mit den Goldmünzen geöffnet hatte, und sich damit die Pulsadern aufzuschneiden. Zu verbluten und einfach aus dieser schrecklichen Welt zu verschwinden.

Sie suhlte sich in diesem Gedanken, weinte Tränen über ihr eigenes Ableben.

Doch, nein, so etwas zu tun war unmöglich. Und nicht nur wegen Lily. Alana weigerte sich, ein weiteres Opfer ihres Vaters zu sein – erneut beschwiegen, wieder ein Sieg für Ed. Er hatte ihre Schwester auf dem Gewissen. Bei ihr würde es nicht so kommen. Alana musste an einen Gedichtband denken, den ihr eine Bewohnerin des Frauenhauses vor Jahren zum Dank für ihre Hilfe überreicht hatte: *There Are Men Too Gentle to Live Among Wolves.* Der Band stand, wenn auch größtenteils ungelesen, immer noch bei ihr im Büro im Regal, doch wenn ihr Blick ihn streifte, dachte sie stets an ihre Schwester. Und obwohl Alana wegen der Ereignisse gestern Abend niedergeschlagen und aufgebracht war, wusste sie dennoch, dass sie aus härterem Holz war. Sie war kein Wolf. Aber sie war auch kein Lämmchen.

Alana stand auf und zog die Vorhänge auf. Es war noch früh, kurz nach sechs. Sie nahm das Küchenmesser, das noch auf dem Wohnzimmertisch lag, und wusch es ab. Als sie die

Klinge säuberte, stellte sie sich vor, wie sie damit problemlos Eds Halsschlagader durchtrennte. Anschließend malte sie sich aus, wie sie Stephen das Herz herausschnitt und es mit Goldmünzen ausstopfte. Sie trocknete das Messer ab und steckte es zurück in den Messerblock. Machte sich eine Tasse Kaffee und genoss sie in ihrem bequemen Sessel, angestrahlt von der Morgensonne.

Kurz darauf waren ihre Lebensgeister wieder erwacht – nicht nur dank des Koffeins, sondern auch wegen des Plans, der sich in ihren Gedanken zu formen begonnen hatte.

Sie wusste, was nun zu tun war.

Sie musste nur noch herausfinden, wie sie es am besten anstellte.

22

Ein verheißungsvoller Anruf von Martin. »Hey, Dad ist zurück. Und es sieht so aus, als hätte Kelly ihn überzeugt. Morgen werden sie bei Teddy die lebenserhaltenden Maßnahmen einstellen.«

»O Mann. Das tut mir leid, Martin.«

»Danke, ebenso.«

Alana suchte nach den richtigen Worten. »Nun ja, jedenfalls wird jetzt jemand Nutzen daraus ziehen.«

»Ja, jemand, der mal eben mit einem Mord davongekommen ist. Du weißt ja, die Polizei hat es als Unfall eingestuft. Fall abgeschlossen.«

»Ich meinte eigentlich die Organspende.«

»Ich weiß, aber das wird nicht passieren. Dad hat Nein gesagt.«

»*Was?* Wieso?«

»Er meinte, er wolle nicht, dass eine Bande von Aasgeiern seinen Sohn auseinanderrupft.«

»Im Ernst?«

»Also ich kann ja verstehen, warum er das sagt«, entgegnete Martin. »Es ist schon krass, wenn sie dich in deine Einzelteile zerlegen.«

»Aber noch krasser ist es, einem verzweifelten Menschen ein Organ vorzuenthalten, das nicht mehr gebraucht wird.«

»Kelly ist auch angefressen. Sie wollte dich deswegen noch anrufen, meinte sie. Sie möchte, dass du ihr hilfst, ihn zu überzeugen. Also sei nicht überrascht, wenn sie sich meldet.«

»Okay, aber ich glaube kaum, dass meine Meinung ihn ins Wanken bringt.«

»Wo wir gerade von du weißt schon wem sprechen – wir müssen reden. Ich hab etwas Interessantes erfahren. Du kommst doch zur Beerdigung, oder?«

»Kommt darauf an. Bis kommenden Donnerstag hab ich Urlaub, aber dann muss ich Lily nach Illinois ins Zeltlager fahren. Da setze ich sie am Freitag ab. Anschließend wollte ich eigentlich ein paar Tage nach Chicago, bevor ich sie wieder abholen muss.«

»Ich könnte für dich einen Flug von Chicago aus arrangieren. Ich nehme mal an, die Beerdigung wird am Samstag oder Sonntag sein.«

»Ja, in Ordnung.« Alana wollte eigentlich nicht zu Teddys Beerdigung. Viel lieber hätte sie die Woche alleine für sich in Chicago verbracht. Aber sie musste mit Martin reden, genau wie umgekehrt er mit ihr. »Gib mir Bescheid, sobald du Genaueres weißt, dann können wir alles regeln.« Auf ihrem Telefon wurde angeklopft. Sie sah, dass es Kelly war. »Du, ich hab Kelly auf der anderen Leitung.«

»In Ordnung, dann geh ran. Aber hör mal, wenn du jetzt irgendwann mit Dad sprichst, sei nett zu ihm. Er hat gerade seinen Sohn verloren.«

Alana verkrampfte sich. Jede Zelle ihres Körpers verweigerte sich dieser Vorstellung. »Ich mach jetzt Schluss«, sagte sie und beendete das Gespräch mit ihrem Bruder.

23

Es war eine Freude zu sehen, wie Lily im Empfangsbereich des Sommercamps – einem staubigen Parkplatz voller herzlichem Stimmengewirr, Liebe, Sonnenschein und guter Laune – ihre Freunde und Betreuer wiedertraf. Das genaue Gegenteil von Alanas Gemütszustand achtzehn Stunden später in der Kapelle des Sequoia Centre, als sie eingezwängt zwischen Gertrud und einem aufdringlich parfümierten Stiefcousin saß, den sie seit dreißig Jahren nicht gesehen hatte. Sie trug die einzigen Kleidungsstücke aus ihrer Garderobe, die sich für eine Beerdigung eigneten. Und die waren zu eng und zu warm für das Wetter. Außerdem musste sie, seit die Zeremonie begonnen hatte, Blähungen unterdrücken, sodass es ganz unchristlich in ihrem Bauch rumorte, natürlich immer in den Momenten größter Trauer und Stille während der Leichenpredigt.

Während der Pastor darüber schwadronierte, was für ein großartiger Athlet, Geschäftsmann, Sohn und Bruder Teddy gewesen wäre, ließ Alana verstohlen ihren Blick über die kleine, eigens geladene Gemeinde von Verwandten, Freunden und Geschäftspartnern schweifen, die sich versammelt hatte. Kaufte ihm das jemand ab? Die Trauergemeinde bestand fast ausschließlich aus weißhaarigen Männern in Maßanzügen – wahrscheinlich Vorstandsmitglieder oder andere hohe Tiere aus Eds Unternehmen. Ein paar jüngere Männer, die aussahen wie in die Jahre gekommene Pimpfe aus einer studentischen Verbindung, gab es auch, jeweils in

Begleitung ihrer gut gekleideten, sorgfältig frisierten Ehefrauen. Alana nahm an, dass es sich um Freunde von Teddy handelte.

In einer der hinteren Reihen saß, in einem schwarzen Kleid mit ausladendem Dekolleté, eine ausnehmend schöne Frau, die Alana für eine von Teds Verflossenen hielt. Und dann war da noch eine bunt zusammengewürfelte Truppe von Leuten, die sie nicht zuordnen konnte, möglicherweise Eds Nichten und Neffen aus Boston mit ihren Verehelichten und Kindern.

Alana, die in dem Nebel von Dior Sauvage fast erstickte, war nicht recht klar, warum Billy, einer der Cousins, sich zur engeren Familie in die vordere Reihe gesetzt hatte, bis der Pastor am Ende des Gottesdienstes die Sargträger nach vorne rief. Daraufhin sprang Billy auf, als hätte er sein ganzes Leben auf diese glorreiche Gelegenheit gewartet. Sie sah Martin und ihren Vater einen dermaßen vernichtenden Blick wechseln, dass sie beinahe laut losgewiehert hätte.

Sobald die Sargträger die Urne zum Leichenwagen hinausbefördert hatten, beeilte sich Alana, schnell auf die Toilette zu kommen, und war Teddy dankbar, dass er sich hatte einäschern lassen – es würde keine Fahrt zum Friedhof geben, wo sie eine weitere Zeremonie über sich hätte ergehen lassen müssen. So musste sie nur schnell durch den Empfangsbereich des Bestattungsinstituts huschen. Alana rückte ihre beengende Kleidung zurecht und verließ rasch die Toilette, ohne jemanden anzusehen.

In der folgenden Stunde nahm sie Beileidsbekundungen von Menschen entgegen, die sie entweder nicht kannte oder nicht wiedererkannte, während sie gleichzeitig versuchte, ein wenig Essen herunterzubekommen. Cousin Billy – »Sag einfach *Bill* zu mir« – machte fast aggressiv einen auf sympathisch, nötigte ihr eine allzu heftige, allzu lange Umarmung auf, obwohl sie sich aus ihrer Kindheit nur oberflächlich an ein paar Besuche erinnern konnte, als seine Mutter, Eds Schwester, noch lebte. Alana fiel auf, dass er wiederholt versuchte, ihren Vater zu sprechen, und sich stets in der Nähe aufhielt, während sein Vater mit anderen Trauergästen sprach. Sie bekam mit, dass er fast aufdringlich um eine Einladung nach Hause bemüht war, solange er sich zu diesem Anlass in der Stadt aufhielt, nicht nur bei Martin, sondern auch bei Kelly, die davon jedoch nichts wissen wollte: »Wir müssen damit jetzt alle erst einmal klarkommen. Und Ed ist ziemlich fertig, wie du wahrscheinlich nachvollziehen kannst. Machen wir, wenn du das nächste Mal nach Victoria kommst.«

Selbst bei Alana versuchte Billy sein Glück. »Hör mal, lass uns doch was zusammen trinken und ein bisschen reden. Ich hab das Gefühl, dass unsere Familien sich ein bisschen fremd geworden sind.«

Alana hielt mit ihrer Meinung nicht hinter dem Berg: »Und ich bin meiner Familie ziemlich fremd geworden, wohne zur Miete in Toronto und arbeite in einem Frauenhaus. Ich bin nur ein paar Tage hier.«

»Oh«, sagte Billy mit missbilligendem Blick, was Alana an diese Eidechsenarten erinnerte, die ihre Augen mit durchsichtigen Lidern verschließen können.

Später am Abend, als er auf einen Drink im Hotel vorbeischaute, erzählte Martin Alana, dass Cousin Billy Ed über die Jahre verschiedene Darlehen für unterschiedliche Geschäfte abgeschwatzt hatte, die alle in die Hose gingen. Das neueste Vorhaben war eine Kette von Limonadensalons gewesen, mit Geschmacksrichtungen wie Wassermelone oder Basilikum, die innerhalb von acht Monaten pleiteging. Ed nannte ihn immer *das Windei.*

»Das ist heftig«, sagte Alana.

Martin zuckte nur mit den Schultern und trank sein Bier aus. »Lass uns mal ein bisschen Luft schnappen«, meinte er und gab dem Kellner ein Zeichen.

Sie gingen zum Pool, wo der einzige Schwimmer sich gerade abtrocknete und dann verschwand.

»Das ist gut hier.« Martin setzte sich in einen Klubsessel.

Alana setzte sich auf den Sessel neben ihm, schaltete ihr iPhone aus und stopfte es in ihre Handtasche.

Martin zog die Augenbrauen hoch, folgte dann aber ihrem Beispiel.

»Also, was ist los?«, wollte Alana wissen.

»Ich hab was Interessantes über Kelly herausgefunden.«

»Nämlich was?«

»Sie verwendet einen Decknamen. In Wirklichkeit heißt sie gar nicht Kelly McNutt.«

Alana lief ein Schauder die Arme hinauf und über die Schultern. »Woher weißt du das?«

»Ich hab einen Privatdetektiv auf sie angesetzt.«

»Wow, wenn Ed das mitkriegt, wird er sich vor lauter Angst in die Hosen machen.«

»Glaubst du? Vielleicht ist es ja auch eine Erleichterung für ihn, wenn er erfährt, dass seine Verlobte nicht diejenige ist, die zu sein sie vorgibt.«

»Wer ist sie also in Wirklichkeit?«

»Aisling Hayes.«

»Ays-ling?« Alana ahmte Martins undeutliche Aussprache nach. »Du meinst *Ashlin?*«

Martin buchstabierte den Namen. »A-I-S-L-I-N-G.«

»Ja, ist gälisch, spricht sich *Ashlin.*«

»Aha!«

»Und was hast du jetzt über sie rausgekriegt?«

»Sie ist Krankenschwester und kommt aus Winnipeg.«

»Und?«

»Kelly meinte ja, sie käme aus Brandon, aber eigentlich ist sie aus Winnipeg.«

»Der einzige Unterschied besteht also in dem Namen und darin, dass sie aus einer anderen Stadt in Manitoba kommt?«

»Soweit ich das erkennen kann, schon. Na ja, sie ist nicht vorbestraft, und sie war auch vorher nie verheiratet …«

»Und was ist dann daran so aufsehenerregend?«

»Es ist einfach verdächtig, meinst du nicht? Warum benutzt sie einen anderen Namen?«

»Vielleicht, weil die Leute ihn immer falsch ausgesprochen haben?«

»Sehr witzig«, sagte Martin. »Dann könnte sie sich ja auch einfach Kelly Hayes nennen. McNutt ist doch ein Name, den du *ablegst* und nicht *annimmst.*«

»Ja, wahrscheinlich. Aber im Lichte dieser Erkenntnis ergibt mein Lösungsvorschlag noch mehr Sinn als vorher.«

»Welcher Vorschlag?«

»Ich glaube, wir sollten uns nicht den Kopf über Kelly zerbrechen und darüber, wie wir sie loswerden. Wir wissen, dass sie ein doppeltes Spiel treibt, dass sie verschlagen ist und möglicherweise gefährlich …«

»*Möglicherweise?* Frag Teddy.«

»Na schön, sie ist gefährlich. Und durchtrieben. Und sie misstraut uns.«

»Was schlägst du also vor?«

»Ganz einfach«, erklärte Alana und senkte die Stimme, obwohl niemand in der Nähe war. »Ich glaube, wir waren auf dem Holzweg …« Sie wartete vergeblich darauf, dass Martin es schnallte.

»Was meinst du denn?«

»Ich meine, dass wir über Dad nachdenken sollten und nicht über Kelly.«

»*Dad?* Was? Das meinst du doch nicht ernst.«

»Er ist alt, und er hatte bereits einen Schlaganfall. Wer weiß, wie lange er noch zu leben hat.«

»Er ist mein Vater«, entgegnete Martin entrüstet. »Ihm gebührt meine Loyalität.«

»Und er hängt an Kelly. Sie hat ihn gerade davon überzeugt, bei seinem erstgeborenen Sohn die Geräte abzuschalten – niemand sonst hätte ihn dazu bewegen können. Wäre sie nicht gewesen, wäre Teddy jetzt in einem privaten Pflegeheim. Und das wohl für den Rest unseres Lebens.«

»Richtig.«

»Wenn sie jetzt auf die Idee käme, dich geschäftlich nicht mehr dabeihaben zu wollen oder dich aus ihrem und Eds Leben zu drängen – glaubst du nicht, dass sie das hinbekäme?«

Martin war jetzt ganz still und grübelte vor sich hin.

»Vorhin hast du gesagt, dass sie gefährlich ist. Was glaubst du, wie lange es wohl dauert, bis sie Ed ins Visier nimmt, wenn sie erst mal verheiratet sind? Er ist ein alter Mann mit gesundheitlichen Problemen. Sollte er aus Versehen mal die Treppe hinunterstürzen, glaubst du doch nicht, dass der Verdacht auf sie fallen würde.«

»Da hast du recht.«

»Ganz ehrlich, eine Zeit lang dachte ich, dass sie ihn tatsächlich liebt. Oder dass, sollte es doch nicht so sein, sie ihn sein Leben zu Ende leben lassen würde, während sie den Reichtum genießt. Aber das glaube ich nicht mehr. Nicht nach der Sache mit Teddy. Glaub mir, Ed wird nicht mehr lange unter uns sein, sobald er sie geheiratet hat – und du wirst ihn nicht schützen können. Wenn das aber alles passiert, was mir so vorschwebt, bevor Ed und Kelly heiraten, dann übernimmst im Prinzip du, bekommst alles, hast die Kontrolle.«

»Alle Achtung«, staunte Martin. »Das haut mich ja echt um.«

»Ich weiß, ich hab's kapiert. Aber denk mal nach. Ed ist schon alt und nicht gut zuwege. Und sie hat es auf ihn abgesehen, hat Teddy gebumst, was nichts anderes heißt, als dass sie nie in Dad verliebt war.«

»Hab ich sowieso nie gedacht.«

»Gerade ist die Gelegenheit günstig für uns. Nach der Beerdigung werden sie jetzt nicht mehr in großem Stil heiraten. Als ich von Bord der *Andiamo* ging, bin ich Kelly ja noch mal begegnet, und da hat sie das auch schon gesagt. Deshalb werden sie wahrscheinlich einfach irgendwann nur kurz aufs Standesamt gehen und alles regeln. Und das heißt, dass wir schnell handeln müssen.«

»Meine Güte.« Martin rieb sich die Stirn. »Lass mich mal überlegen.« Er stand auf, ging zum Pool und starrte in das Wasser. »Aber warte mal kurz«, sagte er und kam zurück zu den Klubsesseln. »Was hast denn du eigentlich davon?«

»Ich möchte nicht, dass sie gewinnt.«

Er kniff die Augen zusammen. »Und du hasst Dad.«

Alana zuckte die Schultern. »Sobald er verheiratet ist, schwebt er sowieso in Gefahr. Früher oder später wird es passieren. Außerdem ist es wahrscheinlich gut, wenn Lily das Geld bekommt, das Dad ihr in seinem Testament hinterlassen hat. Ich möchte nicht, dass sich das ändert, sobald die beiden verheiratet sind.«

Martin nickte.

»Wir können natürlich mit Plan A weitermachen und uns weiterhin auf Kelly konzentrieren«, sagte Alana. »Aber die ist auf der Hut, und wir haben nicht viel Zeit. Wenn jemand stirbt, der jung und gesund ist, gibt es sowieso eine Untersuchung. Und das gründlich, dafür wird Dad schon sorgen. Wenn aber ein alter Mann, der sowieso schon einen Schlaganfall hatte, einen weiteren Schlaganfall erleidet …«

»Und wie wollen wir das bewerkstelligen?«

Alana machte ihre Handtasche auf und hielt sie so, dass Martin hineinsehen konnte. Abgesehen von den üblichen Dingen – Brieftasche, Haarbürste, Händedesinfektionsmittel, Telefon – befand sich darin ein Fläschchen mit Quercetin-Kapseln.

»Das würde einen Schlaganfall auslösen?«

»Nein«, erklärte Alana. »Quercetin ist an sich völlig harmlos. Chemisch sehr träge. Aber du erinnerst dich, warum Teddy und Kelly nach Alfred Island zurückfahren mussten? Sie hatte seine Medikamente vergessen. Ich habe mal nachgeforscht, was er so nimmt, und das Zeug kommt in Kapselform.« Diskret fischte Alana eine Quercetin-Kapsel aus dem Fläschchen. Sie zog die beiden Hälften der Kapsel auseinander, schüttete den Inhalt auf ihre Handfläche und setzte die Kapsel anschließend wieder zusammen. »Wenn wir irgendwie an das Rezept kommen, können wir den Inhalt dieser Kapseln durch Quercetin ersetzen. Und ein paar Tage ohne Blutverdünner …«

»Nicht ganz narrensicher.«

»Ich weiß. Aber Kelly ist Krankenschwester, und sie schien äußerst besorgt darüber zu sein, dass er vielleicht eine Dosis verpassen könnte.«

»Stimmt«, pflichtete Martin ihr bei und nahm Alana die Kapsel aus der Hand. Er zog die beiden Hälften auseinander und steckte sie wieder zusammen. Wiederholte den Vorgang.

»So ist es viel einfacher«, fuhr Alana fort. »Könnte schon ein paar Wochen dauern, ist aber deutlich weniger riskant. Und stell dir mal vor, welches Vergnügen es dir bereiten wird, Kelly für immer aus dem Haus und damit aus deinem Leben zu schmeißen.«

Martin gab Alana die Kapsel zurück, fuhr sich durchs Haar und holte tief Luft. »Also, Mann, ich weiß nicht … Ich habe gerade meinen Bruder verloren, und ich weiß echt nicht, ob ich jetzt gleich auch noch meinen Vater verlieren möchte.«

»Dir bleibt ja immer noch Cousin Bill.«

»Sehr witzig.«

»Tut mir leid. Aber ich versteh schon. Und ehrlich gesagt ist es natürlich am sichersten und wahrscheinlich auch am klügsten, die ganze Sache zu vergessen. Lass sie heiraten, schau, wie sich alles entwickelt. Selbst wenn sie es schafft, dich aus dem Unternehmen zu drängen und du im Testament nicht mehr berücksichtigt wirst, bist du ja immer noch fein raus, oder? Hast ein schönes Haus in Victoria, ein schickes Auto, ziemlich sicher auch etliche Investments am Laufen. Und du hast genügend Verbindungen, um dir einen guten Job an Land zu ziehen, wenn du willst. Du kannst ein äußerst angenehmes Leben führen, selbst wenn du aus dem Unternehmen fliegst und vom Testament nichts abbekommst, da bin ich mir ganz sicher.«

Martin nickte und dachte nach. Aber nicht sehr lange.

Er sah seiner Schwester in die Augen und sagte: »Wenn ich mich dazu entschließe, brauche ich deine Hilfe.«

»Deshalb bin ich ja hier«, entgegnete Alana.

24

Am folgenden Morgen fuhr Alana mit einem Wagen von Uber zum Sonntagsbrunch nach Oak Bay, wo sich Eds Hauptwohnsitz befand. Nur ein wenig die Straße hinunter, um die Ecke, lag das Haus, in dem sie ihre Kindheit verbracht hatte (und das kaum halb so groß war). Anschließend fuhr die Familie gemeinsam zum Krematorium, um dort Teddys Asche abzuholen. In seinem letzten Willen hatte er festgehalten, dass seine Asche am zwölften Loch des Golfplatzes von Alfred Island verstreut werden sollte. Alana war herzlich eingeladen, der Zeremonie im engsten Familienkreis beizuwohnen.

Es nieselte, als sie dort ankamen, sodass Ed beschloss zu warten, bis sich das Wetter besserte, bevor man sich auf den Golfplatz begab. Sobald alle eingetroffen waren, verzogen sich Martin und Ed in ihre Büros, um sich dringenden geschäftlichen Angelegenheiten zu widmen, während sich Kelly, Alana und Gertrud auf der überdachten Terrasse Drinks genehmigten. Sie sprachen über die Trauerfeier, Lilys Sommercamp und Teddys Wahl des zwölften Lochs für seine Asche im Vergleich zu anderen. Gertrud erklärte, dass dieses zwölfte Loch zwar eines der kürzeren auf dem Platz wäre, aber dafür die schönste Aussicht bot und auch eine der größten Herausforderungen darstellte. Hätte ihr jedenfalls Martin gesagt.

Mrs. Keith kam heraus, um nachzuschauen, ob eine von ihnen noch einen Drink brauchte. Gertrud und Alana waren allerdings noch mit dem ersten beschäftigt, während Kelly, ganz untypisch, ablehnte, obwohl sie ihr Glas geleert hatte.

Sie stand auf und streckte sich. »Ich komme mir vor, als hätte ich die ganze Woche nur gesessen. Geht vielleicht jemand 'ne Runde spazieren oder will schwimmen?«

»Ich dachte, du kannst nicht schwimmen?«, wandte Gertrud ein.

»Kann ich auch nicht. Aber an dem Ende, wo es nicht tief ist, kann ich doch wohl in den Pool.«

»Aber es regnet«, meckerte Gertrud.

»Nicht sehr. Und es ist kein Gewitter. Wenn uns kalt wird, springen wir eben in die Sauna.«

»Hm, ja, okay.«

»Alana?«

»In Ordnung.«

»Na, dann mal los«, sagte Kelly.

Alana ging in ihr Cottage, um sich umzuziehen. Auf dem Rückweg begegnete sie Martin, der nach ihr gesucht hatte. Er regte sich wahnsinnig über einen Zusammenstoß auf, den er kurz zuvor mit Ed gehabt hatte, wegen einer Hausangestellten, die Martin entlassen hatte, als Ed auf Parrot Cay war. Jetzt war die Frau deswegen vor Gericht gezogen.

Alana stand im Nieselregen, während Martin schäumte, wie unfähig die Frau gewesen sei und wie Ed sich nur auf ihre Seite stellen könne, obwohl er doch selbst keine Ahnung von den alltäglichen Kleinigkeiten habe. Er beschwerte sich bei Alana darüber, dass Ed seinem Urteil nicht traue und ihm nicht einmal die Fakten über die betreffende Angestellte abnehme.

Alana wartete noch einen Augenblick, nachdem er seine Tirade abgelassen hatte, und fragte dann ganz cool: »Und … machen wir das jetzt so?«

Martin holte tief Luft, atmete aus, sah ihr in die Augen und sagte: »Ja, machen wir so.«

Schwimmen im Regen war perfekt. Alana briet erst in der Sauna, bis sie die Hitze keine Sekunde länger ertragen konnte, und sprang dann in den angenehm kühlen Pool. Sie schwamm ein paar Bahnen oder ließ sich auf dem Rücken treiben, während der Regen auf ihr Gesicht fiel. Als ihr langsam kalt wurde, kehrte sie zurück in den spärlich beleuchteten Schoß aus Zedernholz, um sich aufzuwärmen. Das war wunderbar erfrischend. Kelly gesellte sich in der Sauna ein paar Mal zu ihr, wenn auch jeweils nur kurz. Innerhalb weniger Minuten lief sie auf beinahe komische Weise rot an und musste raus. Gertrud kam nur einmal dazu.

Alana duschte und zog sich an. Bis zum Essen hatte sie noch eine Stunde Zeit, die sie nutzte, um für nachher, wenn Martin mit Eds Verordnung bei ihr in der Hütte aufkreuzte, schon einmal das Quercetin bereitzulegen. Sie waren sich einig, dass es am besten war, wenn Martin das Fläschchen abgriff, denn er hielt sich ja ohnehin regelmäßig oben in seinem Büro neben Eds Schlafzimmer auf. Martin würde das Behältnis zu Alana bringen, sie beide würden die Kapseln dann leeren und schnell wieder befüllen, und anschließend würde Martin das Fläschchen in Eds Schlafzimmer zurückbringen. Den Inhalt der dreißig Kapseln würde Alana in eine Plastiktüte schütten, damit ihnen Zeit genug für die neue Bestückung blieb. Die leeren Quercetin-Gelatinekapseln würde sie der Einfachheit halber herunterschlucken, das war am sichersten, und alles, was an Quercetin übrig blieb, käme zusammen mit ihren Vitamin-B_{12}-Tabletten in ihren Kulturbeutel.

Alana blieb noch etwas Zeit, also fläzte sie sich auf die Couch und ging in ihren Facebook-Account. In Lilys Sommercamp mussten die Kids eine Woche lang auf ihre Smartphones verzichten, doch auf der Facebook-Seite des Camps wurden täglich neue Fotos gepostet, und auf einigen Schnappschüssen war auch Lily zu sehen. Eine Panoramaansicht zeigte ein Schwimmbecken von olympischen Dimensionen, in dem sich jede Menge Kinder und ihre Betreuer tummelten. Lily und ihre beste Freundin Sarah saßen zusammen auf einem riesigen aufblasbaren Flamingo. Ein weiteres Foto mit Lily und Sarah, auf dem sie lachend neben einem Lagerfeuer saßen und Marshmallows verdrückten, war etwas verschwommen. Alana lächelte, steckte ihr Telefon ein und ging zum Essen ins Haupthaus.

Martin und Gertrud saßen bereits am Tisch. Alana begrüßte sie und setzte sich gerade, als auch schon Ed und Kelly hinzukamen.

»Ich hoffe, es geht Ihnen allen so gut, wie es unter diesen Umständen an diesem Abend möglich ist«, sagte Mrs. Keith und holte zwei Flaschen Wein von der Anrichte.

»Wir halten durch«, erwiderte Kelly. »Wie geht es Ihnen?«

»Gut, danke. Weißwein oder Rotwein?«, erkundigte sich Mrs. Keith bei Gertrud und schenkte dann jedem den Wein seiner Wahl ein, mit Ausnahme von Ed, der Wasser erbeten hatte.

Alana bemerkte, dass Kelly Ed seine Medizin verabreichte, sobald Mrs. Keith das Glas gefüllt hatte. Sie schien nur eine Kapsel mitgebracht zu haben, was hieß, dass sie das Fläschchen mit dem Medikament oben im Schlafzimmer gelassen hatte. Alana wechselte einen Blick mit Martin, der ebenfalls genau hingesehen zu haben schien. Beiden war klar, dass das Medikamentenfläschchen bis morgen früh nicht angerührt würde.

»Ich hab 'ne Idee«, meinte Martin, als Mrs. Keith den Salat servierte. »Wie wär's, wenn wir uns alle nach dem Essen Teddys Lieblingsfilm ansehen?«

»Oh, wirklich eine gute Idee«, stimmte Gertrud ihm zu.

»Sehr schön«, sagte Kelly. »Ich mach Popcorn dazu.« Und

an Ed gewandt: »Ich nehm dazu Olivenöl und Rosmarin, so wie du es magst.«

Ed, der sich gerade mit der Gabel ein großes Blatt Kohl in den Mund geschoben hatte, gab durch ein Grummeln undeutlich seine Zustimmung zu verstehen.

»Was war denn überhaupt sein Lieblingsfilm?«, wollte Alana wissen.

»*Die Kunst zu gewinnen – Moneyball*«, antwortete Martin.

»Kenne ich gar nicht«, verkündete Gertrud.

»Und dann noch *Bad Santa*«, fügte Martin hinzu. »Aber im Juli sollten wir uns wohl besser keinen Weihnachtsfilm ansehen.«

»Und *dein* Lieblingsfilm?«, fragte Gertrud bei Martin nach.

»*Top Gun,* Schätzchen. Als der rauskam, habe ich ihn mir, glaube ich, so ungefähr zehnmal angesehen.«

»O ja, das kann ich mir vorstellen.«

»Und deiner, Gertrud?«, erkundigte sich Kelly, als sonst niemand nachhakte.

Gertrud entgegnete, dass sie sich gar nicht richtig für einen entscheiden könne, weil sie ganz viele Filme toll fände. Ed äußerte, dass *Spartacus* sein Favorit sei. Als Mrs. Keith den Hauptgang servierte, konzentrierte sich die Unterhaltung wieder hauptsächlich auf Teddy.

Nach dem Essen gingen alle in das große Wohnzimmer, um sich *Moneyball* anzusehen. Nur Alana entschuldigte sich unter dem Vorwand, sie habe Migräne. Sie hoffte, dass Martin den Wink mit dem Zaunpfahl verstanden hatte, saß am vorderen Fenster des Cottage und hielt Ausschau nach ihm.

Martin sah sich den Film zwanzig Minuten lang an und murmelte dann, er müsse mal auf die Toilette. Aber statt in das Bad im Erdgeschoss flitzte er nach oben, fand das entsprechende Fläschchen – auf dem Nachttisch befanden sich mehrere, aber nur eines enthielt Kapseln und keine Tabletten –, sauste wieder hinunter und zum Hintereingang hinaus. Im Spurt ging es weiter bis zu Alanas Hütte.

Alana machte die Tür schon auf, als er die Stufen davor gerade erreicht hatte.

»Komm zurück, wenn du fertig bist«, keuchte Martin. »Sag einfach, du fühlst dich wieder besser.«

Alana sah ihm zu, wie er zum Haus zurücksprintete. Ihre Hände zitterten, als sie die Kapseln so schnell wie möglich zu leeren und dann wieder aufzufüllen versuchte. Sie waren etwas kleiner als die Quercetin-Kapseln und viel schwerer aufzukriegen. Einen Moment lang dachte sie, sie bekäme es nicht hin, als sie aus Versehen eine kaputt machte, weil sie zu stark auf das untere Ende drückte. Aber schon bald hatte sie den Bogen raus und konnte die achtzehn Kapseln in kurzer Zeit befüllen. Sie achtete darauf, die Quercetin-Spuren und auch ihre Fingerabdrücke an den Kapseln zu beseitigen. Sie wickelte das Fläschchen in ein Papiertaschentuch und steckte es in eine Tasche ihres Kleids. Auf dem Rückweg zum Haus ging ihr ein Video über die Nützlichkeit von Taschen in Kleidern, das sie zufällig im Internet gesehen hatte, durch den Kopf. Jeder würde denken, sie hätte nichts dabei.

Martin war in der Zwischenzeit ins Wohnzimmer zurückgekehrt und hatte seinen Platz neben Gertrud auf dem künstlich auf alt gemachten Sofa wieder eingenommen.

»Geht's dir gut?«, flüsterte sie. »Du schwitzt ja.«

Martin legte die Hand auf den Bauch und zog eine Grimasse. »Ich glaube, ich habe irgendwas gegessen, was mir nicht bekommen ist.«

»Oh, nein!«

»Wird schon wieder«, seufzte er, tätschelte Gertrud das Bein und wandte sich dem Bildschirm zu.

»Möchtest du vielleicht einen Ingwertee?«, fragte Kelly, die es sich am anderen Ende des langen Sofas gemütlich gemacht hatte. »Das beruhigt den Magen.«

»Später vielleicht, danke«, entgegnete Martin.

Kurz darauf kam Alana herein und sagte, sie hätte eine Advil genommen und würde sich besser fühlen.

»Schön«, meinte Kelly. »Aber jetzt hast du natürlich den halben Film verpasst.«

»Das macht nichts. Ich hab ihn ja schon mal gesehen«, sagte Alana und setzte sich in einen Klubsessel. Als Martin ihr einen fragenden Blick zuwarf, schob sie eine Hand in die Tasche ihres Kleides, um ihm zu zeigen, wo sich das Fläschchen befand.

Er schien es zu verstehen. Zwei Minuten später stand Martin auf und betastete seinen Magen. »Ich mach mir wohl besser mal diesen Tee. Möchte sonst jemand was?«

»Wenn du schon gehst, nehm ich 'nen Aberlour«, erklärte Kelly und streckte ihm ihr Glas entgegen.

»Ich nehm dann auch 'nen Tee«, sagte Alana.

»Du auch?«, erkundigte sich Kelly bei Ed.

»Lieber einen Scotch«, erwiderte dieser.

»Hätt ich mir ja denken können, klar.« Sie machte einen verständnisvollen Schmollmund.

»Soll ich dir helfen?«, bot Gertrud sich an.

»Ich mach schon.« Alana stand auf. »Ich kenn den Film ja.« Sie folgte Martin in die Küche und drückte ihm auf dem Weg dorthin diskret das Fläschchen in dem Papiertaschentuch in die Hand, das er schnell in die Hosentasche steckte.

Sie trafen Mrs. Keith, die auf ihrem Laptop Solitaire spielte, an der Kücheninsel an.

»Was kann ich für Sie tun?«, sagte sie lächelnd.

Martin bestellte eine Kanne Ingwertee.

»Wird gemacht.« Sie ging zum Wasserkessel. »Bring ich gleich.«

Auf dem Weg zurück ins Wohnzimmer gab Martin Alana Kellys Glas. »Bring du ihr den Scotch. Ich bin gleich wieder da.«

Martin eilte die Treppe hoch und stellte das Fläschchen wieder auf seinen Platz auf dem Nachtschränkchen. Am unteren Ende der Treppe begegnete er Kelly, die nach oben wollte.

»Oh«, meinte sie überrascht.

Er überwand den Schreckmoment und sagte: »Magenprobleme. Da wollte ich nicht die Toilette hier unten benutzen.«

»Ah so. Sehr rücksichtsvoll.« Sie lächelte kurz und ging an ihm vorbei die Treppe hoch.

Martin eilte weiter ins Wohnzimmer, wo man bei dem Film gerade eine Pause einlegte.

Alana kam mit dem Scotch herein und stellte das Glas auf den Couchtisch vor Kellys leeren Platz. Beunruhigt sah sie Martin an. »Bist du okay?«

»Ja, ist schon gut. Mein Magen spinnt gerade ein bisschen.«

»Wenn du dir 'ne Magen-Darm-Grippe eingefangen hast, dann leg dich lieber ins Bett«, meinte Ed. »Das können wir jetzt nicht gebrauchen.«

»Na schön«, erwiderte Martin einigermaßen erleichtert, aber auch genervt, weil er mal wieder abgefertigt worden war. »Wir sehen uns dann morgen früh.«

»Soll ich mitkommen?«, wollte Gertrud wissen.

»Nein. Sieh dir den Film ruhig zu Ende an.«

Kelly kam mit einer Strickjacke für Ed zurück, als Mrs. Keith gerade den Tee brachte. Martin goss sich eine Tasse ein und wünschte allen eine gute Nacht. Er machte noch einen kleinen Umweg zur Bar im Spieleraum, wo er die dampfende gelbe Flüssigkeit in den Ausguss schüttete und sich die Tasse stattdessen randvoll mit Colonel E. H. Taylor Kentucky Bourbon machte.

25

Am folgenden Morgen war es bewölkt und feucht, doch um die Mittagszeit klarte es auf. Nachmittags um vier, als Ed alle zu einem Treffen ins Haus bestellt hatte, war es dann sonnig und warm – blauer Himmel mit weißen Schäfchenwolken. Mit Golfmobilen fuhren sie zum Platz: Ed und Kelly in dem einen, Martin, Gertrud und Alana in einem zweiten (Alana hinten auf einer Sitzbank mit dem Rücken zur Fahrtrichtung).

Das zwölfte Loch war in der Tat sehr schön. Ein Dogleg mit sanften Kuppen, Böschungen mit hochgewachsenen Weiden und zwei organisch geformten Sandbunkern, die das Grün auf geschmeidigen weißen Fingern zu tragen und in die Höhe zu heben schienen. Der Rasen war makellos, fühlte sich weich an und gab unter Alanas Füßen nach.

Kelly hatte für Ed einen Klappstuhl mitgebracht, auf dem er für seine Ansprache Platz nehmen konnte – eine tief empfundene Gedenkrede, die nur von einem mit etlichen Kraftausdrücken gespickten Wutausbruch getrübt wurde, als Ed zwischen den Weiden plötzlich ein Reh entdeckte.

Martin war als Nächster an der Reihe und sprach darüber, dass sein großer Bruder stets sein bester Freund und auch im Sport ein Ansporn gewesen sei, weil Teddy ihn regelmäßig in jeder Disziplin oder körperlichen Auseinandersetzung geschlagen habe. Alana und Gertrud lehnten es höflich ab, ebenfalls zu sprechen. Kelly nahm das Angebot jedoch an und verkündete, dass sie Teddy zwar nicht lange gekannt habe, ihm aber immer dankbar sein werde für die großzügige Aufnahme in die Familie. Bei diesen Worten sah Alana zu Martin hinüber, doch der blickte zu Boden. Als Nächstes faltete Kelly ein Blatt Papier auseinander und las ein kurzes Gedicht vor, während Ed und Martin eine kleine Kelle dazu verwendeten, Teddys Asche auf der Rasenfläche zu verstreuen.

»Warme Sommersonne, leuchte uns freundlich. Warmer Sommerwind, umströme uns gütig. Der grüne Rasen decke alles zu – ruhe sanft, mein Herz, gute Nacht!«

Als Ed und Martin fertig waren, standen sie alle da und blickten feierlich auf die Asche hinunter, die einen viel dickeren, gröberen Teppich ergab, als Alana erwartet hatte. Sie lastete in der Brise einfach schwer und grau auf dem Grün des Rasens.

Nach etwa einer Minute sagte Ed mit Tränen in den Augen: »Okay, das war's wohl.«

Auf dem Rückweg zu den Golfmobilen tippte Gertrud Kelly am Ellbogen an. »Ein wirklich schönes Gedicht. Ist das von dir?«

Martin schnaubte.

»Nein«, entgegnete Kelly. »Das ist von Mark Twain.«

»Oh«, meinte Gertrud verwirrt. »Ich dachte immer, *Mark Twain* wäre ein Buch.«

»Du meine Güte«, seufzte Martin leise, aber jeder hatte es gehört.

»Du denkst bestimmt an *Huckleberry Finn* oder *Tom Sawyer*. Die sind *von* Mark Twain«, erläuterte Kelly.

»Ach so. Na ja, ich bin ziemlich müde«, meinte Gertrud daraufhin.

Martin sah Alana an und zog eine Grimasse, aber sie reagierte nicht auf sein höhnisches Feixen. Gertrud sah aus, als würde sie gleich in Tränen ausbrechen.

»Niemand kann heute einen klaren Gedanken fassen«,

sagte Kelly mitfühlend. »Ich glaube, wir könnten alle einen Drink gebrauchen.« Sie tätschelte Ed den Rücken. »Du auch, mein Herr.«

»Das ist die beste Nachricht des heutigen Tages.«

Bedrückendes Schweigen auf der Rückfahrt mit den Golfmobilen, nur unterbrochen von einem kleinen Wortwechsel. »Peinlich«, sagte Gertrud, was Martin mit »Sehr« quittierte. Als sie am Haus ankamen, sprang Gertrud schnell aus dem Karren und entfernte sich in Richtung der Cottages. Martin verdrehte die Augen und folgte ihr.

Als die Familie sich später zu Drinks auf der Terrasse einfand, kreuzte Martin alleine auf.

»Wo ist Gertrud?«, wollte Kelly wissen.

»Sie musste nach Hause zurück. Ich soll sie entschuldigen und euch Tschüs sagen.«

»Oh, das ist aber schade«, meinte Kelly.

»Ich hab sie ins Flugzeug gesetzt«, sagte Martin zu Ed. »Ich hoffe, das geht in Ordnung.«

»Schon recht.« Ed ließ sich den ersten Martini seit langer Zeit schmecken und schien friedlich gestimmt.

»Du hättest sie vielleicht nicht so bloßstellen sollen«, sagte Kelly im Flüsterton.

»Im Ernst?« Martin lachte zwar, wirkte aber ziemlich angefressen. Alana konnte die unterdrückte Wut geradezu körperlich spüren, als Martin rot anlief.

»Tu mir einen Gefallen«, knurrte Ed. »Schick Darla eine Nachricht, dass sie sich um das Reh auf dem Golfplatz kümmern soll.«

»Mach ich«, sagte Martin und holte mit verkniffenem Mund sein Telefon hervor.

»Ich hab ihr schon gesagt, dass sie das erledigen soll. Ist das denn so schwer, ein paar Rehe zu schießen?«

Martin hörte ihm nicht zu. Er schickte die Nachricht ab, schob das Telefon zurück in die Tasche und sah dann direkt Kelly an.

»Darf ich dich mal was fragen, *Aisling?*«

Oh, Mist, dachte Alana und verkrampfte sich.

»So heißt du doch in Wirklichkeit, oder? *Aisling Hayes.*«

Ed richtete seinen Blick auf Kelly, deren Gesichtsausdruck von höhnisch und streitlustig zu grenzenlos entsetzt wechselte.

»Du heißt nicht Kelly McNutt, stimmt's? Sondern Aisling Hayes.«

»Woher weißt du das?«, keuchte Kelly.

Martin zuckte mit den Schultern. »Hat mir ein Vögelchen gezwitschert. Dad, du wusstest das doch, oder? Dass sie die ganze Zeit, die ihr euch kennt, einen falschen Namen benutzt hat. Ich frag mich ja nur, weshalb.«

»Wovon redet der Mann?«, sagte Ed zu Kelly.

»Ich habe keine Ahnung, warum du in meiner Vergangenheit herumschnüffelst, Martin. Ich hoffe allerdings sehr, dass du mich oder deinen Vater damit nicht in Gefahr gebracht hast.«

Martin kniff die Augen zusammen.

»Was zum Teufel ist hier eigentlich los?«, wollte Ed wissen.

Kelly nahm Eds Hand und hielt sie im Schoß. »Ich wollte da nicht in die Einzelheiten gehen, aber du erinnerst dich doch sicher, dass ich dir von dieser Beziehung erzählt habe, in der ich steckte?«

»Diese schlimme?«

»Genau«, sagte Kelly. »Ich hab dir nur nie erzählt, wie schlimm es in Wirklichkeit war.«

In ihren Augen schimmerten Tränen, sie schluckte schwer. »Er war nicht nur ein Arsch … er war krank und gewalttätig. Sehr gewalttätig. Oft hat er mich gewürgt, bis ich ohnmächtig wurde. Darauf stand er, wenn du verstehst, was ich meine.«

»O Gott«, stammelte Alana.

»Zweimal hat er mir Rippen gebrochen. Aber normalerweise hat er besser aufgepasst, hat mich auf den Kopf geschlagen, und wegen der Haare hat man das nicht gesehen.«

»Ich hoffe, du machst Witze?«, sagte Ed.

»Nein.« Kelly liefen die Tränen herunter. »Natürlich hat er sich dann entschuldigt und geschworen, dass er so etwas nie wieder tun würde …« Kelly lachte bitter auf. »Klar, ich hab versucht wegzukommen. Nicht nur einmal. Aber er hat mich verfolgt. Wohin ich auch ging, er fand mich. Ich meine, ich bin Krankenschwester. Bei den Krankenhäusern nachzufragen ist kein Kunststück. Deshalb habe ich eine private Anstellung gesucht. Und deshalb lasse ich auch die Finger von den sozialen Medien.«

»Wie heißt der Kerl?«, sagte Ed mit finsterem Blick.

»Nein«, erklärte Kelly. »Ich möchte das alles hinter mir lassen. Ich möchte einfach ein neues Leben mit einem neuen Namen. Er würde niemals auf die Idee kommen, hier nach mir zu suchen. Solange Martin jetzt nicht durch seine Nachforschungen alles vermasselt hat.«

»Was zum Teufel hast du da gemacht?«, stellte Ed Martin zur Rede.

»Tut mir leid, ich … wollte nur sicherstellen, dass alles mit rechten Dingen zugeht. Ich habe versucht, dich zu schützen.«

»Wovor? Vor der bezaubernndsten Frau auf Gottes grüner Erde? Was geht dich das überhaupt an?«

»Weil er davon ausgeht, dass du mir unmöglich tatsächlich etwas bedeuten könntest. Er glaubt, dass ich eine von diesen Erbschleicherinnen bin. Von Anfang an hat er das geglaubt, und so behandelt er mich ja auch!«, schrie Kelly, sprang auf und lief weg.

»Du bist ein Vollidiot, weißt du das eigentlich?«, sagte Ed und rappelte sich hoch.

»Tut mir leid, wenn wir zufällig deine ureigenen Interessen im Blick haben«, widersprach ihm Martin.

»*Wir?*« Ed wirbelte herum und starrte Alana an. »Warst du an diesen Nachforschungen beteiligt?«

»War ich nicht.«

»War sie das?«, wollte Ed von Martin wissen.

»Nein«, räumte Martin ein.

»Ich möchte, dass ihr mir jetzt gut zuhört«, verkündete Ed. »Von meinen Interessen, ureigen oder nicht, habt ihr nicht die geringste Ahnung. Und wisst ihr auch, warum? Weil ihr totale Schwachköpfe seid!« Als er den Raum verließ, fauchte er noch: »Gnade euch Gott, wenn ihr sie irgendwie in Schwierigkeiten gebracht habt!«

Martin, der ernüchtert und geschockt wirkte, sah Alana an.

»Mannomann«, schnaufte sie.

»Ja, kann man wohl sagen«, sagte Martin. »Vielen Dank übrigens, dass du mir beigesprungen bist.«

»Hey, ich hab dir gesagt, dass du keinen Privatdetektiv auf die Sache ansetzen solltest, und ich hab dir auch gesagt, dass Dad besser nichts davon mitbekommen sollte. Warum sollte ich mich dann da reinhängen?«

Martin seufzte. »Glaubst du all diesen Scheiß über ihren Ex?«

»Wenn nicht, hat sie dafür glatt 'nen Oscar verdient.«

»Stimmt. Selbst ich hab's ihr abgenommen. Klingt so, als wäre dieser Typ 'n echtes Prachtexemplar.«

»Offensichtlich hat sie ein Händchen dafür, sich die Richtigen auszusuchen«, erklärte Alana.

Martin wiegte den Kopf hin und her und stöhnte: »Scheiße. Das war's. Das wird mir Dad nie verzeihen.«

»Darüber würde ich mir keinen Kopf machen«, erwiderte

Alana, setzte sich neben ihren Bruder, strich ihm über den Rücken und flüsterte: »Ist vielleicht nicht das Schlechteste, dass er so aufgelöst ist. Das lässt den Puls nach oben schnellen, und den Blutdruck ebenfalls.«

Martin hob den Kopf und sah seine Schwester an, die ihre Augenbrauen verzog und nur mühsam ein Grinsen unterdrückte.

Kelly ging mit ausgreifenden Schritten über den hinteren Rasen und schlüpfte in die Rosenlaube. Von außen betrachtet bestand diese Laube aus einem Kreis hoher, sorgsam beschnittener Hecken. Im Inneren befand sich ein Dutzend wild wuchernder Rosensträucher, in deren Mitte eine schmucke gusseiserne Bank stand. Es war einer ihrer Lieblingsorte in der Sommerresidenz der Familie. Hier las sie gerne, doch heute musste sie sich erst einmal sammeln und ihre Fassung wiedergewinnen.

Darla, die auf der anderen Seite Unkraut jätete, hörte jemand weinen und ging zum Eingang der Laube, um nachzusehen, um wen es sich handelte.

»Oh«, rief Darla aus. Es war Miss McNutt, die, umgeben von all den Blumen, wie eine liebliche Waldnymphe aussah. »Ich möchte nicht stören, aber geht es Ihnen gut?«

»Tut mir leid«, erwiderte Kelly, wischte sich die Tränen ab und setzte ein erzwungenes Lächeln auf. »Mir geht es so weit gut. Ich musste mich nur mal ausheulen.« Sie seufzte.

»Kann ich irgendetwas für Sie tun?«, erkundigte sich Darla, ganz gerührt vom Anblick der zarten Gestalt.

Kelly ließ sich die Frage durch den Kopf gehen. »Nur dann, wenn Sie Martin davon überzeugen können, dass ich Liebe im Herzen trage und keine üble Erbschleicherin bin.«

Darlas Gesichtsausdruck verfinsterte sich. »Also, nicht dass es was nützen würde, aber ich glaube, Sie sind einer der bodenständigsten Menschen, die mir je begegnet sind, und auch einer der freundlichsten, und das kann ich nicht von jedem hier sagen.«

»Doch, das nützt etwas«, entgegnete Kelly, lächelte und stand auf. »Ich danke Ihnen, Darla.« Sie ging zu ihr und umarmte sie herzlich. »Sie sind ein Schatz.«

Die Umarmung ließ Darlas Herz ein wenig höherschlagen. Kellys Haar roch nach frischen grünen Äpfeln.

»Vielleicht sollte ich das besser nicht sagen«, meinte Kelly und trat einen Schritt zurück. »Aber dieser Mann macht mir manchmal richtig Angst.«

»Oh, ich denke, über Martin sollten Sie sich nicht so viele Gedanken machen. Er ist vielleicht nicht immer der Netteste, aber letztlich ist er kein übler Kerl, glaube ich.«

»Da bin ich mir nicht so sicher.« Sie sah Darla mit ihren großen blauen Augen an. »Aber ich hoffe, dass Sie recht haben.« Kelly setzte ein Lächeln auf. »Ich sollte mal wieder reingehen. Ed braucht seine Tablette, und ich muss zusehen, dass er etwas Gesundes zu sich nimmt. Sie machen hier im Garten übrigens einen tollen Job.«

»Danke!« Darla sah Kelly hinterher, die über den Rasen zum Haus ging. So ein zartes, kleines Ding. Richtig süß.

Als Alana zum Abendessen erschien, war nur für eine Person gedeckt. Mrs. Keith sagte ihr, dass Ed sich nicht wohlfühle, sodass Kelly ihm das Essen nach oben gebracht habe. Martin habe gesagt, er wolle am Pool Pizza backen. Ob Alana sich vielleicht ihrem Bruder anschließen wolle? Nein, wollte sie nicht. Alana aß ihren überraschend leckeren veganen Hackbraten lieber alleine im Esszimmer und surfte dabei auf ihrem Smartphone. Anschließend stellte Mrs. Keith eine Auswahl an Desserts zusammen, abgerundet von einem Glas Chardonnay, die Alana in ihr Cottage mitnehmen konnte.

Sie machte es sich mit dem Wein, den süßen Köstlichkeiten und einem Buch im Bett gemütlich. Um halb elf löschte sie das Licht, weil sie früh aufstehen wollte, um Kelly am Strand beim Yoga abzupassen.

Auch Martin, der wegen des Rüffels, den er von Ed bekommen hatte, noch immer sauer war, verbrachte die Nacht in seiner Hütte. Er war erregt und hatte niemanden, mit dem er reden konnte. Gertrud antwortete nicht auf seine SMS-Nachrichten, und auf Alana war er auch nicht gut zu sprechen, weil sie ihn nicht verteidigt hatte. Ihm war klar, dass er sich bei Kelly entschuldigen musste, wenn er mit seinem Vater alles wieder ins Lot bringen wollte, aber schon bei dem Gedanken daran wurde ihm schlecht. Er fragte sich, wie lange es wohl dauern würde, bis das Quercetin Wirkung zeigte. Wahrscheinlich dauerte das zu lange. Er würde die Kröte schlucken und sich entschuldigen müssen.

Ein Klopfen an der Tür riss Martin aus seinen Gedanken. Er nahm an, dass es Alana sein würde, doch als er aufmachte, stand Kelly vor der Tür.

»Hey, kann ich kurz reinkommen?«

»Eigentlich nicht.« Sie hatte schließlich seinen Bruder umgebracht. War sie hergekommen, um nun auch ihn zu beseitigen?

»Na schön. Wie auch immer, dann reden wir eben so«, sagte sie mit leiser Stimme.

»Was kann ich für dich tun?«

»Morgen früh, und das ist erst der Anfang, verpisst du dich hier erst mal«, verkündete Kelly und lächelte ihn dabei an.

»Wie bitte?«

»Du trittst von deinem Posten in der Firma zurück und beginnst irgendwo, weit weg von Ed und mir, ein neues Leben. Ich denke da an die Ostküste. New York oder Boston vielleicht.«

Martin lachte, doch Wut staute sich in ihm an. »Du bist ja 'ne komische Nummer, weißt du!«

»Komisch vielleicht nicht unbedingt, aber eigentlich bin ich noch recht großzügig, wenn ich dir denselben Deal anbiete, den du mir zugedacht hattest. Zwanzig Millionen Dollar. Eine Million, wenn du deinen Job hinschmeißt und Ed zum Teufel wünschst, und den Rest, wenn du uns drei Monate vom Leib geblieben bist.«

»Und warum in drei Teufels Namen sollte ich das tun?«

Kelly grinste höhnisch. »Ich hoffe, du hast Spaß an dieser Uhr.«

»Was? Welche Uhr?«

»Weißt du doch, die Montblanc, die mit der Schlange um das Ziffernblatt.«

»Die gehört Ed.«

»Weiß ich. Jedenfalls gehörte sie ihm. Bis jemand sie aus seinem Zimmer entwendet hat.«

»Im Ernst?«, sagte Martin verächtlich. »Du glaubst, ich würde meinem Vater eine Uhr klauen? Bist du bescheuert? Wenn mir danach wäre, könnte ich morgen zehn von den Dingern auf einmal kaufen.«

»Nein, ich bin keineswegs bescheuert«, erwiderte Kelly. »Vielleicht hast du sie auch wirklich nicht geklaut. Aber das ist nicht der Punkt.«

»So? Was ist denn der Punkt?«

»Na ja, als die Uhr plötzlich weg war, habe ich mich gefragt, ob derjenige, der sie hat mitgehen lassen, es nicht möglicherweise noch einmal versuchen würde. Deshalb haben wir erst mal nichts gesagt. Aber daraufhin habe ich im Schlafzimmer ein paar Minikameras angebracht.«

Martin spürte, wie sein Gesicht ganz heiß wurde.

»Und als wir uns gestern Abend zufällig begegnet sind, als du heimlichtuerisch und nervös die Treppe runterkamst, habe ich beschlossen, mir die Aufzeichnungen mal anzusehen.«

»Und?« Martin hatte Mühe, die Fassung zu wahren.

»Und … Uhren waren nicht zu sehen auf dem Video. Aber *dich* habe ich gesehen, wie du Eds Pradaxa an dich genommen und dann später wieder zurückgebracht hast. Seltsam. Ich frage mich, was wohl passieren würde, wenn ich dieses Video und die Tabletten der Polizei übergeben würde. Was würden die statt Gerinnungshemmern wohl in den Kapseln finden?«

Martin reagierte nicht darauf. Er widerstand dem Impuls, ihre Kehle zu packen und sie mit dem Kopf gegen den Türrahmen zu schlagen. Wusste überhaupt jemand, dass sie zu ihm gegangen war, um ihn zur Rede zu stellen?

»Ich nehme mal an, dass Alana dir geholfen hat«, fuhr Kelly fort. »Mir ist aufgefallen, dass sie sich, kurz bevor du hochgegangen bist, um das Medikament zurückzubringen, auf wundersame Weise von ihrer Migräne erholt hatte.«

Martin sagte nichts.

»Ich hoffe jedenfalls, dass sie mit drinhängt. Denn es wäre ja wunderbar, gleich zwei Fliegen mit einer Klappe zu schlagen. Leider kann ich nur *deine* Schuld beweisen. Den Rest müssen wir wohl den Bullen überlassen. Wenn du es nicht vorziehen solltest, dich zu verdrücken, natürlich. Dann wird niemand jemals etwas erfahren und das Ganze eine theoretische Frage bleiben.«

Martin konnte nicht klar denken.

»Was ist los?«, verhöhnte sie ihn. »Hat 'ne Katze deine Zunge gefressen? Eigentlich ist die Wahl ja nicht schwer: entweder Eds Zorn und höchstwahrscheinlich eine Gefängnisstrafe oder zwanzig Millionen und ein Leben in Glanz und Gloria.«

Martin brachte schließlich ein Krächzen zuwege. »Also schön.«

»Wunderbar«, sagte Kelly. »Habe ich mir schon gedacht, dass mein Angebot dir gefallen wird. War ja letztlich auch deine Idee.«

»Und du hast meinen Bruder umgebracht?«

»Wow, was für eine Frage!«

»Ich weiß, dass du es getan hast. Warum also nicht einen Schlussstrich ziehen, bevor ich gehe?«

»Natürlich war ich es nicht. Wenn ich aber schon jemanden umbringen möchte, würde ich es nicht auf Video aufnehmen lassen wie irgend so 'n Vollpfosten. Wie ein *richtig bescheuerter* Vollpfosten.« Sie lächelte. »Und jetzt ab in die Heia. Wir sehen uns morgen früh. Na ja, ich dich wohl nicht. Juhu!«

Nein, wir sehen uns nicht, dachte Martin und blickte ihr nach, wie sie den Weg durch den Wald hinunterging. Aber ich seh dich.

Martin wachte um fünf Uhr auf. Er schüttete einen Kaffee hinunter, zog sich an und machte sich auf den Weg zu den Unterkünften der Hausangestellten. Hinter den bescheidenen, mit Schindeln verkleideten Behausungen befanden sich ein riesiges Gewächshaus und eine lang gestreckte Backsteingarage, in der die Rasenmäher und andere Gartengeräte, übrig gebliebenes Bauholz und weitere Ausrüstung für die Instandhaltung der Gebäude untergebracht waren. Martin schlüpfte durch die Seitentür hinein und fischte den Schlüssel zum Waffenschrank, der unter dem obersten Einsatz verborgen war, aus dem roten Werkzeugkasten. Er schloss den Schrank auf und wählte das AR-15-Sturmgewehr mit dem Steiner-Zielfernrohr. Er bestückte das Magazin mit neuen Patronen und schob es in die Waffe.

Er wusste, dass gefährlich war, was er vorhatte, aber der Zeitpunkt passte hervorragend. Gestern erst hatte Ed sich über das Reh auf dem Golfplatz aufgeregt. Martin wollte eben bei der Wildbestandsregulierung ein wenig helfen. Zweifellos würde das Ermittlungen nach sich ziehen. Die Polizei würde ihn verhören, und vermutlich würde er auch wegen fahrlässiger Tötung angeklagt werden, aber bei seinem Ansehen in der Gemeinde und wenn er eine Armada erstklassiger Anwälte aufbot, würde man die Anklage höchstwahrscheinlich fallen lassen. Mit ziemlicher Sicherheit würde er nicht einsitzen müssen.

Wer konnte schon beweisen, dass es kein Unfall war? Ed würde natürlich toben. Aber letztlich ist Blut dicker als Wasser. Wie könnte er denn seinem einzig verbliebenen Sohn, der vor Reue verging und willens war, Buße zu tun, nicht verzeihen? Es würde natürlich eine Weile dauern, aber Ed würde sich wieder einkriegen. Aber selbst wenn nicht, würde es sich immer noch lohnen, die Erde von dieser Gefahr zu befreien und die drohende Bloßstellung abzuwenden.

Solange sie Macht über ihn hatte, würde er nie wieder frei sein. Irgendwann würde sie Ed das Video zeigen, und sei es auch nur, um ihn aus dem Testament zu streichen. Und er traute ihr zu, dass sie zwar die erste Million überweisen, ihm dann aber den Restbetrag vorenthalten würde. Vertrauenswürdig war sie nicht gerade. Außerdem gab es ja keinen Grund, ihn auszuzahlen. Sie hielt alle Karten in der Hand, es wäre der finale Tritt. Er sah geradezu vor sich, wie sie gackerte und es genoss.

Eine Million Dollar also. Für ein Leben voller Unterwerfung. Ein Witz! Selbst wenn er damit äußerst sparsam umging, dürfte die Million in ein paar Jahren aufgebraucht sein. Davon konnte er sein Leben nicht bestreiten. Und Gertrud wäre sowieso schon lange weg. Wäre Kelly großzügiger gewesen, hätte er sie vielleicht verschonen können – und wenn sie Teddy nicht umgebracht hätte. Aber dieses selbstgefällige, hinterhältige Miststück verdiente es zu sterben.

Martin verließ die Garage und zog die Tür fest hinter sich zu. Es war Zeit, auf die Jagd zu gehen.

Kelly, Frühaufsteherin, die sie war, stand immer sogar noch vor Mrs. Keith auf. Glücklicherweise hatte ihr die Haushälterin gezeigt, wie man die schicke Espressomaschine bediente, sodass sie klarkam. Sie trank zwei Tässchen und machte sich dann auf den Weg zum Strand für ihre täglichen Yogaübungen. Es war ein eher kühler Morgen, und sie fühlte sich frisch. Alles hatte sich überhaupt nicht so entwickelt, wie sie gedacht hatte, aber dennoch schienen ihre Pläne aufzugehen. Martin hatte sie sich vom Leib geschafft, und das noch zu dem wirklich günstigen Preis von zwanzig Millionen Dollar. Sie lachte, weil sich das mittlerweile wie eine geringfügige Summe anfühlte.

Kelly genoss die Morgenluft, atmete tief ein und langsam wieder aus. Es war nervenaufreibend gewesen im letzten halben Jahr. Sie war es nicht gewohnt, unter einer solchen Anspannung zu stehen, und sie war, ehrlich gesagt, erschöpft von all den Intrigen, Machenschaften und immer neuen Kalkülen. Wenn das hier vorbei war, würde sie einen langen Urlaub machen, irgendwo in der Sonne, und abschalten. Nicht weiter nachdenken. Einfach nur ein paar Wochen abhängen. Kelly stellte ihre Thermosflasche auf einen Baumstamm am Waldrand, legte ihr Smartphone daneben und ging näher ans Wasser heran. Sie reckte ihr Gesicht der aufgehenden Sonne entgegen und tat einen langen, tiefen Atemzug.

Nur noch ein paar wenige Hürden, und es war überstanden.

Alana wachte ein paar Minuten früher auf, als sie den Wecker gestellt hatte. Sie ging pinkeln, putzte sich die Zähne, zog ihr Sweatshirt an und kochte sich einen Kaffee. Beim letzten Mal in diesem Cottage hatte eine Thermosflasche aus rostfreiem Stahl in der Küche gestanden, die sie jetzt nicht finden konnte, sodass sie beschloss, ihren Kaffee im Wohnzimmer zu trinken. Sie käme dann ein wenig später zum Yoga dazu, aber das spielte keine Rolle. Alana scrollte auf der Suche nach Fotos die Facebook-Seite von Lilys Sommercamp herunter, als die morgendliche Stille plötzlich zerrissen wurde.

Sie hörte eine Frauenstimme *Nein!* brüllen, direkt gefolgt von zwei Gewehrschüssen und einem grässlichen Schmerzensschrei.

26

Alana zitterten die Hände so stark, dass sie kaum ihre Schuhe anbekam. Sie hörte Martin *O mein Gott, o mein Gott* schreien, und eine Frau, die sich wie Darla anhörte, schrillte: *Ruf die 911 an! Schnell!*

Sie raste die Verandatreppe hinunter und rannte hinter die Hütte in die Richtung, aus der die Schreie kamen. Durch das Laub hindurch sah sie in der Ferne, wie Darla sich ihr Hemd herunterriss und sich neben jemanden kniete, den Alana nicht sehen konnte. Zwischen den Bäumen ein bunter Blitz – Kelly rannte vom Strand aus auf Darla zu.

»Sie sind unterwegs«, rief Kelly. »*Mein Gott!* Was ist passiert?«

Als Alana näher kam, sah sie Martin mit blutverschmiertem Oberkörper am Boden liegen. Darla drückte ihm ihr zusammengeknülltes Flanellhemd gegen den Hals, um das Blut zu stoppen, das im Takt des Pulses aus der Wunde schwallte.

Alana war ganz benommen und konnte nicht mehr deutlich sehen, ihr Gesichtsfeld zerbarst in einzelne Splitter.

»Drück weiter drauf«, ordnete Kelly an und kniete sich hin.

»Er hat auf dich geschossen«, sagte Darla. »Auf dich gezielt und geschossen.«

Darla machte Kelly Platz, und ein Blutstrahl ergoss sich aus Martins Hals. Es war der letzte Eindruck, den Alana wahrnahm, bevor sie zu Boden sackte. Als sie wieder zu sich kam, kniete Darla neben ihr. »Geht's wieder?«

»Ich war wohl einfach weg«, antwortete Alana.

»Setz dich mal langsam auf und nimm den Kopf zwischen die Knie«, rief Kelly, die weiterhin das Hemd auf Martins Hals drückte.

Alana hatte das Gefühl, sich übergeben zu müssen. Sie behielt den Kopf unten und atmete tief.

»Kommen sie per Hubschrauber oder Boot?«, wollte Kelly wissen.

»Ich weiß es nicht«, sagte Darla, die mitgenommen wirkte. »Soll ich zum Anleger gehen, um sie abzuholen?«

»Nein, ich glaube, du hast einen Schock. Ruf besser deine Leute zusammen, auch die vom Golfplatz, und sag ihnen, dass wir je zwei Golfmobile brauchen, an der Anlegestelle *und* am Landeplatz. Sag ihnen, dass wir hinter Cottage 4 am Waldrand sind.«

»Okay!« Darla war ihr dankbar für die klare Ansage.

Alana wagte es nicht, den Blick zu heben. Sie hörte Darla die Anrufe tätigen, während Kelly tröstende und aufmunternde Worte an Martin richtete.

Sie warteten.

»O Gott, wie lange brauchen die denn noch?«, seufzte Darla und ging dabei auf und ab. »Sind die bald da?«

Alana hob den Kopf und riskierte einen Blick. Martin bewegte sich nicht. Das Flanellhemd war vollgesogen mit Blut, und auch Kellys Hände waren voller Blut.

»Was habe ich nur getan?« Darla weinte und schlug sich wiederholt mit der Faust gegen die Stirn. »Was zum Teufel habe ich da bloß gemacht?«

»Du hast mir das Leben gerettet«, tröstete sie Kelly. »Das hast du gemacht!«

27

Was ihnen wie eine Stunde vorkam, waren letztlich nur siebzehn Minuten. Dann waren die Polizei und der Notarzt eingetroffen. Zwei Officers nahmen zunächst einmal die Schusswaffen an sich und vergewisserten sich, dass keine Gefahr mehr bestand. Dann kümmerten sich die Sanitäter um Martin und riefen über Funk sofort den Rettungshubschrauber, als sie sahen, in welchem Zustand sich Martin befand. Auf einer Bahre trugen sie ihn zum Strand, wo der Hubschrauber genug Platz zum Landen hatte.

Corporal Forgie und Constable Hammell nahmen erste Aussagen zu Protokoll, um festzustellen, was sich ereignet hatte. Anschließend klärten sie, gegen Kellys und Alanas ausdrücklichen Protest, Darla über ihre Rechte auf und nahmen sie wegen versuchten Mordes fest. Als Darla zum wiederholten Male erklärte, dass sie nur versucht habe, Kelly zu schützen, und dass sie auf Martins Gewehr und nicht auf ihn selber gezielt habe, erinnerte Corporal Forgie – ein bulliger Mann mit rasiertem Schädel – sie daran, dass alles, was sie sage, vor Gericht gegen sie verwendet werden könne.

»Ich habe Ihnen doch schon gesagt, dass ich keinen Anwalt brauche«, wiederholte Darla. »Er hat auf sie geschossen. Und er wollte noch einmal auf sie schießen! Ich musste etwas tun!«

»Sie hat mir das Leben gerettet«, versicherte Kelly.

»Verstehe«, meinte Corporal Forgie. »Aber das ist nun mal Vorschrift.«

Er verständigte die Abteilung für Schwerverbrechen und ging anschließend zum Haus, um mit Ed zu sprechen. Constable Hammell, eine hochgewachsene Frau mit kleinen, wachsamen Augen, blieb derweil bei Darla, Kelly und Alana.

Während er über die ausgedehnte Rasenfläche auf das Haus zuschritt, erhielt Corporal Forgie eine SMS, dass Martin auf dem Weg ins Krankenhaus verstorben war. Das Ganze war also nun eine Mordermittlung. Und er hatte die undankbare Aufgabe, die schlimmste Nachricht zu überbringen, die Eltern überhaupt bekommen konnten.

Am späten Vormittag traf die Einheit für Schwerverbrechen auf der Insel ein. Mehrere Officers sperrten den Tatort mit Polizeiband ab und machten Fotos, vermaßen die Flugbahn der Geschosse und sammelten Beweisstücke, während der Leiter der Ermittlungen, Sergeant Maxwell, die Informationen sichtete, die bisher zusammengetragen worden waren.

Corporal Forgie und Constable Hammell brachten Darla ins Revier in Sidney. Sie lehnte es ab, einen Anwalt hinzuzuziehen, und bestand darauf, mit ihrer Aussage auf Video weiterzumachen.

»Ich bin um halb sechs aufgestanden, um auf die Jagd zu gehen. Mr. Shropshire möchte auf seiner Insel kein Damwild haben. Und gestern hatte er auf dem Golfplatz ein Reh gesichtet. Außerdem hatte ich eine SMS von Martin bekommen, dass ich mich darum kümmern sollte.«

»Okay«, meinte Corporal Forgie.

»Ich kann Ihnen die SMS zeigen, wenn Sie wollen.«

»Gerne.« Corporal Forgie gab Darla ihr Smartphone. Sie tippte das Passwort ein und fand Martins SMS vom vorherigen Nachmittag: *Reh auf dem Golfplatz. Mr .Shropshire ist nicht glücklich darüber. Erledigen Sie das bitte.*

»Schon ein bisschen fies«, bemerkte Constable Hammell.

»Nicht wirklich. So ist er eben.«

»Sie sind also früh aufgestanden, um das Reh auf dem Golfplatz zu erlegen«, fuhr Corporal Forgie fort.

»Genau. Aber als ich den Waffenschrank aufschloss, habe ich gleich gesehen, dass ein AR-15 fehlte.«

»Sie wissen, dass diese Waffe nicht allgemein zugelassen ist?«

»Ja, ich weiß. Ich benutze sie nie. Aber Martin mag sie, und ich bin nicht befugt, sie abzuschaffen. Alle Schusswaffen wurden auf legalem Weg erworben. Die Dokumente liegen alle vor. Die AR-Sturmgewehre wurden 2018 angeschafft, glaube ich.«

»Okay, also ist Martin Jäger?«

»Nein. Hin und wieder schießt er – zwei- oder dreimal im Sommer –, aber nur auf Zielscheiben. Er geht nicht auf die Jagd. Obwohl, kürzlich war er mal auf der Pirsch und hat ein Reh erlegt.«

»Er war also bis vor Kurzem niemals jagen?«

»Richtig. Jedenfalls nicht, wenn ich mich auf der Insel aufgehalten habe. Deshalb hatte ich gleich so ein komisches Gefühl, als die Waffe um diese frühe Zeit weg war. Insbesondere weil Miss McNutt mir gestern sagte, dass sie Angst vor Martin hätte. Und sie macht jeden Morgen am Strand ihre Yogaübungen.«

»Miss McNutt hat Ihnen gestern gesagt, dass sie Angst vor Martin hat?«, hakte Constable Hammell nach.

»Ja. Ich habe sie gestern weinend im Garten angetroffen. Ich hatte den Eindruck, dass Martin sie völlig aus der Fassung gebracht hat. Sie sagte, dass er sie für eine Erbschleicherin hält und ihr manchmal richtig Angst mache.«

Die Officers wechselten einen Blick.

»Miss McNutt ist Martins Frau oder Freundin?«, wollte Corporal Forgie wissen.

»Weder noch.« Darla schien überrascht. »Sie ist die Verlobte seines Vaters.«

»Edward Shropshires Verlobte?«, staunte Corporal Forgie und zog die Augenbrauen hoch.

»Ja. Und klar, da gibt es einen Altersunterschied.«

»Kann man so sagen.«

»Sie ist aber keine Erbschleicherin. Eher das Salz der Erde. Und jeder sieht ja, dass Mr. Shropshire ihr etwas bedeutet. Anfänglich war sie seine Krankenschwester.«

»Verstehe.«

»Na, jedenfalls hatte ich ein seltsames Gefühl, weil die AR-15 nicht im Schrank war, deshalb dachte ich, sieh doch mal nach ihr. Gott sei Dank habe ich das gemacht, denn als ich losging, sah ich Martin. Er blickte in Richtung Strand und zielte. Ich versuchte, mich möglichst geräuschlos zu nähern, weil ich das Reh nicht vertreiben wollte.«

»Gut, und?«

»Aber als ich oben auf dieser kleinen Erhebung ankam, sah ich, dass er direkt auf Miss McNutt zielte.«

»Wie konnten Sie wissen, dass er sie im Visier hatte und nicht ein Reh?«

»Weil ich Augen im Kopf habe«, erwiderte Darla. »Hier stand Martin.« Sie zeigte auf eine Stelle auf ihrer Handfläche. »Und hier, direkt geradeaus, hielt sich Miss McNutt am Strand auf. Es war völlig klar, dass er auf sie schießen wollte. Und ich war hier.« Sie deutete in ihrer Handfläche auf den dritten Punkt eines Dreiecks. »Es war klar zu erkennen, dass sich zwischen ihnen kein Reh befand. Und in diesem orangeroten Trikot konnte man sie gar nicht verfehlen. Also schrie ich *Nein!*, aber er schoss trotzdem. Und zielte erneut auf sie. Deshalb habe ich auf sein Gewehr geschossen. Ich wollte ihn nicht treffen.«

»Und was geschah dann?«

»Als er zu Boden fiel, habe ich Miss McNutt zugeschrien, den Notruf zu verständigen. Ich bin zu ihm gerannt und habe versucht, die Blutung mit meinem Hemd zum Stillstand zu bringen. Dann hat Kelly übernommen, bis Sie eingetroffen sind. Sie ist ja Krankenschwester.«

»Okay. Und in welchem Verhältnis stehen Sie zu Miss McNutt?«

»Sie ist die Verlobte meines Chefs, also ist sie in gewisser Weise ebenfalls mein Chef.«

»Haben Sie viel mit ihr zu tun?«

»Nicht wirklich. Ich meine, sie hat veranlasst, dass wir auf Pestizide und Fungizide umsteigen, die nicht toxisch sind. Vor ein paar Monaten haben wir darüber ziemlich viel geredet.«

»Mögen Sie sie?«

»Ja. Sie ist supernett. Sehr uneitel.«

»Und Ihr Verhältnis zu Martin?«

»Na ja, als Sohn meines Chefs ist er natürlich ebenfalls mein Boss.«

»Mögen Sie ihn?«

Darla zuckte mit den Schultern. »Er ist in Ordnung. Jedenfalls dachte ich das bis heute Morgen. Er ist nicht unbedingt der Freundlichste, immer sehr geschäftsmäßig, aber ich hatte nicht den Eindruck, dass er etwas Böses im Schilde führte.«

»Gab es mal Streit oder andere Auseinandersetzungen mit ihm?«

»Nein, nie.«

»Hat er mal etwas über Miss McNutt gesagt?«, erkundigte sich Constable Hammell.

»Nein.«

»Gut. Darla, ich danke Ihnen«, sagte Corporal Forgie. »Ich denke, das wär's erst mal für heute.«

»Wie geht es jetzt weiter?«

»Heute Nachmittag wird eine Kautionsanhörung stattfinden. Ich denke, dass Sie bis zum Abschluss der Ermittlungen und bis zu einer eventuellen Anklageerhebung auf freiem Fuß bleiben werden.«

»Ich wollte ihn wirklich nicht verletzen, sondern nur stoppen.«

»Okay!«, meinte Corporal Forgie.

Sergeant Maxwell vernahm Kelly im Haupthaus. Normalerweise hätten sie Kelly ins Revier gebracht, aber Ed hatte darum gebeten, dass sie zu Hause bleiben durfte, und aus Mitgefühl hatte Maxwell eingewilligt. Der arme Mann hatte innerhalb weniger Wochen beide Söhne verloren, und alles Geld der Welt konnte das nicht wieder richten.

»Können wir anfangen?«

»Ja«, sagte Kelly und nahm auf dem Sofa im Wohnzimmer Platz.

»Sagen Sie mir, was sich heute Morgen ereignet hat.«

»Ich bin zum Strand gegangen, um meine Yogaübungen zu machen, wie immer. Ich war vielleicht zehn Minuten dort, als ich Darla ›Nein!‹ schreien hörte. Unmittelbar danach zwei Schüsse. Dann brüllte Darla, dass ich den Notruf verständigen sollte, und das habe ich gemacht. Das habe ich den Officers alles schon gesagt, wissen Sie.«

»Ja, ich weiß. Und in welchem Verhältnis standen Sie zu Martin Shropshire?«

Kelly seufzte. »Wir hatten kein gutes Verhältnis zueinander. Ich meine, es war in Ordnung, solange ich die Krankenschwester seines Vaters war. Aber als Ed und ich dann zusammengekommen sind, hatte es sich gehabt. Er hat mich gehasst.«

»Darla haben Sie gestern gesagt, dass Sie manchmal Angst vor Martin hatten. Stimmt das?«

»Ja, das entspricht der Wahrheit.«

»Warum haben Sie gegenüber einer Hausangestellten etwas so Persönliches geäußert?«

»Hätte ich besser nicht getan – aber sie hat mich in einem verletzlichen Augenblick angetroffen. Ich war in der Rosenlaube, weil ich weinen musste. Es ist ein Ort, an den man sich gut zurückziehen kann, aber Darla hatte dort wohl irgendetwas zu tun und hat mich gehört. Sie erkundigte sich, ob es mir denn gut ginge, und da habe ich vielleicht ein wenig zu viel erzählt, weil ich ziemlich fassungslos war. Ich hatte gerade herausgefunden, dass Martin einen Privatdetektiv auf mich angesetzt hatte, der Nachforschungen über meine angeblich schmutzige Vergangenheit anstellen sollte.«

»Verstehe.«

»Natürlich war da nichts zu holen, aber mir war klar, was das hieß.«

»Nämlich was?«

»Dass Martin mir nicht traute. Er dachte wohl, ich wäre eine dieser schwarzen Witwen mit einer dunklen Vergangenheit.« Kelly lachte bitter auf. »Tatsache ist, dass Martin mich von dem Moment an hasste, als sein Vater und ich ein Paar wurden. Er dachte, ich wäre hinter Eds Geld her.«

»Warum dachte er das?«

»Weil ich so viel jünger bin als Ed. Und weil er nicht begriffen hat, welche Bewandtnis es mit dem menschlichen Herzen hat.«

»Hat Martin Sie schon einmal bedroht?«

»Bedroht? Hm, eigentlich nicht. Aber er wollte, dass ich verschwinde. Er hat versucht, mich zu bestechen, damit ich den Abflug mache. Als das nicht funktionierte, hat er beschlossen, mich umzubringen, nehme ich an.«

»Wann hat er versucht, Sie zu bestechen?«

»Ist noch nicht lang her. Ich kann Ihnen das genaue Datum nennen, denn er hat mir eine Million Dollar überwiesen und gesagt, dass er mir noch mehr geben würde, wenn ich wegbliebe und den Kontakt zu Ed abbrechen würde. Ich kann das beweisen, wenn Sie wollen.«

»Sie haben sich jedoch geweigert zu gehen und das Geld zurücküberwiesen?«

»Nein«, entgegnete Kelly. »Ich war empört. Deshalb habe ich das Geld einem wohltätigen Zweck zukommen lassen. Auch das kann ich beweisen. Eds Tochter arbeitet in einem Frauenhaus in Toronto. Denen habe ich's gespendet. Martin war natürlich stinksauer. Nicht nur, weil er mich nicht losgeworden ist, sondern weil es ihn darüber hinaus auch noch eine Million gekostet hat.«

»Martin war deshalb wütend, nehmen Sie an. Was hat er gesagt?«

»Nichts. Er wollte nicht, dass Ed erfährt, dass er versucht hatte, mich loszuwerden. Also hat er nichts gesagt. Aber seine Wut war bei jedem Blick und jeder spitzen Bemerkung zu spüren.«

»Haben Sie Mr .Shropshire etwas davon gesagt?«

»Nein.«

»Warum nicht?«

»Weil es ihn zu sehr verletzt hätte, zu erfahren, dass sein Sohn ein äußerst manipulativer Mensch ist, dem es nur ums Geld geht und nicht um Eds Wohlergehen.«

»Und wie sind Sie schließlich mit Mr. Shropshire zusammengekommen?«

»Ich bin Krankenschwester. Und ich wurde von der Familie eingestellt, um Ed nach seinem Schlaganfall zu betreuen.« Kelly überlegte kurz. »Zuerst habe ich ihn nur als Patienten gesehen, obwohl ich von Anfang an gedacht habe, was für ein ansehnlicher Mann er doch ist. Für sein Alter sieht er immer noch extrem gut aus. Sie haben bestimmt schon Fotos von ihm gesehen.«

Sergeant Maxwell sagte nichts und wartete darauf, dass sie mit ihrer Schilderung fortfuhr.

»Na ja, es hat sich eben so entwickelt. Das Verhältnis von Krankenschwester und Patient ist sehr … intim«, erklärte sie. »Nicht nur physisch, sondern auch gefühlsmäßig. Ich glaube, und so geht es auch Ed, dass ich großen Anteil daran hatte, dass er sich wieder erholt hat. Ich habe ihm eine rein pflanzliche Ernährung verordnet, was seine Cholesterinwerte und seinen Blutdruck deutlich verbessert hat. Bevor ich kam, hat er jeden Tag Fleisch gegessen, manchmal sogar zu jeder Mahlzeit. Er fühlt sich jetzt gut. Er sieht jetzt auch besser aus.« Kelly spürte, dass sie die Aufmerksamkeit des Ermittlers verlor. »Wie auch immer, als es ihm besser ging, haben wir unsere gegenseitige Zuneigung entdeckt. Mehr als das sogar … wir hatten uns verliebt. Martin konnte das einfach nicht verstehen. Er wollte, dass ich verschwinde.«

»Sie glauben also auch, dass Martin Sie heute Morgen erschießen wollte?«

»Mit Sicherheit. Glücklicherweise habe ich eine Zeugin. Darla hat mir das Leben gerettet, was ich immer noch kaum fassen kann. Ich hätte ebenso gut tot sein können.« Kelly schauderte es. »Ich nehme an, dass er mich umbringen wollte und dann behauptet hätte, es wäre ein Jagdunfall gewesen.«

Sergeant Maxwell sagte darauf nichts.

»Die traurige Wahrheit ist, dass Martin völlig egal war, wie es seinem Vater ergehen würde. Ob er ohne mich vielleicht einsam gewesen wäre. Das Einzige, was ihn interessierte, war, dass er garantiert jeden Cent von Eds Vermögen erben würde. Aber das ist ja die Ironie an der Geschichte: Ich habe ihm geradeheraus gesagt, dass mir Eds Geld schnurz wäre. Dass er es haben könne und ich keine Ansprüche geltend machen würde. Ehrlich, ich habe mir in meinem ganzen Leben nie etwas aus Geld gemacht. Solange ich gesund bin und ein Dach über dem Kopf habe, bin ich glücklich und froh. Das konnte Martin einfach nicht glauben. Er konnte sich nicht vorstellen, dass jemand nicht so gierig war wie er selbst.« Kelly hielt inne, weil ihr die Tränen kamen. »Ich hab's versucht. Ich habe mir wirklich alle Mühe gegeben, ihm zu zeigen, dass ich ein guter Mensch bin, mit einem ehrlichen Herzen, aber er wollte mir das einfach nicht zugestehen.«

Sergeant Maxwell schob eine Schachtel Kleenex über den Tisch zu ihr hinüber.

»Danke!« Kelly wischte sich die Tränen ab, die ihr die Wangen heruntergelaufen waren. Sie schnäuzte sich die Nase, brauchte einen Moment, um sich wieder zu sammeln, und sah Sergeant Maxwell dann offenherzig an. »Es tut mir wirklich leid, auch wegen Ed, dass Martin heute Morgen ums Leben gekommen ist, aber es tut mir keineswegs leid, dass die Dinge nun diese Wendung genommen haben. Hätte er mich heute Morgen erwischt, wie lange hätte es dann wohl gedauert, bis er seinen Vater ins Visier genommen hätte? Ich bin mir ziemlich sicher, dass Darla heute nicht nur mein Leben gerettet hat.«

Sergeant Maxwell wappnete sich für die nächste Vernehmung.

»Mein aufrichtiges Beileid«, sagte er. »Insbesondere angesichts … der jüngsten Ereignisse in Ihrer Familie. Wenn Sie lieber zu einem späteren Zeitpunkt mit mir sprechen möchten …«

»Lassen Sie's uns kurz halten«, entgegnete Ed. »Ich fühle mich nicht besonders gut.«

»Ja, selbstverständlich. Nur ein paar Fragen. Ich habe gehört, Sie haben ein Problem mit Damwild auf Ihrem Besitz. Hat Martin regelmäßig Jagd auf die Tiere gemacht?«

»Nein, das ist Aufgabe von Darla und ihren Leuten.«

»Und wie war Martins Verhältnis zu Darla?«

»Es gab kein Verhältnis. Sie ist Angestellte.«

»Würden Sie das auch von Kelly und Darla sagen?«

»Ja, aber Kelly ist freundlich. Sie nimmt sich Zeit für ein Schwätzchen. Die Angestellten mögen sie alle. Jeder mag sie.«

»Hat Martin sie gemocht?«

Ed zögerte einen Moment. »Ich glaube nicht, nein.«

»Und weshalb?«

»Er hat ihren Beweggründen nicht getraut. Ehrlich gesagt hat er seine Nase in Dinge gesteckt, die ihn nichts angingen.«

»Er hat einen Privatdetektiv engagiert, um Nachforschungen über sie anzustellen.«

»Und nichts gefunden. Kelly ist ein guter Mensch. Ich liebe meinen Sohn, aber was Kelly betrifft, lag er völlig falsch.« Ed räusperte sich kräftig. »Und fürs Protokoll: Sie hat mir angeboten, einen Ehevertrag abzuschließen, der meinen Kindern das gesamte Erbe überlassen würde.«

»Wusste Martin davon?«

»Ja. Aber er wusste auch, dass ich dem niemals zustimmen würde.«

»Er wollte also nicht, dass Sie beide heiraten?«

»Nehme ich an.«

»Glauben Sie, dass Martin Kelly vorsätzlich erschießen wollte?«

Ed grübelte mindestens zehn Sekunden lang darüber nach. »Ich würde gerne glauben, dass dem nicht so war. Aber ich würde es auch nicht ausschließen.«

Sergeant Maxwell nickte. »Eine Frage noch. Seit wann sind Miss McNutt und Sie verlobt?«

»Wir sind nicht verlobt«, erwiderte Ed. »Vor ein paar Wochen haben wir auf Parrot Cay geheiratet.«

Alana kam als Letzte dran. Eigentlich hätte sie nervös sein müssen, aber eigenartigerweise war sie ganz gefasst. Vielleicht weil Martin nicht mehr da war und ihr nicht widersprechen konnte. Vielleicht auch, weil sie im Wohnzimmer vernommen wurde, wo sie ein großes gerahmtes Foto, das sie und ihre Geschwister als Kinder zeigte, gut sehen konnte. Das Bild war draußen am Swimmingpool aufgenommen worden. Teddy und Martin, sonnengebräunt und dünn, in zueinander passenden Badehosen, stellten ihre Muskeln zur Schau. Alana, pummelig, in einem Einteiler mit Rüschen, lächelte scheu jemanden an der Seite an, wahrscheinlich Kat. Lillian, die nicht älter als sechs oder sieben gewesen sein konnte, im Bikini, einen Arm über die Brust gestreckt, hielt auf diese Weise den anderen Arm fest, der herunterhing, sodass die Hand die Scham vor Blicken schützte. Sie fühlte sich offensichtlich nicht wohl in der Situation und blickte finster in die Kamera (die von Ed bedient wurde).

Alana konzentrierte sich zunächst auf den besorgten Gesichtsausdruck ihrer Schwester und wechselte dann zu Martin und Teddy, die selbstgefällig in die Kamera blickten. Überdeutlich hatte sie vor Augen, wie sie vor Cottage Nr. 4 Wache standen und sie verscheuchten oder sogar wegtrugen, wenn sie versuchte, zu ihrer Schwester zu gelangen, deren Schmerzensschreie nach außen drangen. Das Foto festigte ihren Entschluss.

»Sie haben also Darla ›Nein‹ schreien gehört und anschließend zwei Schüsse?«, begann Sergeant Maxwell.

»Ja, ich bin dann rausgegangen und habe Kelly vom Strand zu Darla rennen sehen, dorthin, wo auch Martin war.«

»Glauben Sie, dass Ihr Bruder versucht hat, Kelly zu erschießen?«, wollte Sergeant Maxwell wissen.

»Ich sage das nicht gern, aber ja, das glaube ich.«

»Weshalb?«

»Weil er sie von dort aus, wo er sich befand, unmöglich mit einem Reh verwechselt haben kann. Und auch, weil er ihr nicht traute und nicht wollte, dass sie Ansprüche auf das Vermögen meines Vaters geltend macht.«

»Woher wissen Sie das?«

»Gleich als mein Vater und Kelly sich näher kennenlernten, hat er mir Mails geschickt.«

»Sie haben diese Mails noch?«

»Ja. Ich hab sie jedenfalls nicht gelöscht, also sind sie wohl noch da.«

»Was stand in den Mails an Sie?«

»Er hat sie immer als ›Schlampe‹ bezeichnet und sagte, wir müssten zusammenhalten, um meinen Vater zu schützen. Er wollte sie loswerden.«

»Hat er mal davon gesprochen, ihr Gewalt anzutun?«

»Hm … nicht ernsthaft. Er hat aber Witze darüber gemacht.«

»Was für Witze?«

»Na ja, dass er bei ihrem Auto die Bremsleitungen durchschneiden würde. Wissen Sie, mein Vater hat ihr einen sündhaft teuren Sportwagen gekauft, und das hat ihn aufgeregt. Als wir abends beim Diner auf der Jacht zusammensaßen, riss er die Zote, dass er sie am liebsten über Bord schmeißen würde.« Alana schwieg kurz und schien sich an etwas zu erinnern. »Oh, Mist«, sagte sie und hielt sich die Hand vor den Mund. »Ich meine, er hat auch einen Witz darüber gemacht, dass er ihr eine Kugel in den Kopf schießen würde. Ganz beiläufig, wissen Sie. So wie Leute eben manchmal nebenher etwas über Menschen sagen, die sie nicht ausstehen können. Hätte ich das ernst genommen, hätte ich natürlich was gesagt.«

»In welchem Verhältnis stehen Sie zu Kelly?«

»Ich meine, ich kenne sie ja kaum, ich wohne schließlich in Toronto, aber sie ist immer freundlich zu mir gewesen. Ob ich es seltsam finde, dass sie mit meinem Vater zusammen ist? Ja. Aber offensichtlich betet er sie an. Und es sieht so aus, als würde sie sich gut um meinen Vater kümmern. Wegen des Geldes? Wer weiß. Für mich macht das keinen Unterschied.«

»Ihr Bruder war nicht sehr glücklich über die Eheschließung, aber Sie finden das in Ordnung?«

»Es ist mir egal. Ehrlich. Mein Vater und ich hatten nie ein inniges Verhältnis. Ich bin lediglich zur Beerdigung meines Bruders gekommen. Meinetwegen könnte er auch einen Orang-Utan heiraten.«

»Danke, dass Sie Orang-*Utan* sagen. Ich finde es fürchterlich, wenn die Leute von Orangutans sprechen«, bemerkte Sergeant Maxwell.

»Und ich hasse es, wenn die Leute *auf* dem Hintergrund sagen statt *vor* dem Hintergrund.«

»Stimmt«, pflichtete Sergeant Maxwell ihr bei.

»Tja … brauchen Sie mich noch? Ich muss nämlich morgen nach Chicago fliegen. Ich könnte aber um einen Tag schieben, wenn es erforderlich sein sollte.«

»Nein, ist schon in Ordnung. Die besagten Mails hätte ich gerne, aber Sie können gehen.«

Alana stand auf. »Sagen Sie nicht, dass gegen Darla jetzt Anklage erhoben wird?«

»Das ist Sache der Staatsanwaltschaft. Aber wenn die Beweise, die wir gesammelt haben, zu den Zeugenaussagen passen, die ich protokolliert habe, kann ich mir nicht vorstellen, dass Anklage erhoben wird.«

»Gott sei Dank!«

»Nur noch eine letzte Frage«, sagte Sergeant Maxwell. »Ihre beiden Brüder sind jetzt in kurzer Zeit bei Unfällen ums Leben gekommen. Sie sind das letzte verbliebene Kind von Edward Shropshire. Machen Sie sich eigentlich Gedanken um Ihre Sicherheit?«

Alana sah ihn verblüfft an. »Nein. Weshalb sollte ich mir Gedanken machen? Darüber habe ich noch gar nicht nachgedacht.«

Doch als Alana zu ihrer Hütte zurückging, begann sie, sich Gedanken zu machen.

28

Den Rest des Tages verbrachte Alana allein. Kelly und Ed hatten sich zurückgezogen und blieben für sich, während die Mitarbeiter der Abteilung für Schwerverbrechen den Wald absuchten. Es war ungewöhnlich warm, und Alana wäre am liebsten schwimmen gegangen, aber sie wollte lieber nicht frivol oder herzlos erscheinen, indem sie sich am selben Tag, an dem ihr Bruder erschossen worden war, die Zeit am Pool vertrieb. Also blieb sie überwiegend in der Hütte und ließ sich Sergeant Maxwells Frage durch den Kopf gehen.

Hatte sie Grund, sich vor Kelly McNutt in Acht zu nehmen? Dieser Meinung war sie nicht. Andererseits hätte sie auch nicht gedacht, dass Teddy und Martin in Gefahr schwebten. War Alana ein loses Ende, das festgezurrt werden musste? Wenn nicht jetzt, dann irgendwann? Nein, ermahnte sie sich, jetzt dreh mal nicht durch.

Das Abendessen – der Salat, mit Marcona-Mandeln obendrauf, großzügig garniert mit würzigen, essbaren Blumen, wäre es wert gewesen, auf Instagram präsentiert zu werden – nahm sie für sich auf der Terrasse ein und kehrte anschließend in ihr Cottage zurück, um zu packen. Sie konnte es nicht abwarten, Lily wiederzusehen, hätte aber zugleich das hervorragende Essen und Mrs. Keith am liebsten mitgenommen.

Um zehn Uhr abends hatte die Polizei die Insel schließlich verlassen. Es war endlich dunkel und still, sodass Alana es wagen konnte, noch eine Runde im Pool zu schwimmen, bevor sie zu Bett ging. Sie heizte die Sauna auf, bevor sie sich auszog und ins Wasser schlüpfte. War das herrlich! Sehr sogar. Das Wasser hatte genau die richtige Temperatur und schimmerte im Dunkeln im Licht der Lampen dunkelviolett. Das Gefühl, ein privates Schwimmbecken ganz für sich allein zu haben, war unvergleichlich. Das hatte sie am meisten vermisst, als sie vor all den Jahren dem Reichtum ihrer Familie entsagt hatte.

Lily und sie gingen in ein öffentliches Bad zum Schwimmen, und dort war es immer voll, das Wasser zu warm und wahrscheinlich voller Pisse, und wenn dir nicht gerade irgendeine Göre in den Nacken sprang oder dir die Ohren vollgrölte, kamen dir nervige Senioren in die Quere, die höchst eigensüchtig ihre Bahn ziehen wollten, Leute mit gruseligen offenen Wunden oder Babys mit widerlichen, durchweichten Windeln.

Alana wollte, dass Lily diese andere Art zu schwimmen ebenfalls erlebte. Lily war unglaublich im Wasser. Sie konnte sich frei bewegen, und vor allem ohne Schmerzen. Alana stellte sich vor, wie es wäre, Lily einen eigenen Pool zu schenken, und der Gedanke trieb ihr Tränen in die Augen.

Als ihr langsam kalt wurde, wechselte Alana in die Sauna. Sie breitete ihr Handtuch aus, legte sich auf den Rücken und atmete tief ein. Die heiße Luft brannte in der Nase, aber der Geruch des Zedernholzes war wunderbar, purer Balsam. Sie hatte sich vorher schon ein paar Gläser Wein gegönnt und fühlte sich nun angenehm schläfrig. Sie schloss die Augen und nickte allmählich ein, als sie hörte, wie sich mit einem dumpfen Geräusch die schwere Tür öffnete. Es war Kelly.

»Boah, ist das heiß!«, meinte sie und zog die Tür hinter sich zu.

»Hey!« Alana setzte sich auf.

»Ich hab gesehen, dass du schwimmen warst.«

»Oh.«

»Bist du fertig? Ich möchte dir gerne etwas zeigen.«

»Was denn?«

»Komm, ich zeig's dir. Du musst dir auch nichts anziehen.«

Alana zögerte.

»Na los, ist schon in Ordnung«, meinte Kelly. »Versprochen.«

Alana wickelte sich ein Handtuch um den Körper und folgte Kelly hinaus aus der Sauna.

»Hier entlang …« Sie verließen den Poolbereich und gingen einen mit Natursteinen gepflasterten Weg entlang.

»Wo gehen wir hin?«, wollte Alana jetzt doch wissen.

»Nur da rüber.« Kelly zeigte auf eine Stelle in einiger Entfernung im Garten. »Ich will nur nicht, dass wir am Cottage von Mrs. Keith vorbeikommen. Ich will sie nicht aufwecken.«

Sie machten einen großen Bogen, durch eine Baumgruppe hindurch, und machten vor einem großen, muschelförmigen Blumenbeet halt. Leise sagte Kelly: »Siehst du diese Blumen?« Sie deutete auf eine Ansammlung hoher grüner Stängel mit Dutzenden Blüten, die wie röhrenartige Kelche geformt waren.

»Ja?«

»Fingerhut«, erklärte Kelly. »Hübsch, aber auch sehr giftig.«

Ruckartig krampfte sich Alanas Herz vor Angst zusammen. War sie vergiftet worden? Hatte Kelly diese Blumen in ihren Salat getan?

»Die ganze Pflanze ist hochgiftig. Mit den Blättern, insbesondere den getrockneten, kann man leicht jemanden umbringen.«

»Was sagst du da?« Alana fühlte sich benommen, konnte nicht scharf sehen und bekam auch nicht richtig Luft.

»Ich will nur sagen, dass sie viel wirksamer sind als das Zeug, das Martin und du in Eds Pradaxa gemischt habt. Deshalb denke ich, und ich habe ja auch das Video, das zeigt, wie Martin mit Eds Medikamenten herumhantiert, dass es eigentlich keinen Grund gibt, jetzt nicht voranzumachen.« Sie lächelte. »Man wird annehmen, dass Ed an einem Herzinfarkt gestorben ist, der arme Mann hatte ja so viel Stress in letzter Zeit. Aber auch wenn eine Autopsie veranlasst wird, können wir alles Martin in die Schuhe schieben.«

»Oh …«, sagte Alana und fing so langsam an zu begreifen. Ihr fiel wieder ein, dass die Blumenblüten in ihrem Salat gelb und orange gewesen waren und überhaupt nicht wie die Blüten des Fingerhuts ausgesehen hatten. »Das ist ja richtig teuflisch«, bemerkte Alana. »Wo wir gerade davon sprechen: Was ist eigentlich mit Teddy passiert?«

»Habe ich dir das nicht gesagt, als wir das letzte Mal in der Sauna waren?«

»Wolltest du gerade, aber dann kam Gertrud rein.«

»Ah ja, also geplant hatte ich das nicht, aber als wir dann auf dem Boot waren, hat er etwas getan, das mich echt getriggert hat. Ich war richtig angenervt und hab ihn ins Wasser gestoßen. Natürlich hätte ich ihn wieder rausfischen können, aber plötzlich war mir klar, dass ich die einmalige Chance hatte, ihn loszuwerden. Und weil er mein Zugang zu Ed war und ein bisschen zu viel wusste, dachte ich, es wäre nicht die schlechteste Idee.«

»Na ja, anfangs war er dein Zugang zu Ed«, erklärte Alana. »Willst du mich jetzt auch loswerden?«

»Du machst Witze, hoffe ich doch«, sagte Kelly verletzt. »Niemals würde ich etwas tun, das dir schadet. Das weißt du doch, oder?«

»Ja, schon.«

Sie nahm Alanas Hand und drückte sie. »*Niemals* würde ich dir wehtun. Du hast mich vor einem Monster gerettet, und dafür werde ich dir ewig dankbar sein.«

»Ich habe dich nicht gerettet, sondern lediglich meinen Job gemacht.«

Alana musste sich jetzt richtig schütteln. Abschütteln, dass sie, seit sie bei ihrer Familie auf Kelly traf, verbergen musste, dass sie sie längst kannte. Bis sie beinahe selbst geglaubt hatte, dass ihr diese Krankenschwester und neue Flamme ihres Vaters völlig unbekannt war.

Und auch aus Kelly brach jetzt hervor, was sie seit ihrer ersten Begegnung mit Alana hier in der Familie verheimlichen musste.

»Du hast viel mehr für mich getan als nur deinen Job! Du hast mir Geld für ein Hotel gegeben, als das Frauenhaus mich nicht aufnehmen konnte. Du hast mir bei der Namensänderung geholfen. Du hast mich günstig untergebracht, als ich Arbeit gesucht habe. Du warst meine Freundin. Du hast mir mein Leben zurückgegeben.«

»Das hast du inzwischen wettgemacht«, erwiderte Alana. »Du hast fast ein Jahr deines Lebens in diese kleine Eskapade hier gesteckt. Und hättest es beinahe mit dem Leben bezahlt.«

Kelly zuckte die Schultern. »Das meiste hat Spaß gemacht. Zur Zielscheibe zu werden natürlich nicht unbedingt.«

»Kann ich mir vorstellen.«

»Bist du sauer wegen Teddy?«

»Nein, ich hab mir nur Sorgen gemacht, weil das die Verschiebung der Hochzeit zur Folge hatte, und das war gefährlich. Denn Ed ist nicht unbedingt der Gesündeste von allen.«

»Stimmt«, räumte Kelly ein. »Aber ich wusste, dass ich ihn davon überzeugen konnte, nur zu zweit zu heiraten. Darum habe ich vorgeschlagen, nach Parrot Cay zu fliegen. Wir hatten schon einmal darüber gesprochen, dort zu heiraten, bevor wir uns dann für die *Andiamo* entschieden haben. Ich hab dir das Foto von Ed geschickt, damit es dir klar war. Dachte mir, der weiße Anzug und der Champagner sind doch deutliche Hinweise.«

»Es waren eher das Schleierkraut und die weiße Rose auf seinem Schoß, die mich den richtigen Schluss ziehen ließen.«

»Mensch, ich glaube, wir haben uns noch jede Menge zu erzählen«, sagte Kelly.

»Ich weiß. Das gilt auch für mich. Aber wir müssen noch eine ganze Weile so tun, als würden wir uns nicht kennen. Wir haben uns lediglich zweimal eine SMS geschickt, oder? Beide völlig unverfänglich.«

»Genau«, bestätigte Kelly.

»Wir haben's jetzt bald geschafft.«

»Viel fehlt nicht mehr.« Kelly nickte.

Mit aschfahlem, schweißnassem Gesicht lag Ed zwischen den verdrehten Bettlaken. Er atmete schnell und nur ganz leicht. Das Zimmer lag im Dunkeln, einzig von einem Nachtlicht erhellt, das aus dem angrenzenden Bad herüberleuchtete.

»Ich habe ihm zum Essen die Kapsel gegeben«, flüsterte Kelly. »Den Morgen wird er nicht mehr erleben.«

»Die Polizei kommt morgen früh noch mal«, sagte Alana beunruhigt.

»Ich weiß. Ist doch perfekt. Welcher vernünftige Mensch würde denn jemanden umbringen, wenn es von Bullen nur so wimmelt?«

»Hm, vielleicht jemand, der völlig unverfroren ist?«

»Du fährst ja morgen zurück«, meinte Kelly daraufhin.

»Deshalb wollte ich, dass du das hier mitkriegst.« Sie ging zum Bett und rüttelte Ed an der Schulter.

»Ich fühle mich nicht gut«, stöhnte er.

»Ich weiß.«

»Mein Magen bringt mich um.«

»Ja, genau.«

»Was?« Ed öffnete die Augen und sah Alana, die vor dem Bett stand, verkniffen an. »Was hat sie hier zu suchen?«

»Sie sieht zu, wie du stirbst«, sagte Kelly.

Ed wollte sich aufsetzen, doch ein stechender Schmerz zwang ihn wieder in die Horizontale.

»Sie weiß, was du mit ihrer Schwester gemacht hast. Und ich weiß es auch.«

Ed ächzte. »Was redet ihr da?«

»Oh, ich denke, das weißt du, *Daddy*. Du magst es doch, wenn ich dich so nenne, oder? Und wenn ich ihre Sachen anhabe.«

»O Mann.« Alana schauderte es.

»Ich weiß nicht, wovon du redest.«

»Wirklich nicht? Ich rede über mich im Kinderschlafanzug, darüber, dass ich so tue, als würde ich schlafen, und dann bist du reingekommen … Und am schönsten fandest du es, wenn ich geweint habe, oder, Daddy? Warum nur? Was meinst du?«

Er glotzte Kelly an und rang nach Luft.

»Ja, denk mal an, Martin hatte recht. Ich liebe dich nicht. Tatsächlich widerst du mich an. Du bist ein Monster. Und hast auch deine Söhne in Monster verwandelt. Wusstest du, dass Teddy mich gebumst hat? Und Martin dir den Tod gewünscht hat?« Sie wandte sich zu Alana um. »Soll ich ihm das Video von Martin zeigen, wie er sich an den Medikamenten zu schaffen macht?«

Ed strampelte sich ab, wollte aufstehen, aber Kelly hielt

ihn fest, bis er erschöpft war und auf das Kissen zurücksank. Er fasste sich an die Schulter und schrie auf vor Schmerzen.

»Wenn du noch etwas zu sagen hast, dann sag es jetzt«, meinte Kelly zu Alana, die daraufhin näher herantrat an ihren sterbenden Vater, eigentlich Stiefvater.

»Ich war es, die dir Kelly geschickt hat. Und ich war es, die die Videos in deinem Safe gefunden hat. Ich weiß alles über dich. Und ich habe es auch immer schon gewusst. Und wenn du tot bist, werde ich dafür sorgen, dass alle anderen es auch erfahren.«

»Sag ihm, was wir mit Alfred Island machen werden«, forderte Kelly sie auf.

Eds Mund ging auf und zu wie bei einem Fisch, der Sauerstoff braucht.

»Zuerst reißen wir die Hütte ab, in der du und deine Kumpane meine Schwester gequält habt. Und dann geben wir deine kostbare Insel ihren rechtmäßigen Eigentümern zurück.«

»Oh, das dürfte dir so richtig zuwider sein, Ed, nicht wahr?«, ergänzte Kelly. »Du hast immer ›Nur über meine Leiche!‹ gesagt, wenn die Rede auf den Rechtsstreit kam.«

»Wie hellsichtig!«, bemerkte Alana. »Geradezu prophetisch.«

Kelly lächelte. »Und du möchtest ihm doch sicherlich auch sagen, was wir mit all seinem Geld machen werden?«

»Durchaus, aber ich fürchte, es könnte schon zu spät sein.«

Eds Augen standen offen, sein Körper war erschlafft. Ein Spuckefaden lief das Kinn hinunter.

Kelly fühlte den Puls. »Ja«, bestätigte sie. »Geht's dir gut?«

»Ich glaube schon, ja.«

»Es ist ein komisches Gefühl, dass wir es jetzt fast geschafft haben.« Kelly saß neben Alana und seufzte. »Bist du auch ein bisschen … platt?«

»Nein. Im Gegenteil, ich fühle mich frei.«

Kelly lächelte. »Und du bist sicher, dass du alles weggeben willst?«

»Beinahe alles. Niemand braucht Milliarden. Und es wird alle verstummen lassen, die der Meinung waren, dass du es ja nur auf seine Knete abgesehen hattest.«

»Das ist richtig.«

»Einen ganzen Batzen werde ich der Gesellschaft für Muskeldystrophie spenden. Und natürlich bekommen alle Organisationen etwas, die sich gegen den Missbrauch von Kindern einsetzen.«

»Unbedingt. Und das werden wir mit Vergnügen überall verkünden.«

»Wo wir gerade von Vergnügen sprechen: Ich möchte mit Lily unbedingt nach Griechenland. Und wohin auch immer sie will.«

»Klar. Ich freue mich schon darauf, sie kennenzulernen.«

»Ich möchte, dass sie die Welt sieht, solange es noch geht.«

»Hey, warum leiten wir die Stiftung nicht die ersten sechs Monate lang von einem Schiff aus? Wir könnten überall in Europa herumschippern. Arbeiten, uns vergnügen, reisen.«

»Aber Lily muss in die Schule«, wandte Alana ein.

»Stell einen Lehrer für sie an. Oder gleich zehn.«

»Keine schlechte Idee.«

»Und Darla sollten wir behalten.«

»Oder ihr einfach Geld geben, damit sie in den Ruhestand gehen kann. Schließlich hat sie dir das Leben gerettet.«

»Wohl wahr«, bekräftigte Kelly. »Und auch Gertrud sollten wir was Gutes tun.«

»Gute Idee. Darla hat übrigens schon was bekommen.«

»Das bleibt unter uns.«

»Sorry, ich verdrücke mich jetzt besser mal, bevor mich hier noch jemand sieht.«

»Okay. Hab dich lieb.«

»Ich dich auch.«

Die beiden Frauen umarmten sich.

»Guten Flug, falls wir uns morgen früh nicht mehr sehen. Und du hast von Eds Tod noch nichts mitgekriegt, ja?«

»Danke! Und klar!«

Als Alana gerade aus dem Raum huschen wollte, hörte sie Kelly *Moment noch!* flüstern. Sie steckte den Kopf wieder ins Schlafzimmer.

»Was gibt's?«

»Ich wollte dir noch sagen, dass deine Schwester stolz auf dich wäre.«

Alana traten Tränen in die Augen. »Danke!«

»Gute Nacht!«

»Nacht.« Alana schloss leise die Tür. Auf halbem Weg die Treppe hinunter hörte sie, wie die Tür zum Schlafzimmer aufging, dann schnelle Schritte. Sie drehte sich um.

»Und noch eins.« Kelly stand oben am Treppenabsatz und hielt hinter ihrem Rücken etwas in der Hand.

»Was hast du da?« Alana wischte sich die Tränen aus dem Gesicht.

Kelly hielt einen gelben Schlüsselanhänger mit einem tänzelnden Pferd hoch. »Den Ferrari behalte ich.«

»Richtig so«, meinte Alana.

DANKSAGUNG

Mein Dank gilt Patrick Crean, Jackie Kaiser, Nicole Brebner (und dem Team von Mira), Jennifer Lambert, Iris Tupholme, Noelle Zitzer, Canaan Chu, Zeena Baybayan, Karen Becker, Sean Kapitain, allen bei HarperCollins Canada, John Sweet, Mary Ann Blair, Bridgette Kam, Gil Adamson, Andrew Adamson, Kevin Connolly, Peter Ormshaw, Marina Endicott, Stuart Ross, Feriel Chebba, Randall Cole, Alan Zunder, Corporal Carrie Harding, Mangesh Inamdar, Natalie Hoban, Carol Kitai, Susan Scinocca, Colin Tobias, Kyle Buckley, Ron Barry, Jill Margo, Ted Dick, Aaron Fogorasi, Jerry Pietrzyk, Greg Rhyno, Mark Rhyno, Michael Sawyer/Infinity Yacht Charters, Barbara Gowdy, David Johnston, Tina Cooper, John Critchley, Lee Hoverd, Robyn Friedman, Danny Friedman, Otto Friedman und Max Friedman-Cole.

Besonders dankbar bin ich dem Toronto Arts Council, dem Ontario Arts Council und dem Canada Council for the Arts für ihre Unterstützung.